樽本 照雄

清末小説叢考

大阪経済大学研究叢書第45冊

汲古書院

目　　次

劉鉄雲「老残遊記」と黄河 ……………………………………………3
　0　はじめに ………………………………………………………4
　1　劉鉄雲の黄河治水──羅振玉「五十日夢痕録」をめぐって ………8
　　1－1　胡　　適　8
　　1－2　魯　　迅　12
　　1－3　ふたたび胡適　12
　2　羅振玉の劉鉄雲伝──黄河治水部分 ……………………………12
　　2－1　家学としての黄河治水　13
　　2－2　黄河、鄭州に決壊する　13
　3　鄭州での決壊がもつ意味 …………………………………………15
　　3－1　黄河の第6次大移動　17
　　3－2　東流と南流の議論　19
　　3－3　李鴻藻の修復作業　20
　　3－4　呉大澂の登場　22
　　3－5　鄭州での決壊がもつ意味　26
　　3－6　呉大澂に対する評価　46
　4　鄭州工事成功の後 …………………………………………………48
　　4－1　「河工禀稿」9通　50
　　4－2　『山東直隷河南三省黄河全図』　59
　5　山東巡撫張曜の治水方針 …………………………………………67
　6　光緒十五年山東の黄河氾濫 ………………………………………69
　7　黄河治水論のおおよそ ……………………………………………70
　8　劉鉄雲の黄河治水論 ………………………………………………74
　　8－1　「治河五説」　74

8－2　「治河続説」 85
　　8－3　劉鉄雲「治河七説」の意味——「泥砂の押し出し」
　　　　　と「減水」 89
　9　劉鉄雲の山東における黄河水利事業 …………………………91
　　9－1　山東巡撫張曜に招かれる　91
　　9－2　張曜の頭脳集団（幕友）　94
　10　劉鉄雲「老残遊記」と黄河 ………………………………………96
　　10－1　第 1 回　黄瑞和の病気が黄河を象徴する　96
　　10－2　第 3 回　賈譲批判　98
　　10－3　第13回　黄河氾濫(1)　102
　　10－4　第14回　黄河氾濫(2)　108
　11　結論——疑問 ……………………………………………………114

劉鉄雲は冤罪である——逮捕の謎を解く ……………………………124
　1　劉鉄雲逮捕 ………………………………………………………124
　2　従来の説明 ………………………………………………………125
　3　堅牢無比な汪叔子説 ……………………………………………127
　　3－1　劉鉄雲の罪状三点　128
　　3－2　(1)の鉱山開発について——無罪　128
　　3－3　(2)の太倉米について——無罪　128
　　3－4　(3)の遼寧塩密売について——有罪　129
　4　劉鉄雲と塩 ………………………………………………………129
　　4－1　韓国輸出塩　129
　　4－2　韓国輸出塩の真相　131
　　4－3　劉鉄雲乙巳日記の遼寧塩と吉林塩　133
　　4－4　海北公司　136
　　4－5　鄭永昌のこと　137
　　4－6　海北公司から長芦塩へ　138

4－7　外交史料に見る長芦塩輸出　140
　5　劉鉄雲逮捕の背景——第二辰丸事件　……………………144
　　5－1　第二辰丸事件　145
　　5－2　高子穀と鍾笙叔の逮捕　146
　　5－3　劉鉄雲と高子穀および鍾笙叔の関係　148
　6　劉鶚を厳罰に処するという政府論議——新聞報道　………153
　7　劉鉄雲は冤罪である　……………………………………155
　8　呉振清説——韓国運塩会社をめぐって　…………………156
　9　資料の解読　………………………………………………166
　10　素朴な疑問　………………………………………………168

『官場現形記』の版本をめぐって　……………………………………173
　1　はじめに　…………………………………………………173
　2　「官場現形記」の発表状況　………………………………176
　　2－1　『世界繁華報』連載　176
　　2－2　単行本の発行　177
　3　増注本2系統　……………………………………………179
　　3－1　世界繁華報館増注本　179
　　3－2　「配本」の謎　180
　　3－3　増注絵図本2種との関係　182
　　3－4　「配本」の真相　186
　　3－5　増注絵図本六編と七編　189
　4　「官場現形記」裁判　………………………………………191
　　4－1　裁　判　191
　　4－2　談　合　195
　5　おわりに　…………………………………………………204

『増注官場現形記』について　…………………………………………207

目　次　3

	1	ふたつの系列——原本系と増注本系	207
	2	増注本系版本に対する疑惑、あるいは軽視	208
	3	『増注官場現形記』——失われた環として	214

『繡像小説』編者問題の結末 …………221
 1 論争の経過 …………222
 2 発見された資料（1985）…………224
 3 発見された決定的資料（2001）…………227

李伯元は死後も『繡像小説』を編集したか …………231
 1 李伯元死去＝『繡像小説』停刊説 …………232
 2 新説＝『繡像小説』発行遅延説 …………235
 3 『繡像小説』発行遅延の証拠 …………236
  3－1 第1年分——第1－24期 237
  3－2 第2年分——第25－48期 239
  3－3 第3年分——第49－72期 241
 4 李伯元の死後 …………244
  4－1 「文明小史」の場合 244
  4－2 「活地獄」の場合 245
  4－3 「醒世縁弾詞」の場合 246

李伯元の肺病宣言——『繡像小説』発行遅延に関連して …………248
 1 李伯元の死因 …………248
  1－1 同時代人たちの証言 249
  1－2 魏紹昌の文章 250
  1－3 李伯元肺病の新出資料 253
 2 『繡像小説』発行遅延の状況 …………256
  2－1 『繡像小説』発行遅延を証明する新出資料 258

2－2　『繡像小説』発行遅延広告の意味　260
        2－3　李伯元死後の『繡像小説』刊行　260
        2－4　呉趼人の非難　261
        2－5　『繡像小説』主編の後継者　262
    3　結　論 ……………………………………………263

横浜・新小説社に言論弾圧 ……………………………………266
    1　『新民叢報』　266
    2　『新小説』　268

『新小説』の発行年月と印刷地2 ………………………………270
    1　発行年月と印刷地についての通説　271
    2　異議　278
    3　結論　281

    あとがき ……………………………………………………283
    索　　引 ……………………………………………………287

凡　例

1. 書名の角書、副題は、本書での初出のみ記し、以下は省略する。
2. 旧暦は漢数字で、新暦はアラビア数字でしめす。
   例：宣統二年九月十九日（1910.10.21）
   ただし、引用文はこの限りではない。
3. 記号は以下のとおり。
   『　』雑誌、新聞、単行本
   「　」作品、論文
4. 漢語文献に使用される記号は、そのままを引用する。ただし、簡化字は使わない。日本語漢字にかえる。
5. カッコ類は、引用文のなかでも原文のままである。例：「○○「○」○」とし、「○○『○』○」と書き換えない。
6. 私の主な著書についての書誌は以下のとおり。注などにおいては書名だけをかかげ、くりかえさない。

『清末小説閑談』大阪経済大学研究叢書XI　法律文化社1983.9.20
『清末小説論集』大阪経済大学研究叢書第20冊　法律文化社1992.2.20
『清末小説探索』大阪経済大学研究叢書第34冊　法律文化社1998.9.20
『初期商務印書館研究』清末小説研究会2000.9.9
『漢訳ドイル作品論考1』しょうそう文学研究所出版局2002.1.15　電子版
『樽本照雄著作目録1』清末小説研究会2003.1.1　清末小説研究資料叢書3
『漢訳ドイル作品論考2』しょうそう文学研究所出版局2003.3.15　電子版

清末小説叢考

劉鉄雲「老残遊記」と黄河

　『清末小説』第19-23号（1996.12.1-2000.12.1）に連載。劉鉄雲と黄河治水、また「老残遊記」と黄河の関係については、研究者が触れないことはないくらいに有名だ。だが、それら研究論文の内容は、ほとんど大同小異であるのが奇妙だといえよう。印象をいえば、先行論文の言説をくりかえしている。つまり、発見らしいものが論文につけ加えられることが、めったにない。私は、できるだけ資料を集めてみた。日本でやることだからタカが知れているが、それでも黄河関係だけに比較的多くの文献が集まる。劉鉄雲の父親が書いた黄河治水論も視野にいれ、劉鉄雲自身の治水論を確かな文献によってたどったのが本稿である。1998年に１回休載したにしても、これほどの長さになったのには理由がある。黄河氾濫の原因、歴史的情況、劉鉄雲の黄河治水を事実として押さえる、劉鉄雲の治水論を検討する、歴史的事実と「老残遊記」の描写を比較検討するなどなど、触れるべき内容が多岐にわたるからである。手間と暇がかかった分、文献的な発見もすることができた。また、いくつかの事柄について新しい仮説を提出した。一連の作業を終えてわかったのは、「老残遊記」のなかで老残が述べる不十分な治水論が、劉鉄雲の治水論のすべてだと考えられてきたという事実だ。誤解である、といっていい。劉鉄雲の治水論は、彼の論文「治河七説」ではなく創作「老残遊記」に基づいて、だから代用品、それも不十分な代用品によって解釈されてきた。虚構と事実が混同されるという、今までの研究の実態までも浮かび上がってきたのだ。雑誌連載中にかかげた図のなかから、主要なものを選んで収録した。黄河を実地見学したことについて、私はふたつの文章を発表している。「「老残遊記」紀行──済南篇」（注１参照）、「黄河、鄭州に決壊す──「老残遊記」紀行」（『大阪経済大学教養部紀要』第17号1999.12.31）だ。

0　はじめに

　黄河そのものを見ることを目的のひとつとして済南を訪れたことがある。1984年のことだった。劉鉄雲（鶚）著「老残遊記」ゆかりの地を自分の目で確かめておきたいと思ったからだ[1]。

　「老残遊記」初集20回において主人公老残は、済南の大明湖に舟を浮かべ、名泉をめぐった。この部分は、老残による済南観光案内である。人々の評判になっていた酷吏毓賢（玉賢）の行状を調査するため斉河、平陰、寿張、董家口をへて曹州へ黄河沿岸をさかのぼる。さらに老残は、斉東と斉河を中心に活動し、殺人事件を解決することとなる。そのほか、著者劉鉄雲が自らの太谷学派思想を披露する桃花山は、実在の黄崖山だと想像できるし、またそれ以外に該当するものがない。ついでにいえば「老残遊記」二集9回のうち6回は、泰山を舞台としているのだ。

　劉鉄雲「老残遊記」は、その舞台が基本的には山東省に設定されているということができる。もう少し絞り込めば、山東黄河とその周辺である。

　私の場合、時間も限られていたし交通事情にもよるから、済南市内と黄河および泰山を訪問する旅行となった。

　　　済南府の西門をでて、北に十八里行くと町がある。名を雒口と言う。黄河が大清河と合流していないころ、城内の七十二の泉水はすべてこの地を通って河に注いでおり、もともとは極めて繁盛していた場所だった。黄河と合流してから、貨物船の往来は依然としてありはするが、一、二割にすぎず、程遠いものになってしまった。(「老残遊記」第4回)[2]

　劉鉄雲の記述から約80年後、同じ場所に私はいた。昔の雒口は、今、同音の洛口と表示される。バスを降りるとこちらに向かって歩いてくる人々がいる。コンクリートで固めたかなり高い堤防に到着する。登ると、渡し場になってい

ることがわかった。水面は、たしかなことは言えないが、両岸の地と同じかそれよりも低いくらいにしか見えない。これが有名な天井川なのか。堅固でそそり立つ堤防が必要なのは、それなりの理由があるのだろう。こちらと向こう岸にそれぞれ中型で双胴のフェリーが係留されており、見れば、船首を上流に向け、横滑りという感じで2隻が同時に岸を離れる。一方のフェリーは、流れの真ん中まで流される形で移動すると同時に白煙をあげるほどにエンジンを全開し、流れに逆らってこちらに着岸する。褐色の泥水がかなりの速度で流れているのは、見た目にもわかる。エンジンからのせわしない音と白煙とが、流れが急であることを私に理解させてくれる。

　学生のころ、「黄狗」は「あか犬」であると習った。それでは、この黄河も同種類の色ということか。泥水といってもいい色、豊富な水量、流れの急さ、高く頑丈な堤防。これらは、すべて黄河治水が困難であった過去を思わせると同時に、現在、ようやく制御を可能としたことをも示していると考えられた。

　あれから12年が経過し、かわった報道を目にすることになる。黄河が干上がっているというのだ。

　「黄河、干上がる」[3]と題された新聞記事によると、最近、黄河の水が干上がる「断流」現象が目立ってきたという。1972年、利津地点で記録して以来、1992年は83日間、1993、94年も50日間を超え、1995年は118日にものぼった。河口から河南省開封市までの約600キロメートルが干上がったらしい。

　1984年11月、洛口で私が見た黄河は、茶褐色の水が急流となって走っていた。水の量も多いと感じた。「断流」は、1984年以前に発生した現象だったのか。済南の地下水が工場のくみ上げにより年々減少しているとの新聞報道を目にしたことはある。そのため以前は吹き上げていた名物泉が、枯れそうになっていると聞いた。しかし、当時、私が天津にいたころ、黄河の「断流」についての報道は、なかったように記憶する。

　ところが、今、目にしている新聞に掲げられた写真では、黄河の水が、流れていない。洛口から南に50キロメートルは離れていない済陽県である。石積みの堤防に子供が数人いる。なかのひとりは上体をかがめて顔をカメラに向ける。

赤いネッカチーフを首に結んでいるところから少年先鋒隊に参加している小学生だろう。川底には数10人の人影を見ることができる。確かに水がない。干上がっている。1996年6月14日現在で、すでに百日の「断流」を記録しているというから、この「断流」現象は、もっと長引くと考えていい。驚くべきことだ、と再びいう。

　山東半島は、はるか昔においては島であった。陸地続きとなったのは、黄河が運んだ砂泥による、という文章を読んだことがある。広大な海を埋めつくすほどの量の土砂を運んだ黄河が干上がるのか。黄河は、従来、いかに氾濫から防御するか、洪水をどのように制御するかが根本問題であった。その水がなくなるという現象は、過去における対策のなかにはなかった。「断流」現象の原因は、

　　1．黄河は1986年から歴史的な渇水期に入り、流域の年間平均雨量が減少した。
　　2．流域の年間平均水使用量が増加した。

と考えられるという。将来は、内陸河川に変わると予想されてもいる。
　「歴史的な渇水期」というが、過去において「歴史的な渇水期」などあったのだろうか。
　黄河には二つの側面がある。ひとつは氾濫、洪水という負の面だ。もうひとつは、その裏側の水利という正の側面である。いわば硬貨の表裏を構成している事実を、「断流」現象は、表に出したことになる。
　過去において「断流」現象が発生することがあった。しかし、その原因は、現在と異なる。それは黄河がある地点で決壊し、それよりも下流で水がなくなる、という場合だけだ。上流で洪水になれば、下流には水が流れないという単純な現象である。ただし、現在の「断流」は、洪水をともなわない現象なのだ。黄河を制御するために心血をそそいできた人々には、想像もつかないこの「断流」現象であろう。洪水よりも渇水を心配しなくてはならなくなった。従来の

対策を180度転換する必要がでてくる。これは、まったく新しい事態の出現であると言わなくてはならない。黄河についての常識をくつがえす現象である、と強調しておきたい。

劉鉄雲「老残遊記」は、黄河とその治水についての議論が盛り込まれていることでもひろく知られる。劉鉄雲の経歴をたどれば、黄河が出てくる必然性があると容易に気がつくだろう。劉鉄雲は、黄河治水に従事したことがある。自らの経験を土台として「老残遊記」に黄河部分を書き込んだと考えられるのだ。

劉鉄雲がその生涯にたずさわった事業、活動は、多数にのぼる。おもなものでも山西鉱山の開発、鉄道敷設の建議、甲骨文字の先駆的研究、義和団事件の際の難民救済活動、今に残る小説執筆などなど、その行動範囲は広い。これら多くの活動が「老残遊記」には言及されていないことと比較すれば、彼の黄河治水についての自説開陳とその黄河描写は、劉鉄雲という人物の作家という側面を考える場合に貴重な手掛かりを私たちに呈示してくれている。「老残遊記」に見られる黄河関係部分については、のちに見ていくが、ここでその概略をまとめておく。

第1回において語られる黄瑞和の病気は、黄河を象徴していることは広く知られているだろう。第3回では、黄河治水方策に言及し賈譲批判をくりひろげる。やや、専門的な議論だ。第12回の黄河結氷の風景描写は、白話に表現力があることを証明したものとして高く評価されている。第13-14回に描写された黄河氾濫の情況は、その詳細さが読者を圧倒する。

初集わずか20回の紙幅のうち黄河関係の文章が少なからぬ部分を占めていることがわかるだろう。劉鉄雲にとって、黄河体験はかなりの重要性をおびていたということができる。

本稿は、劉鉄雲が自ら体験した黄河治水の経験を基礎におきながら、その作品「老残遊記」に描写された黄河との関係を探ることを目的としている。

劉鉄雲が黄河治水に関わったことがどのように広く知られるようになったのか、まずこれから探っていくことにしよう。

1　劉鉄雲の黄河治水——羅振玉「五十日夢痕録」をめぐって

　劉鉄雲が黄河治水について豊富な知識をもっているという事実が、一般に知られるようになったのには、いくつかの段階を経ている。基本資料があって、それが引用されることにより、広く社会に認識されるという経過をたどる。
　劉鉄雲の黄河治水に関する初期の基本資料とは、羅振玉「五十日夢痕録」[4]だ。
　羅振玉（1866-1940）は、淮安に生まれた。劉鉄雲よりも九歳年下である。淮安には、当時、書店がなくまた購う金もない。そこで複数の家から書籍を借りることにしていた。そのなかに劉渭清観察（夢熊）の名前があげられている。劉渭清とは、劉鉄雲の兄である[5]。
　羅振玉と劉鉄雲は、のちに黄河治水についての意見が一致したことにより親交を結ぶことになる。そればかりか、劉鉄雲の息子大紳と羅振玉の長女を結婚させているから、鉄雲と羅振玉は親戚になるのだ。ちなみに羅振玉は、三女を王国維の長男にめあわせており、劉鉄雲、羅振玉、王国維は姻戚関係で結ばれていた。
　劉鉄雲をよく知る羅振玉だから、その著作「五十日夢痕録」に収録されたいわゆる劉鉄雲伝（章を特にたてているというわけではない）は、同時代人が書いたものとして貴重な文献だということができよう。
　この羅振玉「五十日夢痕録」をひろめた人物が、胡適であり魯迅であった。

1-1　胡　　適

　現在、「老残遊記」の著者は劉鉄雲である、と当たり前のように書いたり言ったりしている。しかし、1903年、上海の『繍像小説』に連載が始まったとき、洪都百錬生という筆名が使用されており、誰のことなのか長らく不明のままだった。
　洪（鴻）都百錬生が劉鉄雲のことだと文字で最初に明らかにしたのは、銭玄

同であろう。1917年のことだ。この時点で、作品初出からすでに14年が経過している。ただし、銭玄同は、「劉鉄雲の「老残遊記」」とだけしか書いておらず、劉鉄雲の経歴そのものについては言及していない[6]。

したがって、劉鉄雲の経歴を紹介した文章は、「老残遊記」研究文献の発表順からいえば、胡適のものがはやい。

重ねていうが、「老残遊記」の著者は、当時の習慣として筆名でしか知られていなかった。洪（鴻）都百錬生だ。一方において、羅振玉は、「五十日夢痕録」のなかで劉鉄雲の経歴を紹介している。だが、「老残遊記」については言及がない。洪（鴻）都百錬生が劉鉄雲の筆名であることを知らなければ、「老残遊記」と「五十日夢痕録」は、別々に存在している文献であるにすぎない。このふたつを結びつけたのが胡適なのだ[7]。

『胡適的日記』[8]によると、胡適が羅振玉の「五十日夢痕録」を入手したのは、1921年8月24日のことだった。上海の露店の本屋で購入したいくつかの書物のなかに『雪堂叢刻』一部が見える[9]。これである。

羅振玉の「五十日夢痕録」に劉鉄雲伝が書かれているのを胡適が見つけたのは、さらに時間がかかり、1921年9月12日、北京においてだった。

　　……羅振玉の『雪堂叢刻』をひもとき、「五十日夢痕録」に気がついてざっと読む。二十三頁以下に劉鉄雲の事実を記録した一篇がある。劉鉄雲のことを探し求めていて、長く得るところがなかったが、本日これを見つけて望外の喜びである。以下に要約する。[10]

日記には、長々と羅振玉の文章の要約が引用される。ただ、あくまでも要約であり、原文そのままではない。読後、胡適は、「彼の『老残遊記』は、私は当時一種の自伝ではないかと疑っていた。今この伝を読むと、思ったとおりだった」と書いている。洪（鴻）都百錬生としかわかっていなかった「老残遊記」の作者が、ようやく姿を現わした瞬間である。

羅振玉が書き残した劉鉄雲伝は、胡適「五十年来中国之文学」に生かされる

ことになる。1922年3月3日の日記に「五十年的中国文学」152枚、4万字あまりを書き終わる[11]、とあり、これがそうだ。胡適日記のなかでは、それぞれに異なる名称で出てくるのは、そのとき論文題名が未定であったためだろう。さらに、3月7日には「五十年之中国文学」という題名で出現し、清書のうえ一部を書き換えたともある[12]。

　胡適の中国文学史は、同年10月29日には、早くも日本語に翻訳する話が持ち上がる。橋川時雄が、「五十年来的中国文学」を日本語に翻訳したいと胡適に申し込み、胡適は、原稿を橋川に渡しているのだ[13]。

　私が、胡適「五十年来中国之文学」について述べているのには理由がある。この文章が後々、劉鉄雲の黄河治水についての基本資料となる羅振玉「五十日夢痕録」を紹介するきっかけとなったものだからだ。中国では、いったん共通認識となったものについては、研究者の多くは、それを受け継ぐことが多い。つまり、同じ記述をくりかえし、ついには固定観念としてしまうのである。

　胡適論文の黄河関係部分のみを引用翻訳してみる。

　　　呉沃堯、李伯元と同時代のものに、また劉鶚がいる。字は鉄雲、丹徒の人。小説上手でもある。劉鶚は数学に精通し、治水の方法を研究して、かつて光緒戊子（1888）に鄭州の河川工事に従事したことがある。さらに山東巡撫張曜の役所にあり「治河七策」を書いた。のち山東巡撫福潤が彼の「すぐれた才能」を推薦し、知府に用いられた。……（以上の劉鶚についての事跡は、すべて羅振玉の「五十日夢痕録」に拠っている。外部では彼を知る人はまったく少ないと考えるため、その大概をここに抜粋したのである）[14]

羅振玉「五十日夢痕録」のなかに書かれた劉鉄雲が、ほかならぬ「老残遊記」の著者洪（鴻）都百錬生であることを公にした初期の文章である。上文につづけて、胡適の考証が展開される。

　　　劉鶚著「老残遊記」は、李伯元「文明小史」と同時に『繡像小説』に発

表された。該書の主人公老残は、姓は鉄、名を英といい、彼自身を仮託したものだ。書中に描かれた風景経歴も自伝の性質を帯びている。書中の荘撫台は張曜であり、玉賢は毓賢だ。治水を論じる部分も羅振玉が書いた伝記と符合する。……彼は娼妓問題を書いたが、それは生計の問題であり、道徳の問題ではなかったということができる。こういう見識も敬服に値するのだ。彼は、史観察（上海の施善昌）の治水の結果を描いて、まことに具体的な描写法を用い、古書を誤信することの大いなる誤りを人に知らしめた（第13回から第14回まで）。／ただし、老残遊記の最大の長所は、描写の技術にある。……第12回に老残が斉河県で黄河の氷を打ち砕く部分は、その描写がさらに出色である。最もよいのは、氷を打ち砕くのを見たその日の夜、老残は堤防のうえを散歩し、……（樽本注：風景描写が引用されるが、ここでは省略する）……白話の文学だからこそこのように絶妙な「すっきりした描写（白描）」の美文を生みだすことができるのである。[15]

「老残遊記」は著者の自伝ではないか、という考えを胡適は長らく持っていた。日記のなかで、羅振玉の文章によってそれが裏付けられた、という意味のことも書かれている。主人公の老残が劉鉄雲自身だとすれば、ほかに登場する人物も実在しただろう、とそれぞれが指摘されてもいる。つまり、荘撫台は張曜を指し、玉賢は毓賢のことで、史観察は上海の施善昌をいう（胡適の誤り。後述）。胡適が、劉鉄雲の風景描写を高く評価するのは、胡適自身の提唱する白話文学の例として最適であったからだ[16]。

　筆名でしか知られていない作家について、その実名と経歴を明らかにした胡適の文章は、「老残遊記」研究に新たな発見をつけくわえており、価値の高いものだということができる。典拠資料まで明記した劉鉄雲に関する紹介は、同時代の研究者に歓迎されたと考えて間違いないだろう。

　胡適の研究に注目した研究者のひとりに魯迅がいる。

1-2 魯　迅

　魯迅は、『中国小説史略』において、劉鉄雲に言及して次のように書いている。これも黄河部分のみを引用する。

> 　……光緒十四年黄河が鄭州で決壊すると、(劉) 鶚は同知として呉大澂のもとに参加し、黄河治水に功績があり評判が大いに高まり、しだいに知府に用いられるまでになった。……(約一八五〇－一九一〇、詳しくは羅振玉「五十日夢痕録」に見える) [17]

　典拠資料に示してある通り、あきらかに胡適が発掘した羅振玉の文章によっていることがわかるだろう。生没年がはっきりしていないのは、研究がそこまで深化していないことを表わしている。
　胡適は、「五十年来中国之文学」において劉鉄雲のだいたいの経歴を紹介した。彼が、羅振玉「五十日夢痕録」を充分に引用するのは、「老残遊記序」においてである。

1-3 ふたたび胡適

　上海・亜東図書館版『老残遊記』の巻頭を飾っているのが、胡適「老残遊記序」[18]だ。「(一) 作者劉鶚の小伝」「(二) 老残遊記のなかの思想」「(三) 老残遊記の文学技術」「(四) 尾声」で構成され、末尾に1925年11月7日の日付が書かれている。
　洪都百錬生とは、劉鉄雲であることがまず明らかにされる。すぐさま、羅振玉の「五十日夢痕録」から劉鉄雲部分のほとんどが「劉鉄雲伝」と題され5頁にわたり引用されているのが目をひく。胡適は、新出資料として該文を大いに価値あるものと判断した結果であるのは明らかだ。

2　羅振玉の劉鉄雲伝──黄河治水部分

羅振玉「五十日夢痕録」の劉鉄雲部分は、のちのちまでも繰り返し引用され語り継がれることになる。ここで、黄河関係部分を訳出し簡単な説明をしておきたい。

2-1 家学としての黄河治水

……君は名を鶚といい、生まれながらにしてすばしこくすぐれていた。年は二十になるまえに、すでにその父君子恕（成忠）観察の学を伝えることができ、天文算数学に精通し、とりわけ治水に長じていた。……

劉鉄雲は、咸豊七年九月初一日（1857.10.18[19]）、父成忠の第2子として江蘇六合に生まれた。劉成忠は、咸豊二（1852）年の進士だ。鉄雲は、父親が河南汝寧府、開封府などに任官するのにしたがっている。劉成忠は、黄河治水と捻軍対策に功績があり、特に前者に関しては「河防芻議」という著書を持つ。劉鉄雲二十歳のとき、河南より淮安にもどり、南京での郷試を受験したが失敗、揚州で太谷学派の李龍川について学んだ。その後、黄河治水などについて研究をはじめている[20]。

黄河治水は、劉家の家学であった、といわれることがある。家に代々伝わる学問という意味だろう。たしかに劉鉄雲の父は、河南で黄河治水に経験があり、著作もある。鉄雲は父親のかたわらで治水を体験したであろうし、太谷学派の思想に触れた後、家学に没頭したとあるから、当然、「河防芻議」も読んだことだろうとは容易に想像がつく。劉蕙孫は、「河防芻議」の内容を「築堤束水、束水攻沙」および「堤不如埽、埽不如壩」という言葉でまとめているが、これはのちに検討する。

2-2 黄河、鄭州に決壊する

光緒戊子（1888）、黄河が鄭州で決壊した。君は、心高ぶらせて自分を試してみたいと同知として呉恒軒中丞のもとに志願した。中丞は、ともに語りこれを抜き出たものと考え、その説をよく採用したのだった。君は、

短い上着にひとりで人夫にまじって仕事をこなし、同僚の恐れ憚りできないことをすべて引き受けた。これにより名声がおおいにあがった。黄河の決壊は、すでに塞がれたため中丞がその功績を表彰しようとすれば、その兄渭清（夢熊）観察に譲り、故郷に帰って読書することを請うた。中丞は、ますます不思議に思った。

劉鉄雲が、黄河治水に参加した最初である。
それ以前の劉鉄雲の行動を見れば、光緒二（1876）年、鉄雲二十歳の時、南京での郷試に落第している。その後、太谷学派の思想に触れ教えを受けるまでになった。太谷学派体験で考えが変わったらしく、光緒十二（1886）年、ふたたび南京におもむき受験するが、試験が終了しないまえに放棄した。そうすると劉鉄雲の資格は秀才どまりということになる。同知とは、知府の補助官をいい、劉鉄雲は、名目だけの官位を金で買ったものだろう。呉恒軒中丞は、巡撫呉大澂（1835-1902）を指す。

羅振玉の筆になるこの部分は、まことに有名だ。劉鉄雲の黄河治水活動に触れる文献は、どれもハンで押したように同様のことをいう。そのこころは、机上で計画をこねくりまわすだけの知識人とは異なり、労働者に混じって肉体労働をしただけでなく、功績を兄に譲って名誉欲にも恬淡としている劉鉄雲である、というわけだ。

基本文献のひとつである劉大紳「関於老残遊記」においては、次のように書かれている。

　　……光緒十四（1888）年、河南におもむき呉清卿中丞に謁見して黄河治水工事に参加した。当時、河南の黄河は鄭州で決壊したまま長い間復旧せず、すでに数人の監督を交替させていた。亡父（注：劉鉄雲）は、到着すると短い上着をきて徒歩で人夫の間にまじり、自ら指揮して励まし、十二月ようやく氾濫がおさまった。呉はおおいに喜び、議案書をつらね報奨を請い、亡父の名前を先頭においた。亡父は、それを辞退し亡き伯父（注：

劉鉄雲の兄渭清）の手柄にしたのだった。……[21]

　劉大紳の文章は、もとをたどれば羅振玉の記述によったのであろう。のちに発表された研究論文は、羅振玉および劉大紳の述べたワクからはみだすことはない。
　たとえば、蒋逸雪「劉鉄雲年譜」[22]、および劉蕙孫『鉄雲先生年譜長編』[23]も、さらに、『光緒朝東華録』などを充分に利用している劉徳隆、朱禧、劉徳平著「劉鶚与治理黄河」[24]についていっても、同様なのである。
　いくつかの疑問がでてくる。鄭州における黄河決壊の年が一致していない。黄河決壊の状況はどんなものだったのか。従来、問題にされていないが、これは劉鉄雲の行動を考える場合、ひとつの鍵となる。人夫にまじって現場で作業をしたと讃えられるが、劉鉄雲はなぜそのような行動をとったのか。単に我を顧みず、治水に熱中したくらいにしかとらえられていない。納得のいく解答が与えられていないのだ。功績を兄にゆずったというが、本当にそうなのか。
　まず、鄭州での黄河決壊についてどのような状況であったのか、見てみよう。

3　鄭州での決壊がもつ意味

　羅振玉と劉大紳の文章では、一致しない部分があるのを、今、問題にしている。鄭州で決壊した年についてだ。羅振玉の文章には「光緒戊子（1888）、黄河が鄭州で決壊した」とあり、一方、劉大紳は、「光緒十四（1888）年、河南におもむき」としている。劉大紳の書き方からすると、鄭州での黄河決壊は前年の1887年とも理解できるのだ。
　蒋逸雪「劉鉄雲年譜」は、鄭州決壊を1887年としている[25]。
　劉蕙孫は、『鉄雲先生年譜長編』において「清史稿河渠志」にもとづき次のように説明する。すなわち、光緒十三（1887）年八月、鄭州で決壊した。黄河は、賈魯河より淮河を経て洪沢湖に注ぎ込んだ。河川が氾濫した一帯に農民蜂起が発生するのを恐れた清朝政府は、紹誠、陳宝箴、潘駿文らを派遣し河督成

孚、河南巡撫倪文蔚を援助させる。さらに礼部尚書李鴻藻、刑部侍郎薛允升を実地調査に送りこんだり、成孚にかえて李鶴年を河督にするなど、おおわらわだった。翌十四（1888）年六月になっても堤防は復旧しない。清朝政府は大いに怒り、成孚と李鶴年を流罪に、李鴻藻と倪文蔚は降格させ、別に広東巡撫呉大澂を河道総督にした。呉大澂は、金石の考古学者で水利について何も知らず、劉鉄雲が大いに提案し、その年の冬、ようやく修復がなった。清朝は喜び、呉大澂も得意で、「龜」という字を刻んだ円形の印を作って記念とした[26]。

鄭州における黄河決壊は、『光緒朝東華録』によると光緒十三年八月十四日（1887.9.30）である[27]。

当時の黄河治水に関係する人々の役職上の変化を追っておきたい。

河東河道総督とは、河南、山東の黄河を管理する最高責任者をいう。担当範囲というものがあり、黄河が南流していた時代は、黄河上流より山東曹県までが河東河道総督、下流は江南河道総督の管轄であった。1855年の銅瓦廂での決壊後、黄河が東流するにしたがい、下流の直隷大名府より河口までは山東巡撫が管轄するようになっている[28]。

山東、河南巡撫、河東河道総督一覧

光緒	十二 1886	十三 1887	十四 1888	十五 1889	十六 1890	十七 1891
巡撫山東	張曜	〃	〃	〃	〃	〃死/福潤
河南	辺宝泉	倪文蔚	〃	〃	〃死/裕寛	〃
東河	成孚	〃革/李鶴年	〃革/呉大澂	〃	〃/許振禕	〃

注：銭実甫編『清代職官年表』全4冊　北京・中華書局1980.7。第2巻「総督年表」1489-1492頁。「巡撫年表」1727-1731頁。このふたつから必要な項目を抽出して作成した。

河東河道総督の成孚が、光緒十三（1887）年に免職（革職）されたのに続き、翌年（1888）にも李鶴年が同じく免職されている。同年七月十日その後を襲うのが呉大澂である。劉鉄雲は、呉大澂のもとに駆けつけたというのだから、そ

の時期は、光緒十四（1888）年七月以降ということになる。

　堤防を復旧することのできない責任者を解任しているのだから、清朝政府は、黄河治水についてほったらかしであったわけではないことがわかる。同時に、1887年、1888年と二年連続して人事移動をしなければならなかったほど治水工事が難航していたことも示唆しているのだ。

　さて、劉鉄雲が黄河治水に参加したという行動については、ほとんどの文献が言及する。上に引いた劉蕙孫の文章は、一般のものより一歩踏みこんで説明しているのは見たとおりだ。また、劉徳隆らも「劉鶚与治理黄河」[29] という専論で、具体的に解説しようとしている。しかし、劉鉄雲が駆けつけたこの鄭州決壊が持つ意味については、いずれの文章もなにも言ってはいない。

　黄河は、毎年のようにどこかで堤防が切れ、氾濫をくりかえしていた。1887年の鄭州決壊もそのひとつにすぎない、という考えに縛られているのではなかろうか。事実は単純ではない。この鄭州決壊は、ある特別な意味をもっていた。ありふれた洪水のひとつであるはずがないのだ。

　劉鉄雲自身が、「老残遊記」のなかで手掛かりを示している。前に引用した、「黄河が大清河と合流していないころ」「黄河と合流してから」（「老残遊記」第4回）という部分だ。

　現在流れている黄河が、昔からのかわらぬ黄河だと思うと間違う。

3-1　黄河の第6次大移動

　黄土高原を流れてくる黄河は、泥砂を多量に含んでいる。黄河下流は、その堆積により川底があがり、これが洪水の最大原因となる。鄭州を扇の要と見立てると、扇を開いた形に黄河は自由に流れを変えてきた。北に流れて渤海に注ぎ込み、南に走って淮河に流れ込む。簡単にいえば、これが、黄河河道変遷の型だ。

　紀元前、黄河はもともと北に流れていた。北流のまま、1048年までに3回流れる場所（河道）を変えている。1128年、大きく南に方向転換し淮河に流れ、1234年にさらに南下する。これで5回の移動である。

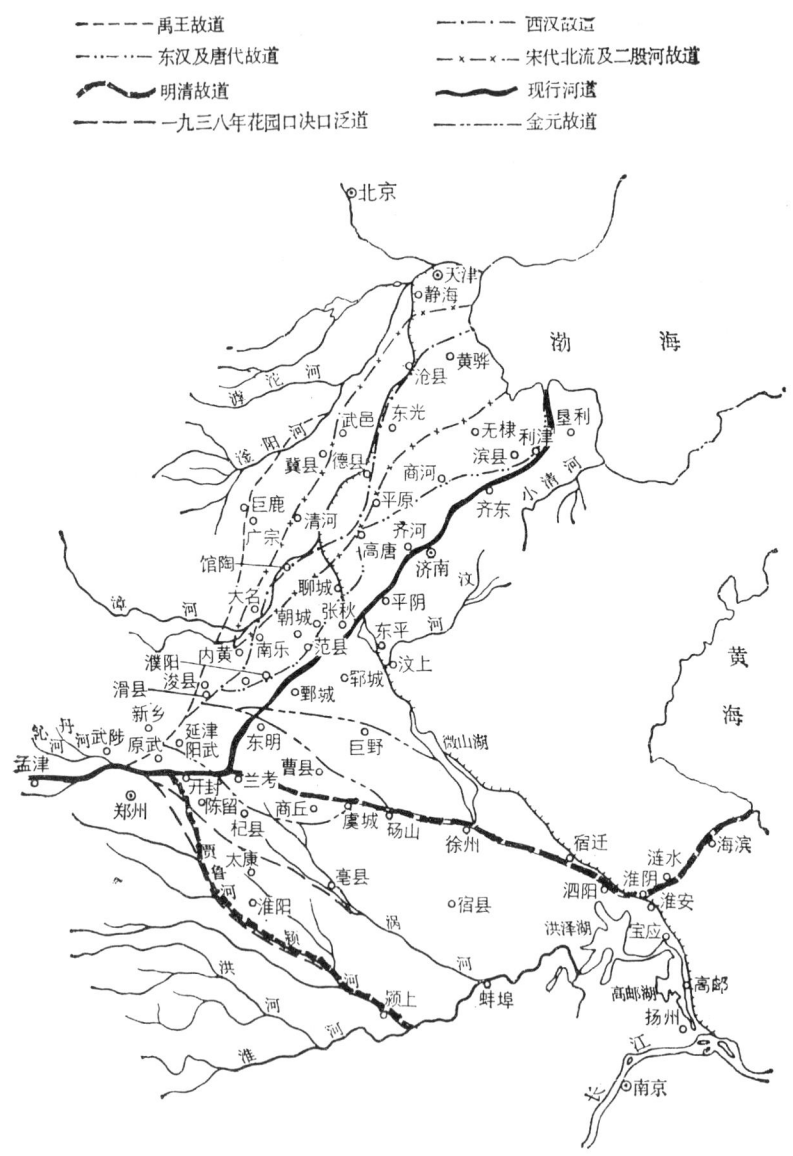

図1：黄河河道の変遷略図（《人民黄河》編輯部『黄河的研究与実践』北京・水利電力出版社1986.10。45頁）

咸豊五（1855）年六月十九日、蘭陽県銅瓦廂で大決壊し、黄河は南から東北に流れを変えた。これを東流という。大清河を呑み込み、利津より渤海に注ぐことになったのだ。河道変遷を数えれば、これが6回目の方向転換となる。先に、劉鉄雲がその「老残遊記」の中でふれていた「黄河と合流してから」というのは、まさにこのことを指している。黄河治水の専門家である劉鉄雲が、黄河河道の変遷を正しく認識しているのは、当たり前といえばそうなのだ。

　黄河の氾濫は、黄河流域に発生するからそう称する。咸豊五（1855）年の東流以後、毎年のように氾濫が発生したが、その場所は、昔の大清河沿岸であることは言うまでもない。

　数えてみれば、1841年から1938年までの98年間に、大規模なものだけでも64回の洪水があった[30]。そのうちの2回が、大きく流れの方向を変えた。すなわち東流するのをやめ、南流して淮河に注いだ洪水である。ひとつは、1938年、国民政府軍が日本軍に打撃をあたえるため人為的に黄河の堤防を爆破して洪水を引き起こしたもの。残るひとつこそ、劉鉄雲が参加した鄭州決壊である。

　光緒十三（1887）年、鄭州で決壊した黄河は、賈魯河より淮河に流入した。それまでの洪水と異なるのは、黄河の流れが移動したこととその規模が大きく、復旧工事に時間がかかったことである。決壊したのが八月、工事に成功したのが翌年（1888）十二月十九日[31]だから、十六ヵ月を費やしたことになる。その総工費は、銀1,200万両であった[32]。鄭州決壊が7回目の黄河大移動にならなかったのは、東流の方針を変更せず、復旧工事を完成したからである。しかし、南流するのにまかせる、という意見も当然のようにあった。

3-2 東流と南流の議論

　黄河の大移動にともなう議論の発生は、なにもこの鄭州決壊の場合だけではなかった。当然、第6回目の銅瓦廂決壊による東流の時も、そのままにするか、南流にもどすかの議論があった。この時は、太平天国の乱など国内の政情不安もあり治水に専念する余裕がなく、東流を認めたため、結果として黄河の方向転換となったのである[33]。

1855年以来35年間、いちおう東流を堅持するかたちで時間は経過している。しかし、その間も、昔の南流にもどすべきだという主張がくりかえしてなされ、議論となっていた[34]。

　概略を示せば、以下のようになる。

> ……此ノ如ク黄河北徒セリト雖モ尚ホ時ニ南岸ノ決潰セシコトアリ。就中其最モ甚シカリハ光緒十三年ニ於ケル河南省鄭州上南廳属ノ堤防決潰是レナリ。彼ノ有名ナル鄭工捐例ハ即チ此工事ニ要スル経費ニ充テンカ為メニ起セシ捐例ナリ。当時鄭州欠口ヲ機トシ黄河南徒ヲ議スル者アリシモ、戸部尚書翁伺龢〔ママ〕、工部尚書潘祖蔭、両江総督曾国荃等皆決口ヲ堵塞シ旧流ニ従フヲ可トシ南流ヲ否トセリ。蓋シ河性北行ニ利アリ。南流ハ河性ニ逆フノミナラス一旦災害ヲ及ホセハ其禍北決ノ比ニ非サレハナリ。[35]

　昔の南流にもどせ、とくりかえし主張するのは、山東巡撫張曜である。鄭州での決壊により南流が自然に実現したから声も強くなる。光緒十三年十月十一日の上奏文において張曜は、「山東の河は泥がますますつまり、黄河の流れを受け入れることはまことに難しくなっております。勢いに乗じ南河の旧道にもどすことをお願いしたいと思います」[36]と述べた。

　張曜にしてみれば、黄河を引き受けて洪水に悩まされるのはまっぴらだということだろう。山東巡撫の立場からすれば、当然のような気もする。災害の原因は、遠ざけるのにこしたことはなかろう。鄭州で決壊して南流するのであればそのままにせよ、という張曜の主張は、李鴻藻、李鶴年らによっても支持された。しかし、旧道復活の主張は、巨額の費用がかかることと工事の煩雑を理由として、同年十一月二十五日の上諭によって否定されるのである[37]。以後、論争は終息した。

3-3 李鴻藻の修復作業

　李鴻藻が、鄭州を視察するよう命じられたのは、決壊から一ヵ月以上も経過

した光緒十三（1887）年九月二十四日のことだった。時に、六十八歳である。ただちに赴任し、十月二十二日、家族あての手紙に鄭州の決壊現場についてつぎのように書いている。

　　……ここはめちゃくちゃでいう言葉もない。物資の購入運搬もきわめて難しく、河が決壊してすでに二ヵ月余というのに、現今、着手もできていない。この光景を見ると、修理復旧する日もなければ、起工する日も決してないように思う。やれやれ。李和翁（鶴年）は、本日到着する。誰が来ようとやりようがない。……[38]

同じく十一月八日付の手紙である。

　　……ここの仕事だけがめちゃくちゃで言葉もない。運搬した物資は、なお一割にすぎない。今年中に起工できるわけがなく、どうしたらよいのか、本当に焦ってしまう。……[39]

　黄河は決壊したまま、手つかずという状況なのである。さらに李鴻藻は、引き続き鄭州での修復工事監督を命じられている。年があけ光緒十四年、李鴻藻は六十九歳となったが、あいかわらず工事の進捗はおもうにまかせない。それでも三月二十日付の手紙には、ここの五百五十余丈は、三月以来、すでに二百五十余丈が完成し、四月末か五月初めには修復できるかもしれない、というまでになっていた。ところが、その予想を裏切って、工事はなかなか終了しない。ここで堤防修復の新兵器ともいうべきものが登場する。
　西洋の機器を導入することにしたのは、作業の効率化を目的にしたものだった。鉄道による土砂運搬車百輌、夜間作業のための電灯、資材運搬の速度をあげるための小型汽船２隻である[40]。
　新しい機器を投入したにもかかわらず、工事はいっこうにはかどらない。黄河の増水期をふたたびむかえるなどして、決壊から約一年になろうとする七月

十日に、残りわずかに三十余丈にもかかわらず、いつ完成するか把握できない、と報告するよりしかたがなかった。

怒ったのは、同日、報告を受けた朝廷である。前述のように、河東河道総督であった成孚とその後を継いだ李鶴年を流罪に、李鴻藻と倪文蔚を降格し、李鶴年にかえて広東巡撫呉大澂を河道総督に任命した[41]。

李鴻藻の嘆きには大きなものがあった。「半年あまり、知力体力ともに使い果たし、そのあげくがこのありさまだ。悲しみの極みというべきだ」[42]と家書にしたためることになる。

3-4 呉大澂の登場

河東河道総督に新しく任命された呉大澂は、八月五日、開封に到着した。翌日、事務引き継ぎをする。

呉大澂は、みずから決壊箇所を実地に視察したうえに、関係者からたびたび意見を聴取し、関係書類を閲覧するなどした。

その結果、修復工事がここまで遅延している原因を、決壊箇所が長すぎて本流がそこに注ぎ込み、締め切り工事に手間がかかっていること、それは、前年の起工が余りにも遅すぎて資材を入手することができなかったためだ、と指摘する。

呉大澂が観測したところ、「東壩」は、四十六占二百十五丈、「西壩」は、六十一占三百五丈、決壊部分は約三十五、六丈である。

「壩」というのは、河川工事における独特のもので、時には水量調整に、護岸に、また決壊部の締め切りに、とあらゆる場合に使用されている。簡単に言えば、魚のヒレのように堤防本体から河中にせりだす形に構築する堤である。

鄭州決壊の場合、東西の「壩」に区別しているから、左右からそれぞれ延長していって、決壊部分を塞ごうというのだ。つまり、「壩」は、一度に全部を作り上げるものではなく、一段ずつ固めながら伸ばしていく。この一段を「占」という。

視察で得られた事実の上にたてられた呉大澂の修復方針は、つぎのようなも

のだった。すなわち、「西壩」が弱いためこれに沿って水の勢いを殺す目的でもうひとつの「壩」（挑水壩という）を築く。さらに、本流の勢力を分けるために水路を別につくる（引河という[43]）。「挑水壩」で「西壩」を保護しながら、「引河」に本流を導き、その間に決壊部分を繋げるというのだ。工事期間の見積りは、二ヵ月である。決壊の状況と修復方針について、だいたい以上のことが、八月十三日付呉大澂の上奏文から理解できる[44]。

　上奏文から判断する限り、李鴻藻が採用した修復方針と呉大澂のそれとの違いは、「挑水壩」および「引河」の有無となる。

　呉大澂の報告書には、李鴻藻が導入した西洋の機器がどうなっているのかの言及がない。土砂運搬車百輌、電灯、小型汽船2隻は、引き続き使用されていたと考えられる。

　八月から予定の二ヵ月が経過しても修復工事は難航したままだった。十一月二十九日の上奏文には、見慣れない言葉が出現している。いわく、レンガ、砕石で周囲を保護する「磚壩」「石壩」は、激流にあうとゆるんでしまう。西洋各国にはセメント（原文：塞門徳土）というものがあり、砂と混ぜあわせると粘り、水が染み透らず、これは中国で使用している三合土（注：三和土ともいう。石灰1、烏樟葉1、黄土1の割合で混合したもの）よりも堅牢だと聞く。本年八月、北洋大臣李鴻章と電報で相談し旅順にあるセメント三千桶を振り向けてもらい、さらに上海、香港から六百桶を追加購入した。現在、陸続と運ばれてきておりまず試験してみる[45]、とある。

　セメント cement は、周知のとおり空気中および水中で硬化する水硬性セメントのことで、別にポルトランドセメントとも称せられる。1824年、イギリス人が特許を得ており、日本では1872（明治5）年に始めて製造された。光緒十四（1888）年、鄭州の工事に使用される可能性は充分にあった。呉大澂によるセメント使用は、土砂運搬車、電灯、汽船につづく西洋機器の利用であるといってよい。

　季節は冬である。決壊箇所のまわりは凍結した。水勢は、必ずしも強くはなくなり、十二月十日、天候の緩んだのを機会に別の水路（引河）を開くと河の

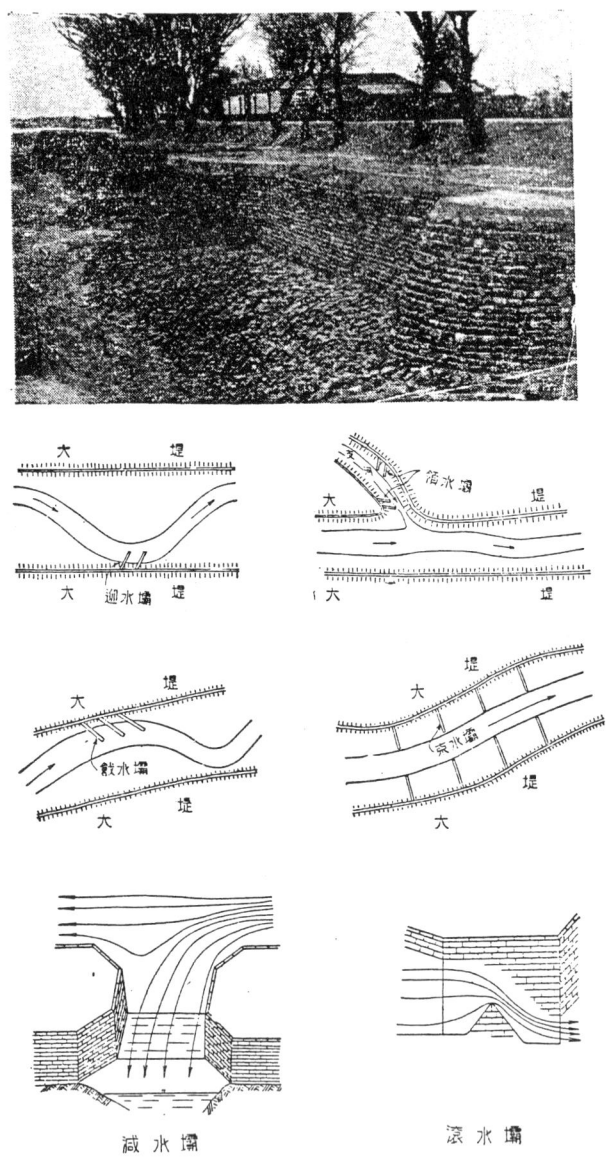

図2：「壩」のいろいろ（福田秀夫、横田周平著『黄河治水に関する資料』コロナ社19
41.9.5。226、227頁）

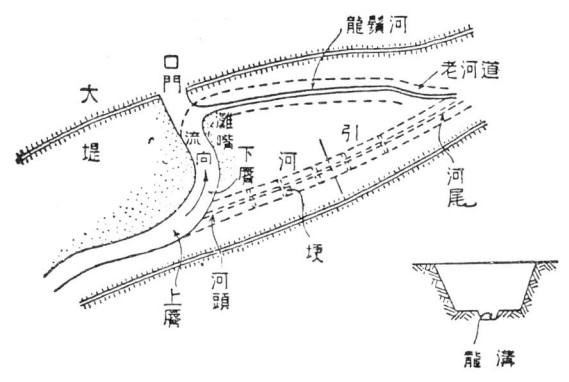

図3:「引河」(福田秀夫、横田周平著『黄河治水に関する資料』231頁)

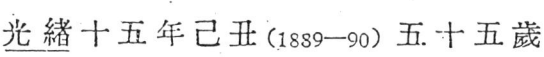

加兵部尙書銜。"(據軍機檔)

先生於鄭工合龍後取別字曰鄭龕。

按先生嘗以此字鐫一長方邳。以龕字從合從龍,又於"鄭龕"二字間以重畫界之,重畫間,又略以一筆聯之,使如工字,組成"鄭工合龍,"以爲紀念。而先生逕於經小學,此字蓋象有崇仰先後鄭之意,其遇甚巧,亦佳話也。

光緒十五年己丑(1889—90) 五十五歲

正月九日,先生感國中不知講求輿圖,亦河工額廢之因。今辦善後,視爲急務。奏請准予調員設局繪圖,並請委員學生酌予獎敍。

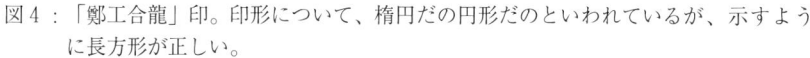

図4:「鄭工合龍」印。印形について、楕円だの円形だのといわれているが、示すように長方形が正しい。

本流は、東に流れた。十四日、締め切りのための東西の堤（壩）をさらに伸ばし、十六日、東西壩の間に太い縄を張り渡したのち玉を沈めて河の神を祭る。十七、十八日の両日、主となる「正壩」と上流の「上辺壩」は、同時に合体（合龍という）した[46]。こうして長期にわたった締め切り工事は、完了したのである。清朝政府は、ただちに呉大澂を表彰し、さきに処罰を加えていた元修復作業関係者についても地位回復をするなどの措置をこうじた。

　呉大澂は、修復成功後、「鄭龕」なる号を自ら使用することにした。「鄭工合龍」を意匠とした印を作成してもいる[47]。自らの号とし、印を刻むくらいに得意な仕事であった。やりとげるのに大きな苦労があったことも同時に理解できる。その苦労が大きければおおきいほど、達成感は高まる。「鄭工合龍」という印は、そういう呉大澂の状況と感情をよく表現しているように思う。

3-5　鄭州での決壊がもつ意味

　この鄭州での修復工事には、黄河治水のいわば戦略と戦術についての注目すべき問題点が存在することが理解できる。

　ひとつは、大きく言えば黄河の河道をいかにすべきか、という戦略があることを示している。

　銅瓦廂で河道を大移動させた事実からも、特に下流における決壊に際しては、常に東流、南流の議論が発生することを知らなくてはならない。劉鉄雲との関係からいえば、彼は、鄭州での決壊修復工事には、その東流と南流の議論が決着したあとで参加している点に注目したい。鄭州治水には、考慮すべき戦略が存在していたにもかかわらず、劉鉄雲自らには、直接、その戦略に関わる機会はなかった。これは、のちの彼自身の治水論「治河七説」に関係が生じてくる。

　もうひとつは、治水の戦術、すなわち修復方針と方法についてである。

　修復方針といえば、李鴻藻は、ただやみくもに決壊箇所を修復しようとした。後に登場した呉大澂が採用した修復方針で李鴻藻と異なるのは、「挑水壩」と「引河」であった。再度説明すれば、「挑水壩」を築いて弱い方の「西壩」を保護しながら、本流を別の水路（引河）に導き、水の勢いが弱まったのに乗じて

決壊箇所を締め切るというものだ。李鴻藻が考えつかなかったこの「挑水壩」と「引河」の方法を、呉大澂は、どこから着想したのであろうか。これこそが、劉鉄雲が大いに関係する部分なのだ。

さらに、治水方法で目新しいのは、西洋の機器の登場である。土砂運搬車、電灯、汽船は、新兵器ということができる。また、セメントの使用は、従来の工法にはない新手法に違いない。

まず、「挑水壩」と「引河」の発想源から述べよう。それには劉鉄雲の父成忠の治水論にさかのぼる必要がでてくる。なぜならば、劉鉄雲が鄭州の工事に参加したとき、彼の黄河治水に関する知識は、多くは父成忠から伝えられたものだと考えられるからだ。劉鉄雲の著作である「治河七説」は後に書かれるもので、この時の鄭州工事に役立ったとすれば、父成忠の「河防芻議」をおいては存在しない。劉鉄雲自身、父に従って黄河治水の実際を体験しているはずだ。しかし、その体験は、この時、文字になっていない。拠るとすれば、やはり劉成忠「河防芻議」であろう。

3-5-1 父成忠の黄河治水論

先に、「家学としての黄河治水」という言葉を使った。劉家の父から息子へ伝えられた黄河治水に関する学問という意味だ。

劉鉄雲の父成忠は、河南での勤務が17年間にわたっており、捻軍対策[48]と黄河治水に功績があった。この経験が、黄河治水に関する著書「河防芻議」を持つことにつながる。

劉成忠「河防芻議」についての研究が現在どうなっているのか、簡単に見ておきたい。

読むべき文献は、多くない[49]。劉蕙孫が、『鉄雲先生年譜長編』において「河防芻議」の内容を「築堤束水、束水攻沙」および「堤不如埽、埽不如壩」にまとめた[50]。ところが、これ以上の詳しい説明は、ない。本当にこの16文字だけなのだ。16文字を示されて、ただちに劉成忠の黄河治水論全体を理解することのできる人は、多くないのではなかろうか。

劉鉄雲研究の専著である『劉鶚小伝』においても、劉蕙孫とまったく同じ16文字をくりかえす[51]。同書では、「劉鶚与父親劉成忠」という別の文章を設けているから、ここで具体的な解説があるかと思えば、それもない。意外な気がしないでもない。
　いずれもが、劉成忠「河防芻議」の中心思想は、「築堤束水、束水攻沙」「堤不如埽、埽不如壩」であると要約しているだけだ。詳細な説明はない。となるとこれを受け取る側ではふたつの反応を示さざるをえない。ひとつは、オウムがえしにくりかえすこと。専門家がそういうのだから疑問をさしはさむ余地はない、というものだ。もうひとつは、16文字をせめて現代語訳してお茶を濁すくらいだろう。
　「築堤束水、束水攻沙」とは、文字通り、堤防を築いて黄河の水を束ねる、拡散させない、その上で水勢によって沈殿する土砂を排除してしまうことを言っている。つづいて示されるのは、堤防よりは埽、その埽より壩が重要であるという考えだ。つまり、壩が最重要という意味になる。
　以上のように書いたところで、その内容が理解できるだろうか。はなはだ不安である。なによりも、要約されたふたつの主張には矛盾があるのだから、理解せよと言うほうが無理なのだ。
　黄河の土砂を排除するためには、堤防を築造する必要があると述べているのにもかかわらず、堤防よりも埽、埽よりも壩というのでは、重要なのは堤防なのか壩なのか、わからなくなる。この矛盾を、研究者の誰ひとりとして指摘していないのも不可解なのだ。思うに、「河防芻議」そのものが簡単に読める状況ではないのかもしれない。
　丹徒劉成忠子恕著『河防芻議』は、全23葉、半葉10行20字の線装本である。同治十三年刊[52]。
　刊年の同治十三（1874）年といえば、劉鉄雲は十八歳である。鉄雲が家に伝わる学問に専念したのは二十一歳のことだった。父の「河防芻議」を読んだとすれば、時間的には充分間に合う。
　劉成忠が、その黄河治水論の冒頭に述べる従来からの洪水防止策として、四

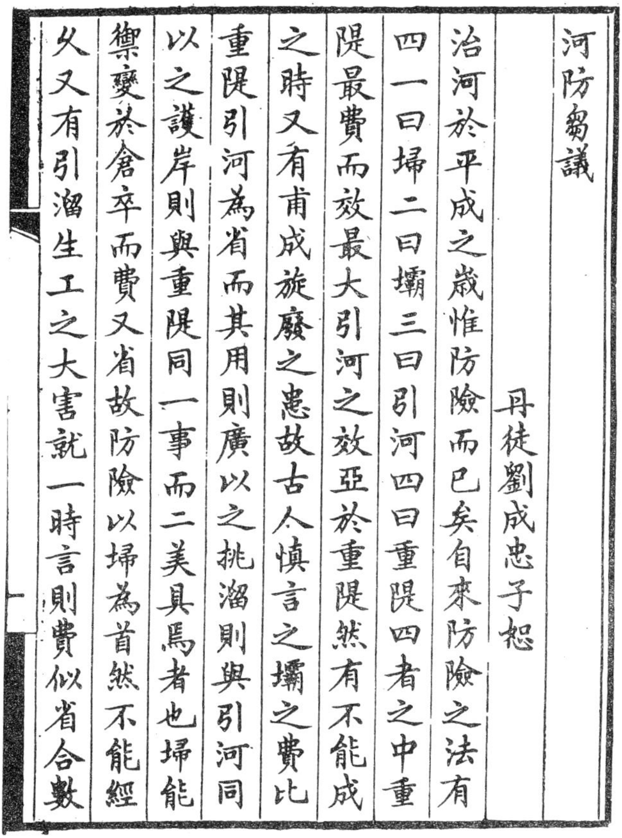

> 河防芻議
>
> 　　　　　　　　　丹徒劉成忠子恕
>
> 治河於平成之歲惟防險而已矣自來防險之法有
> 四一曰埽二曰壩三曰引河四曰重隄四者之中重
> 隄最費而效最大引河之效亞於重隄然有不能成
> 之時又有甫成旋廢之患故古人慎言之壩之費比
> 重隄引河為省而其用則廣以之挑溜則與引河同
> 以之護岸則與重隄同一事而二美具焉者也埽能
> 禦變於倉卒而費又省故防險以埽為首然不能經
> 久又有引溜生工之大害就一時言則費似省合數

図5：劉成忠『河防芻議』

項目をかかげる。

　1埽、2壩、3引河、4重堤である。

　用語の説明をしておこう。埽は、決壊箇所を締め切るときに使用するもので、柳、竹、縄、高粱の茎などを材料にして作成される。壩が、護岸、また決壊時の締め切りとして利用され、引河が人工の河道であることはくりかえすまでもない。

　堤防についても説明する。黄河流域の場所にもよるが、特に下流においては

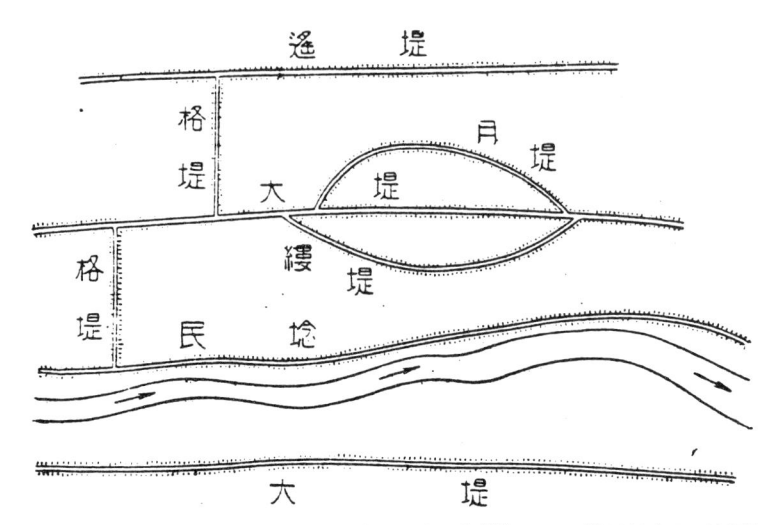

図6：福田秀夫、横田周平著『黄河治水に関する資料』コロナ社1941.9.5。204頁

　堤防は一本とは限らない。本堤防を「大堤」という。本堤防の外側に小さな「縷堤」を築く場合もあるし、本流より遠く離れたところにもうけるのが「遙堤」だ。「遙堤」の外側に二重に作るのを「重堤」と称する。

　劉成忠は、述べる。埽、壩、引河、重堤のなかで、重堤が最も手間がかかるが効果は最大である。引河の効果は、重堤に次ぐが、成功しない時、またはやっと完成したとしてもすぐさま廃止しなければならない心配があったため、古人は発言するのに気をつけていた。壩は、重堤引河とくらべて手間を省けるしその効用は広い。流れを導いて引河と同じく岸を守るため、重堤と同じことだ。埽は、変化を慌ただしいうちに統御することができて手間も省ける。ゆえに、洪水防止に埽は最高だ。しかし、長持ちしない。

　劉成忠は、比喩を持ちだす。洪水防止の治水は、兵法家が都市を守備するのにたとえることができる。都市をよく守るものは、敵が都市に近づくのを待って、城壁に頼りはじめて攻撃するというようなことはしない。境界の地へ追いやり、あるいは近郊で防御し、やむをえない時に都市をめぐって守備をする。つまり、上策は、敵を遠くに追い払っておくものであって、城壁まで敵を近づ

けるのは下策でしかないという意味だ。

　続ける。近くを守備することは、遠くを守ることにおよばない。埽は、都市をめぐっての守りである。引河は、敵を境界の地に追いやるもの。壩は、郊外で防御するやりかたで、重堤の建築は、外城を捨て、内城を守ることになる。

　劉成忠は、この四点は、古人のいう洪水防止策であって、今では引河を用いず「守灘」にかえている、という。この灘を守る、というのが劉成忠の新しい主張であり、他に類を見ないものなのだ。

　灘とは、川岸にたまった土砂によって形成された場所をいう。堤防内のものを「外灘」と称している（黄河治水でいう内外は、日本とは正反対）。

　灘を守ることができれば、河床は固まり堤防は保全される。劉成忠の見るところ、堤防が切れる原因は、灘が崩れるからだ。

　結局のところ劉成忠の黄河治水策は、外灘、壩、埽、重堤の四つに集約できる。

　「河防芻議」という書名が示す通り、劉成忠の著作は、黄河の洪水防止策に力点が置かれていることがわかる。黄河が決壊した場合の修復作業については言及がない。

　劉蕙孫が劉成忠の主張をまとめたという「堤不如埽、埽不如壩」は、劉成忠の著作のどこから引用しているのか不明である。不明であるどころか、そのような主張を「河防芻議」のなかに見出すことはできないのだ。劉蕙孫は、なにか勘違いをしたのではなかろうか。

　もうひとつの「築堤束水、束水攻沙」は、語句そのものは「河防芻議」に見ることはできない。ただし、それをもって劉蕙孫の間違いとすることは早計である。明の潘季馴が最も力を入れてとなえた説であり、「河防芻議」にも潘季馴の名前は出てくる。その言葉通りの引用はないが、堤を洪水防止策の基本にすえる劉成忠だから、潘季馴の説に基本的に同意していると考えてよい。

　黄河の治水には、基本的にふたつの側面がある。

　ひとつは、洪水防止方法、ほかのひとつは決壊時の修復方法だ。洪水防止のために堤防があり、修復の方法に埽壩が利用される。両者の目的が異なるから

には、その築造方法も違ってくる。堤防が、あくまでも洪水防止の中心である。壩は、時には護岸に使われることもあるが、堤防が決壊した場合に利用されるのが本来の用途だ。

　堤防を守るための灘保守を主張し、埽、壩を併用しながら堤防を重ねる重堤を築造せよ、という劉成忠の主張は、黄河治水の基本から言って説得力をもつといっていい。

　ただ、ひとことつけくわえれば、鄭州を通過して東する黄河は、南流と東流の可能性を持つから、戦略としての河流を考える必要も出てくる。しかし、劉成忠は、河南に赴任して長く、そこまでは担当するつもりはなかったらしい。「河防芻議」に、黄河が東流へ変化したことを記述しているが、その年である咸豊五年を咸豊三年に間違えている。「五」の書き誤りかもしれないが、いずれにしてもそれくらいの関心しかなかったことを示しているといえるだろう。

3-5-2 「河防芻議」から呉大澂へ

　呉大澂は、鄭州において黄河決壊修復工事の陣頭指揮をとっていた。劉鉄雲は、同知の資格で工事に志願し、呉大澂に対して黄河治水策を進言した、というのが羅振玉証言以来の定説となっている。

　劉鉄雲が、具体的に何を献策したかについて言及する最近の論文は、劉成忠「河防芻議」の場合と同じくわずかに劉蕙孫『鉄雲先生年譜長編』と劉徳隆、朱禧、劉徳平著「劉鶚与治理黄河」のふたつしか発表されてない。後者には、劉鉄雲自身の著作『治河五説』から「設閘壩以泄黄」「引清逆淤、束水以攻沙」が引用される[53]。

　両文は、呉大澂の次の箇所が劉鉄雲の影響を受けたという。すなわち、「河南省黄河の患いは、治療できないのではない。病は、治療しないところにあるのだ。堤防構築にはよい策がない。埽は、恒久策ではない。肝心なのは壩を築造し流れを統べることにある。流れを追いつめて土砂を排除し（原文：逼溜以攻沙）、流れを中央部に入れ、河が堤防に着かなければ、堤防本体は堅固なのであって、河の病は自ずと軽いのである」[54] という部分がそうなのだ、という。

この箇所を読む限り、そのまま劉薫孫、劉徳隆らの意見に同意することができない。そうなのだろうか、と思う。第一、劉鉄雲が唱えるこの治水方法（上の引用文でいえば、逼溜以攻沙）は、そのもとが漢代の王景にあるというのだ。そうして、劉徳隆らは、文章を「老残遊記」第1回に言及される王景に話を継いでいく。これでは、せっかくの劉一族の家学であった黄河治水策と無関係とはいえないまでも、父成忠を飛び越している点で、不十分な説明であるのは明らかだろう。

　私が思うのに、呉大澂の上奏文で重要なのは、今、引用した箇所ではなく、それに続く次の部分なのだ。すなわちこうである。「役人の中で省に来て最も長い者一同が言うには、咸豊初年、栄沢は増水期になおレンガ、石の壩が二十余もあった。堤防の外は、みな灘で、河の流れは堤防からとても遠くにある。壩埽で危険を防止し、堤防の根元の埽についての工事は、ずいぶんと少なかった。古い壩の修理を怠り、数年にもならないうちにほとんどが廃棄され、それから河の水勢が、ますます追いつめられて（堤防に）近づき、埽は、ますます多くなった」[55]

　呉大澂の報告は、灘とそれを守る壩の重要性を指摘するものだ。壩によって灘を守れば、堤防から河の流れを遠ざけることができる。そうすれば、洪水防止の基本である堤防を守ることが可能だという判断である。

　呉大澂の治水策のほかならぬこの部分にこそ、劉鉄雲ならではの献策が見えている。

　劉鉄雲が呉大澂に進言した時、拠った文献としては、やはり父成忠の「河防芻議」を第一に推す方が必然性があることを、再度、強調しておきたい。後の著作となる鉄雲自身の『治河五説』は、時間の順序からして二の次にするのがいいだろう。「河防芻議」に具体例があると考えるほうが合理的だ、と私は思う。

　「河防芻議」を源とし、劉鉄雲を経由して呉大澂へ流れ込んだ黄河治水策の例として、私は、つぎの二点を指摘したい。引河、挑水壩および灘である。

　1．引河、挑水壩の併用

呉大澂によって定められた鄭州工事の方針は、挑水壩で西壩を保護しながら、引河に本流を導き、その間に決壊部分を繋げる、というものであった。壩と引河の考えこそ、その水源は劉成忠「河防芻議」にある。本来は堤防保守のための壩と引河であった。劉鉄雲が才知を働かせたとするならば、保守の方法である壩と引河を用途によって使い分け、両者を併用するというように、修復工事に応用した点であろう。

　２．灘の保護

　灘を堤防保守の基本に据えることこそ、劉成忠の創見であった。上に紹介した呉大澂の文章にそれがうかがわれる。そればかりか、より明白に述べた文章がある。「老灘（注：浸水の害をこうむらない灘）は土が固く、流れに遇うと日増しにくずれてくる。これがくずれて堤防もまた次第に崩壊する。今、私は壩を築くことによりこの老灘を維持する。この灘があれば、堤防は孤立することがない。堤防を守るためには、灘を守るのにこしたことはない」[56]。今、孫引きで示したが、これこそ劉成忠の主張をそのまま反映しているといえる。

　番外の一点として、同類の文章表現があることもつけくわえよう。

　番外：兵法家の比喩

　先に、劉成忠が、洪水防止の治水について、兵法家が都市を守備するのにたとえたことを見てきた。呉大澂の上奏文には、まさに兵法家が出現する。「敵を防ぐのに、戦うことができて、その後に守ることができる、というような兵法家がいるとは知らない。私は、治水工事においても戦いをもって守りとするという説を創立する」[57]。

　「戦いをもって守りとする（原文：以戦為守）」という部分は、「守りをもって戦いとする（以守為戦）」と表現を入れ替えてもいい。黄河決壊を目前にして修復工事に力を入れるのは当然である。これが「戦い」だ。しかし、日常的に堤防の保守に精力を注ぎ込んでおくこと（守り）が、「戦い」に匹敵する。まさに、劉成忠の「河防芻議」そのままの論調ということができる。

　さて、次の疑問は、劉鉄雲自身が、修復工事に泥まみれになって従事した理由である。なぜ、劉鉄雲は、そのような行動をとったのか。さぐってみよう。

3-5-3 なぜ工夫にまじって作業をしたか

　劉鉄雲は、河南省にかけつけると、同僚たちが恐れ憚りできないことを、ひとり、工夫に混じって率先してやりとげた、という有名な話である。

　羅振玉が言いはじめて、劉大紳が追随し、その後はどの論文でも引用紹介される。

　劉鉄雲が、実際に工夫たちと修復作業に従事したことを、私は疑っているわけではない。親友であり、親戚でもある羅振玉の証言である。事実であろう。だが、劉鉄雲がなぜそのような行動をとったのかの説明が、どこにもなされていないのを不可解に思うのだ。

　それが劉鉄雲の性格である、といわれれば、それはそれで納得する。

　後年の鉄道敷設の建議、山西鉱山開発、北京難民救済活動などなど、数多くの事業、活動は、思い立つとすぐさま行動に移さずにはいられない性分であった劉鉄雲を示している。この鄭州での修復工事もそのうちのひとつかも知れない。黄河が決壊し、長期間にわたり修復ができないでいるのを見かねての行動だ。その大本に太谷学派の思想があることも理解できる。

　ただし、これらの説明は、いずれも劉鉄雲が鄭州工事に参加する理由として充分であったとしても、土木工事そのものに自らの身体を投入する理由としては不十分である。当時の知識人の常識として、修復工事の立案はするにしても、その工事現場に自らが参加することは考えられないからだ。

　羅振玉証言のなかで、私の問いへの回答を示唆しているのが、「君は、心高ぶらせて自分を試してみたいと同知として呉恒軒中丞のもとに志願した（原文：君慨然欲有以自試以同知往投効於呉恒軒中丞）」という箇所である。

　「自分を試す」ために鄭州へ赴いたというのだ。劉鉄雲は、父に従い河南の黄河治水を体験していたとはいえ、見聞の段階にとどまっていたのではないか。父成忠「河防芻議」を含む治水論関係の書籍を学んだのち、その知識を実地の修復工事にあてはめて試してみたくなった、と考えればひとつの回答となりうる。

工事の実際を体験することが、劉鉄雲の参加目的であった。壩の作成を自分でやってみる、壩の築造がどうなされるのか、自分で土を打ち固める作業に加わったかもしれない。決壊部分を修復するための壩と、それを急流から保護する壩の建設と、掘削すべき引河の関係を観察するには、自分が現場で働くのが一番理解しやすいに違いない。

　劉鉄雲は、「挑水壩」と「引河」の併用を修復工事の具体策として進言した人物として、責任を感じていたかもしれない。責任というよりも、治水効果をみずからの体験を通して確認したいという願望のほうが強かったかとも思う。これが、私の考える劉鉄雲の工事現場参加の理由のひとつだ。

　さらにいえば、劉鉄雲は、西洋機器についての関連技術に関心があったのではないかとも想像する。

　この鄭州工事には、李鴻藻によって西洋の機器が導入されていた。鉄道による土砂運搬車100輛、夜間作業のための電灯、資材運搬用の小型汽船2隻である。さらに、呉大澂は、これも西洋の新技術であるセメントの使用を決断していた。これら西洋機器、技術の導入は、それ以前の治水工事には見られないものである。劉鉄雲が興味のあまり、実際の操作と取り扱いにまで自らの手を下したと考えられないだろうか。運搬車、電灯、汽船の操作、セメントの使用の仕方、細かいところまで自分でやらねば気がすまない、劉鉄雲はそういう人物だと想像するのは可能だと感じる。

　劉鉄雲の父、兄ともに西洋の文化技術に興味を示していたという事実がある。

　父成忠は、歯車を使用した西洋水車に興味を示し実際に作成させ、その説明文を残している[58]し、兄劉渭清はフランス語を宣教師に習った経験を持つ[59]のだ。そういう家庭の環境が、劉鉄雲に好奇心をうえつけ、実際行動にかりたてたのではないか、というのが理由のふたつである。

　次は、劉鉄雲の功績表彰辞退について検討することにしよう。

3-5-4 功績表彰辞退の謎

　鄭州工事がようやく成功し、喜んだ呉大澂は、功績のあった人々にそれ相応

の賞を授与するように申請した。すると劉鉄雲は、その功を兄劉渭清に譲ったというのだ。これまた有名な事柄である。

　劉鉄雲と親しかった羅振玉の証言である。疑問をさしはさむ余地はないように見える。だから、羅振玉証言に疑問を提出する研究者は、存在していない。羅振玉の言葉をくりかえし引用しているだけである。

　謎は、ふたつある。ひとつは、劉鉄雲は、なぜ表彰を辞退したか、だ。従来から納得のいく説明はなされていない。もうひとつは、功績を兄劉渭清に譲ったというのは、はたして事実だろうか。より深い疑問が生じる。

　表彰辞退について、それが事実だとすれば、私が思うに、劉鉄雲の鄭州工事志願の目的が重要なのだ。

　前出、羅振玉の言葉、「君は、心高ぶらせて自分を試してみたいと同知として呉恒軒中丞のもとに志願した」をもう一度、見てほしい。「自分を試してみたい」というのが鄭州工事志願の目的だった。この証言からすると、工事で功績をあげて官位を獲得しようという考えは、劉鉄雲には、もともとなかったと考えられる。

　劉鉄雲にしてみれば、官職を求めての志願ではなく、自分自身を試すためのものであった以上、功績表彰を辞退することは、当然のことだと理解できよう。

　ところが、功績を譲られた兄劉渭清についての記述を追ってみると、この事実そのものが揺らいでくるように思われる。

　よく考えてみれば、このことを証明する事実が示されていないことに気がつく。たとえば、兄劉渭清はこれこれの官位を贈られた、という記述を見たことがない。

　そもそも劉渭清[60]が、なにをして生涯をすごしたのか、詳細が不明である。劉家の家長として淮安で生涯を終えたと思われるのだが、劉渭清に焦点を当てた文章は書かれていない。だから劉鉄雲との関係がどういうものであったのか、これも明らかではない。

　劉鉄雲が功績を兄に譲った、という部分だけを見ると、兄劉渭清が、突然、出現してきて奇異な感じをいだかざるをえない。黄河の修復工事に尽力したの

は、劉鉄雲でありながら、どこか関係のない場所にいた劉渭清が引っ張りだされてきたような印象を受けるのである。功績を譲る、というのならば、普通に考えて、劉渭清も劉鉄雲と一緒に工事に参加していた可能性もあるのではないか。しかし、羅振玉たちは、そのことにひとことも言及してはいない。

　劉渭清について、証言がはなはだしく不足しているうえに、錯誤した箇所もある。

　たとえば、劉厚沢は、次のように述べる。

　1884年、劉鉄雲の父成忠が病没した。劉鉄雲が、生産に従事して妻子を養う必要はなかったが、「しかし、過去において一貫して家庭に喜ばれず、また、厳しい長兄が家を切り盛りしている状況のもとでは、弟ひとり始終だらしなく生活していくことを許さなかった」[61] と。劉一族には、そう伝えられていたのだろうか。劉厚沢の文章からすると、読みようによっては兄夢熊と弟鉄雲の仲は悪かったようにも受け取れる。が、それは正しいのだろうか。厳格な兄に、弟の劉鉄雲が黄河治水の功績を譲った、ということになる。「厳格（原文：厳峻）」な兄であれば、自分の関係しなかった事業に起因する表彰など拒否しそうなものだが、いかがか。

　劉厚沢の文章からは、いくつかの疑問が出てくる。ただし、これは劉厚沢の勘違いではないか、と思うのは、劉大紳の証言が一方で存在しているからだ。

　劉鉄雲は幼い頃、記憶力が優れていたが、ただ受験勉強が嫌いで、性格が気ままのうえ決まりを守らなかった、と劉大紳は述べた後、以下のように書いている。「亡き祖母は、家事を治めるのに厳粛で、それ（注：劉鉄雲の行状、性格）をまったく喜ばなかった。亡き伯父（注：夢熊）も、性格が亡父（注：鉄雲）とは異なり、善を求めるのにはなはだ急であった。亡祖父（注：成忠）は退官帰郷したのち、老衰でほどなく亡くなる。伯父は家を切り盛りして、亡父が生産に従事しないのをしきりに気にしていたのだ。亡父は、そこで祖母に請い淮安の南市橋のところに店をかまえ関東タバコを売ったのである」[62]

　劉大紳が描く兄劉渭清は、弟鉄雲を思いやる温厚な人物として出現している。
　劉鉄雲の功績表彰辞退を考えるには、関係者の証言では充分ではないことが

上の例からも理解できよう。

では、どういう資料があるというのか。新資料でとっておき、というものは、残念ながら、今のところ存在しない。いくつかの証言と印刷物の記録から劉鉄雲と劉渭清の官位を拾いだし、考えることにする。

3-5-5 劉鉄雲と劉渭清の官職品級

劉鉄雲と劉渭清の官職品級一覧[63]

	劉鉄雲		劉渭清	
1888	同知	正五品	観察（道員）	正四品
1890	提調			
1894	候選同知			
1895	知府	従四品		
1896	太守（知府）	従四品		
1897	候選知府			
1898	太守（知府）	従四品	直刺（直隷知州）	正五品

1876年、劉鉄雲は二十歳のとき、南京で郷試を受験し落第した。その後、1880年二十四歳で太谷学派の李龍川の門下に入る。

父成忠が死去したのは、劉鉄雲二十八歳のとき、1884年だった。タバコ店を営んだのが、実業に身を置く最初となる。

1886年、劉鉄雲は、南京での郷試をふたたび受験するが、途中で棄権した。三十歳で正規の受験をやめたのだ。つまり、劉鉄雲は、資格としては秀才どまりということがわかる。

劉鉄雲は、それからは実業に本格的に乗り出す。1887年に上海で石倉書局（石昌書局ではない）[64]という石印の印刷所を経営し失敗したのが、鄭州工事に志願する数ヵ月前だ。

1888年、「同知として呉恒軒中丞のもとに志願した」という羅振玉の文章に、

劉鉄雲の官職が出てくる。同知とは、知府の補助官をいい、これは金銭で購入したものである。品級は、正五品。ただし、劉鉄雲が、いつ同知を得たかは不明である。1888年としたのは、同年には同知であったという羅振玉証言によった。

呉大澂が、鄭州工事を成功させ、「河督は、特に道員で任用するよう推薦したが、長兄夢熊に譲った」[65]と劉蕙孫はいう。

劉蕙孫が、「道員」と書いているところに注目されたい。道員は、省以下、府州以上の行政長官をいう。品級は、正四品。

もうひとつ、羅振玉は、「その兄渭清（夢熊）観察に譲り」[66]とする。「観察」は、道員の尊称だ。

品級をてがかりにすると、このふたつの文章は、劉渭清について明らかに矛盾が生じることに気がつく。劉鉄雲の同知は正五品だから、それが推薦されて道員になるとすれば正四品に昇格する。ここには、矛盾はない。しかし、譲られた兄劉渭清の方は、どうか。すでに観察（道員）であるにもかかわらず、同じ道員を譲られてもしかたないではないか。

問題は、劉渭清が観察となったのは、いつのことなのか明らかでないことにある。

この原稿を書くにあたり、今回あらためて劉渭清に注目してみた。しかし、諸資料には、言及されることがきわめて少ない[67]。

劉渭清の、まず、生年がわからない。名は夢熊、字は渭卿。後に孟熊、字は渭清、味青など[68]がある。

劉家は淮安での名家であり、劉渭清のもとに羅振玉がよく本を借りにきていた[69]。

劉鉄雲が淮安でタバコ店を開いたとき、呉服店も始め、布の品質がよく人気があったらしい。この呉服店は、劉渭清、鉄雲兄弟の経営だという証言がある[70]。

宣教師にフランス語を習ったことがあると伝えられている。

淮安で西学書院が開設されたとき、算学と外交を教えるよう招かれたことが

あった[71]。

　劉渭清には5人の息子がいる。大鏞、大臨、大章、大猷、大鈞である。1875年、第3子大章が生まれると、劉鉄雲はそれを跡継ぎにむかえた[72]。

　前3人は、龐氏の子供であり、後2人は、継室朱氏との間の子だ[73]。

　1884年、弟鉄雲が仕事をするのを喜んだ兄は、タバコ店を経営するのに人をやって補佐させる[74]。

　同年四月、劉渭清と劉鉄雲は、李光昕に率いられ、陳士毅、黄葆年、謝逢源たちと上海に遊んでいる。太谷学派グループである[75]。

　劉渭清の曾孫である劉嫻からのお手紙によると、劉渭清が太谷学派に加入していたかどうかは、不明であるとのことだ[76]。

　そうして、今、問題にしている、1888年、鄭州の工事が成功し、呉大澂が表彰しようとすると兄に功績をゆずった、ということになる。

　劉鉄雲「乙巳日記」三月によって、1905年、劉渭清が上海の昌寿里に住んでいることがわかる。兄は、病のため1905年4月22日（光緒三十一年三月十八日）に死去したと記録される[77]。

　劉渭清には、日記「閲歴瑣記」があるという[78]。

　劉渭清についてわかっているといえば、以上のことくらいだ。

　私が新しくつけ加えることは、下の2点にすぎない。

　『時務報』第52冊（光緒二十四年二月初一日 1898.2.21）掲載、不纏足会の寄付者のなかに、「劉渭清直刺助洋二十元」とある（中華書局影印3591頁）。自己申告であるから確かな資料だということができる。

　『農学報』第58期（光緒二十五年正月上 1899.2）に劉渭清の筆による題字と署名がある。

　「直刺」は、直隷知州の別称で、正五品である。十年前には、観察（道員）で正四品であったものが、なぜ、降格して正五品なのか、不思議だ。大きな矛盾であるといわざるをえない。

　兄劉渭清との関係上、ここで劉鉄雲のそれ以後の官職をまとめておきたい。

　1890年　提調――福潤の再度の推薦状に見える。山東巡撫張曜により、黄河

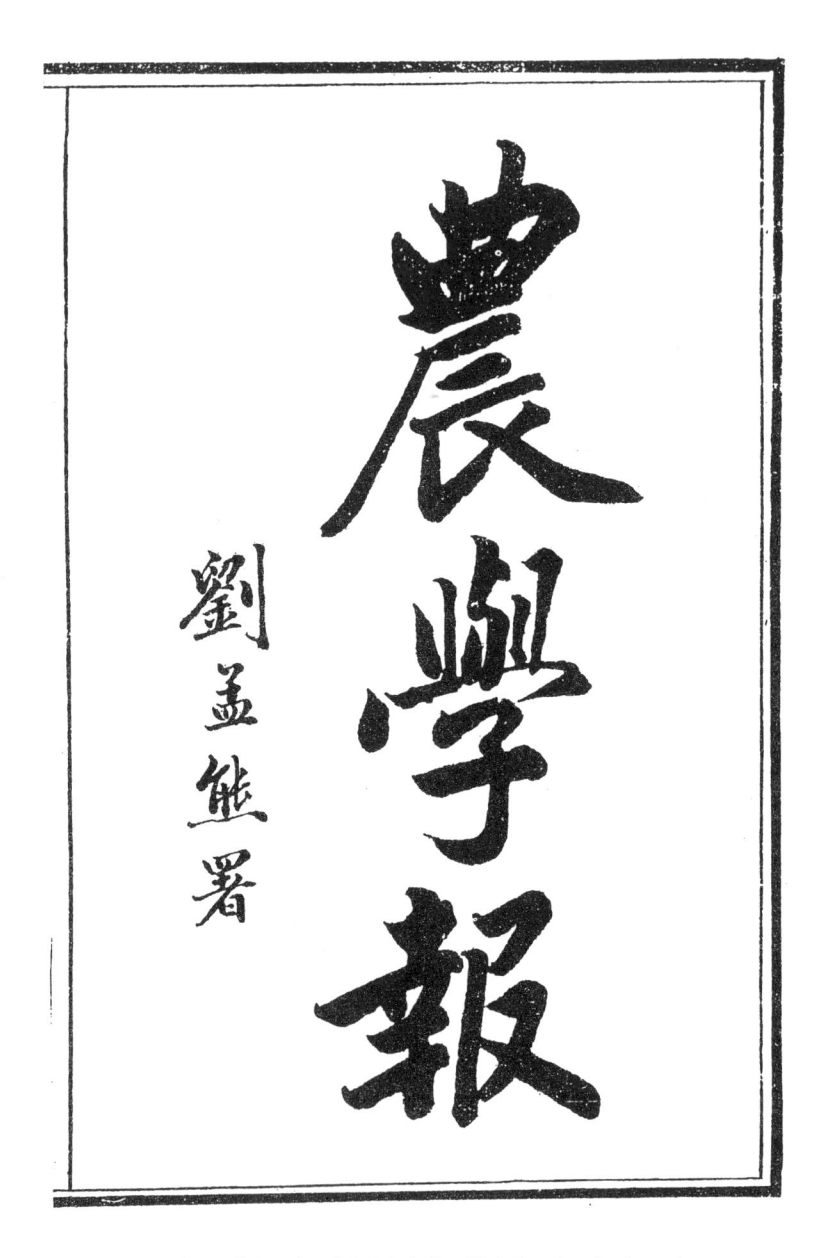

図7：劉渭清の題字と署名。『農学報』第58期光緒二十五年（1899）正月上

下遊提調官に任命されたという。提調は、事務処理をおこなう。張曜の頭脳集団に属した。

1894年　候選同知――これも福潤の再度の推薦状に見える。ただし、これが掲載されている『歴代黄河変遷図考』には「光緒癸巳仲冬袖海山房石印」とある。1893年だ。

「候選」とは、任用されるのを待っているという意味。

1895年　知府――羅振玉が、「(山東巡撫) 福潤がすぐれた才能を推薦し、北京で受験し知府に用いられた」[79]と書く。

1896年十月　太守――羅振玉から汪康年にあてた手紙に見える[80]。

1897年7月　候選知府――『農学報』第5冊（光緒二十三年六月上 1897.7）の「農会続題名」に見える[81]。

候選知府は、資格が知府であるというのはすでに触れた。

1898年　太守――『時務報』第52冊（光緒二十四年二月初一日）の不纏足会寄付者のなかに「劉鉄雲太守助洋十元」と見える（中華書局影印3591頁）。

劉鉄雲の官職品級については、正五品から従四品へと昇格しており、不明な箇所はない。納得できる。ところが、功績を譲られたといわれる兄劉渭清については、そこには道員から道員という基本的な不合理があり、さらに十年後にいたって正四品から正五品に降格している。これは、理解しがたい。

もうひとつ資料があるので紹介しておこう。

3-5-6 姚松雲の劉鉄雲あて手紙

劉鉄雲には、生涯の友人がふたりいた。姚松雲が第一、馬眉叔（建忠）が第二であった、と劉鉄雲自身がその辛丑日記四月十四日に記している[82]。

そのためか劉鉄雲は、姚松雲を黄河がらみで自分の小説に登場させる。すなわち、「老残遊記」第3回および第19回にでてくる姚雲あるいは姚雲松である。姚松雲の「松」を取り姚雲とするのは普通に見られる省略法だし、松雲を転倒させるのも虚構化にともなう処置であろう（ただし、第二の親友馬建忠は小説に姿をあらわさない）。

この姚松雲から劉鉄雲にあてた手紙が1通残っている。
　劉蕙孫の説明によると、保存されていた劉鉄雲の黄河関係報告書原稿9通のなかに混ざっていた[83]。
　報告書原稿9通が1889年に書かれたとするならば、同梱されていた姚松雲の劉鉄雲あて手紙もほぼ同時期のものと推測されよう。さらに、表彰による官職についての内容だから、時期的にみても一致するのだ。
　宛名は雲搏。劉鉄雲の字である。署名は崧雲または崧らしい[84]。
　姚松雲は、劉鉄雲と済南で再会したが、話があまりできなかった。そのために書いた手紙である。
　劉鉄雲の功績を讃えたあと、次のように述べる。

　　　　兄上謂翁（ママ）は、免選にて同知となることをもともと願っている、との部の
　　　　意見ですが、これは昇進の道ではありません。小生が思うに昇進のために
　　　　は知州ではないかと。いかがでしょうか[85]。

　兄上謂翁（ママ）は、渭翁の誤植であろう。言うまでもなく、劉渭清を指す。「免選」というのは、選考を経ずして、直接、吏部（文官の任免、賞罰を統括）から任命を受けることをいう。ここでいう「部」は、吏部をさす。
　手紙そのものが短く、前後の事情を説明する部分もない。当事者だけにわかるように書いてある。この手紙は、第三者に見せるものでもないから、当たり前のことだ。
　兄上劉渭清が同知になることを希望しているが、これは昇進の道ではなく、のぼるべきは知州からではないかと思うのだ、という。
　定まった順序を守らないで同知（正五品）になるよりも、後々の昇進を考えた場合、知州（従五品）から始める方がいいのではないか、という姚松雲の意見である。なぜ姚松雲がそう考えるかの説明は、上の文面にはのべられていない。
　劉鉄雲とその兄の官職について相談するくらい、姚松雲は、劉鉄雲と親しか

った間柄であったということだろう。

　姚松雲の手紙が、鄭州工事による表彰に関するものであるならば、また、そうとしか思えないが、今まで見てきた羅振玉証言は、その重要部分が根本からくつがえる。劉渭清は、羅振玉がいう観察（道員。正四品）どころか、当時、知州にもなっていなかった。これは劉渭清が無官であったことを意味する。

　劉鉄雲は、その時、すでに同知であったというから、その関係で言えば、弟の官職からの釣り合いを考慮して、少なくとも同等の同知を劉渭清は希望していたということになろう。

　のちの1898年、劉渭清の官職は、直刺（直隷知州。正五品）である。伝聞とは異なり、こちらは印刷物であるから、資料としての信頼性が高い。これを基準に考えるべきだ。1889年時点では、劉渭清は、姚松雲の勧め通りに知州（従五品）を選択し、のち昇進したとするのが合理的である。つまり、羅振玉が、劉渭清を観察とよんでいるのが誤りだということになる。

　短い手紙である。しかし、羅振玉証言について、もうひとつの疑問を生じさせるに充分な文面だといえる。

　つまり、鄭州の工事現場にいたとは思えない劉渭清が、なぜ表彰に絡んでくるのか。劉渭清が弟鉄雲と同じく鄭州工事に参加した、などという関係者の証言は、ない。その劉渭清が、治水工事に貢献したとして表彰のうえ官職を得るなどとは、どう考えても不自然だ。

　この疑問を羅振玉も抱いたのではなかろうか。理由を説明するために劉鉄雲の兄渭清に対する功績委譲を言いだしたように思う。

　そもそも、表彰される側が知州だ、同知だ、と選択する自由があったのか。こちらの方がよほど疑問であろう。普通に考えて、通常の表彰ならば、治水工事に功績があったことを認め、知州に任ずる、などと本人に対して通知があるのではないか。選ぶ余地があったということは、通常に授与された官職ではないということだろう。

　そう考えるもうひとつの手掛かりがある。姚松雲の劉鉄雲あて手紙のなかに、「免選」という言葉がある。選考を経ないで官職を手にできるのは、変則規定

によるしかない。

　劉鉄雲にあてた姚松雲の手紙を読めば、劉鉄雲が兄に功績を譲ることに関して何も言及していないことがわかる。劉渭清の官職についてのみを話題にしている。なぜか。

　解答の可能性は、ひとつだ。鄭州工事における劉鉄雲の表彰辞退と劉渭清の官職獲得とは、直接の関係はなかった、ということである。

　それでは、劉渭清の官職は、何によって得られたものか。可能性は、ひとつだ。工事現場で汗を流さないのだから、金を出す「捐納」によって入手したとしか考えられない。

　金銭を納めると官位を与えられる規則があった。捐納、捐輸などと呼ばれる。もともとは、軍事費調達のため、あるいは黄河決壊の修復費用、災害救援費などを集めるため、臨時に設けられたものだ。のちに恒常化する。

　鄭州の黄河修復工事にも、当然、募集があった。鄭工捐例（事例）である[86]。

　希望の官職を得るための金額は、その時の身分により異なっていた。京官と外官、また、その時代によっても幅がある。基本を言うと簡単なのだが、高望みすれば、それだけ金額がかさむということだ。資料によると、この鄭工捐例では、貢監生から知州は、銀2,602.8両、同知は銀2,948.4両となっている[87]。

　劉渭清も、「捐納」だからこそ知州にしようか、同知がいいか、と選択できた。

　資料と証言をつきあわせると、以下のような話に落ち着く。

　すなわち、鄭州工事成功後、もともと官職を得ることを目的としていなかった劉鉄雲は、表彰される権利を放棄する。一方、それまで無官であった劉渭清は、鄭州治水に献金をしたことにより知州の官職を得た。これが事実に近いのではないか[88]。

3-6 呉大澂に対する評価

　呉大澂は、金石文字の研究で著名でありすぎ、その黄河治水については、劉鉄雲研究家の評価はあまり高くない。

もっとも、評価が高くないのは研究者全員というわけではない。また、呉大澂は治水に無知だ、との定評が最初からあったわけでもない。前出のとおり羅振玉は、「光緒戊子 (1888)、黄河が鄭州で決壊した。君は、心高ぶらせて自分を試してみたいと同知として呉恒軒中丞のもとに志願した」と簡潔に述べているだけだ。これにもとづいた劉大紳も、「光緒十四 (1888) 年、河南におもむき呉清卿中丞に謁見して黄河治水工事に参加した」と事実のみを記述している。両者ともに呉大澂についての価値判断を含まない。

ところが、劉蕙孫あたりから、呉大澂が黄河治水の専門家ではないこと、治水について何も知らないところから、劉鉄雲の建議をすべて受け入れ上奏した[89]、といいはじめた。劉徳隆らも、呉大澂本人は水利のことがわからなかった、劉鉄雲の影響を受けた可能性があるなどと、同じようなことを述べている[90]。

劉鉄雲が鉄道敷設と外国技術導入を主張していたところから、鄭州修復工事にセメント使用などの外国技術を提案した本人である可能性が高いと書く研究者もいる[91]。

だが、事実を見れば、劉鉄雲の鄭州工事参加は呉大澂着任以後であるから、李鴻藻時代の土砂運搬車、電灯、小型汽船などの使用提案とは無関係であることがわかろう。さらに、劉鉄雲の鉄道敷設、山西鉱山開発などの建議は、鄭州工事よりも八、九年後のことなのだ。西洋技術導入の功績を劉鉄雲ひとりに帰することは、むつかしいように思う。

黄河治水責任者であろうとも、治水に関して誰でもがはじめから専門家であるとは限らない。文官である呉大澂は、治水については素人だったかもしれない。だが、素人だと自分で認めているからこそ、呉大澂は、それぞれの専門家を集めて頭脳集団を組織している。劉鉄雲が呉大澂に認められたのも、鉄雲の治水に関する専門知識のために違いない。劉鉄雲が治水についての建議をするのは当然である。また、劉鉄雲がその父劉成忠の「河防芻議」にもとづいて、さらに自らの創見をつけくわえて進言した事実があることは、すでに述べた通りだ。しかし、決壊修復の功績は、責任者であり、同時に劉鉄雲の雇主である

呉大澂が受けるのが、これまた当たり前のことではなかろうか。

さらに、治水工事成功にたいする賞賛が呉大澂ひとりに集中したわけでもない。検討してきた劉鉄雲の表彰にしても、工事全体の成功による報奨のひとつであった。多数の人員について、それぞれの働きによって論功行賞が行なわれたのはいうまでもない。

劉蕙孫、劉徳隆、朱禧、劉徳平たちが劉鉄雲の後裔であるのは、研究とは無関係ではある。ただし、この部分に関してのみは、鉄雲の才識を顕彰することに急でありすぎるように思うのだ。

さて、鄭州での黄河決壊箇所は修復された。これが後年の災いの原因となろうとは、劉鉄雲自身、知るはずがなかった。

4　鄭州工事成功の後

光緒十四年十二月十九日に鄭州決壊箇所を修復して、正月をすごしたばかりのことだった。光緒十五(1889)年正月初九日、呉大澂は、黄河治水には必要不可欠であるはずの詳細な地図がないことを痛感した。黄河の深浅、曲直、広い狭いなどを測量しなければならず、これが治水と大いに関係する。それまでは、大まかな地図しかなかった。河南省に河図局を設け、南北洋大臣、両広総督、船政大臣と相談し、天津、上海、福建、広東から測量と製図に詳しい委員と学生20余名を山東に派遣して測量させることにした。十六日から二十三日まで、李鴻章、張之洞、曾国荃および福建船政局、上海機器局、広東洋務局に電報を発信している[92]。

呉大澂が、以上のことがらを具体的に上奏したのは二月九日のことになる。黄河の詳細地図作成のために河南省に河図局を設立するよう提案した[93]。

四月十五日、呉大澂は、鄭工合龍以後、事後処理をしなくてはならず、黄河地図の作成を善後局で行なうことを上奏する[94]。

善後局とは、戦争などの後、省に設置してその処理など特殊な事務を担当する部署をいう。清朝後期に設置された。黄河治水は、戦争にも匹敵するという

わけだ。二月段階での河図局設立構想は、四月になって善後局に吸収されたらしい。

呉大澂「三省黄河図後叙」(後述)によれば、善後局の設立は、五月である。

善後局の責任者が、易順鼎だった。劉蕙孫が、この易順鼎について、黄河の測量製図などにはまったくの門外漢で、実際の仕事は、提調(事務処理係官)ひとり、つまり劉鉄雲が担当したと書く[95]。のちの劉徳隆、朱禧、劉徳平『劉鶚小伝』(8頁)もそれを踏襲する。蔣逸雪「劉鉄雲年譜」(147頁)は、発表された年こそ劉蕙孫よりも早いが、劉蕙孫のもともとの原稿を見ているから、易順鼎についても同じ記述をしている。

易順鼎(1858-1920)は、詩人で有名、博学でも知られる。生年が1858年というから劉鉄雲より一歳年下だ。かつて河南候補道(事実は試用道)として通過税、救済、水利の三部門を統括し、賈魯河の修復を監督、三省河図局の総辦にあたったと書かれる[96]。

「賈魯河の修復」とは、鄭州決壊の修復工事を指すと思われる。決壊した黄河が、賈魯河に流入したからだ。

劉蕙孫らが強調するのは、易順鼎は門外漢で、ひとり劉鉄雲だけが大活躍したという。劉蕙孫らは、実際の作業で重要な部分は、すべて劉鉄雲が実行したといいたいのだ。

しかし、事実はどうだったのだろうか。劉鉄雲が地図作成に活躍したことがあったとしても、最終的には、役割分担、あるいは組織の見方によるのではないか。

まず、役職が異なる。易順鼎は、監督する立場であり、劉鉄雲は、実際の事務を処理するその部下なのだ。両者の関係は、呉大澂と劉鉄雲の関係と同様だろう。事実は劉鉄雲が動いたかもしれないが、その功績は上司が受ける仕組みになっている。それを無視して、功績のあった人物として上司を差し置いて劉鉄雲のみを顕彰しても、顕彰したことにはならない。ここでも劉蕙孫らは、親族である劉鉄雲に肩入れしすぎているように感じられる。

もうひとつ問題だと考えるのは、劉鉄雲の年譜作成者は、いずれも提調は劉

鉄雲ひとりだったような書き方をしている点だ。事実は、劉鉄雲のほかに2名、馮光元と董毓琦がいた。序列からすれば、劉鉄雲の上に位置する。三省にまたがる黄河の全体地図を作成しようという規模の大きさだ。いくら劉鉄雲が有能だとしても、これほどの大事業をたったひとりで完成させることはできない。集団作業の一部分を担ったし、その能力があると見込まれたからこそ提調に任命されたと考えるべきだろう。

　地図と報告書は、朝廷に提出され、のちに上海の書店から石印本で出版された。この地図集には、提調のひとりとして劉鉄雲の名前が記載されている。名前が記載されたことによって、それだけで劉鉄雲は、十分、報われていると私は考える。

4-1 「河工稟稿」9通

　劉鉄雲が光緒十五（1889）年当時にどのような活動をしていたのか。その模様は、彼自身の文章からうかがうしかない。

　劉蕙孫『鉄雲先生年譜長編』においてはじめて公開された「有関河務稟帖的遺稿」がある。のち『劉鶚及老残遊記資料』に再録され、改題して「河工稟稿」と呼ばれる。今、字数の少ない後者の呼びかたを使用することにする。

　「河工稟稿」は、張曜、易順鼎らにあてた劉鉄雲の報告書9通だ。黄河地図を作成するために黄河沿いの各地を測量調査した。劉鉄雲が、そこから状況報告を書いて送ったものである。報告書といっても残っているのはその草稿だ。劉鉄雲が記録として書き写していたものを、子孫が保存していた。劉蕙孫『鉄雲先生年譜長編』に収録される文章と、『劉鶚及老残遊記資料』にある文章を照合すると、同一草稿にもかかわらず、多くの異同箇所がある。判読のむつかしい字で書かれていることがわかる。

　「河工稟稿」には、九月初三日から十月までの日付が記され、年は明示されていない。状況証拠から考えることになる。発信地が山東の利津、済南で、宛名が張曜、易順鼎たちだし、黄河地図に関する内容から判断して、光緒十五（1889）年のものだと考えて間違いなかろう。そのうちの興味ある箇所をいく

つか検討したい（今、文章は、『劉鶚及老残遊記資料』による。数字はその頁数）。

第1通：張曜あて（利津九月初三日発）
　要点のみを略述する（以下同じ）。張村、大寨などの決壊箇所が合龍したことに対して喜びを述べ、あわせて張曜をほめ讃える。後漢の王景が治水に功績があったが、張曜の才能は、実にその王景の百倍にもなる。黄河の測量で河辺を走り回って、いささかの所見を持った。愚説五篇（原文：俚説五篇）を書いたのでお送りする。（105-106頁）
　王景を持ち上げるのは、劉鉄雲が「老残遊記」第1、3回で行なっていることだ。後に触れることになるだろう。
　興味深いのは、劉鉄雲が黄河を実地調査して書いたという「愚説五篇」が、何を指しているかだ。劉徳隆らは、これを「治河五説」あるいはその初稿ではないかと推測している[97]。
　「五篇」という数字からして「治河五説」と同じに見える。「治河五説」と「治河続説二」を合わせて七説、すなわち「治河七説」という。
　劉鉄雲「治河七説」の執筆あるいは刊行年については、意見が分かれる。蒋逸雪は、光緒十七（1891）年の項目に記述している。劉蕙孫は、光緒十六（1890）年に書いたことにする。蒋逸雪よりも1年早い。劉徳隆らも、劉蕙孫に引きずられたらしく、劉鉄雲が張曜に「治河七説」を提出したのは光緒十六年と書く。もっとも、この場合、提出したと述べているだけで、執筆したのがいつなのかは問題にしていない。考える余地があるということだろう。前述のように劉徳隆らは劉鉄雲の報告書に見える「愚説五篇」は「治河五説」の可能性に気づいているのだ。
　私は、ここにひとつの資料を提出したい。
　木版線装本の『治河七説』（京都大学人文科学研究所蔵）があり、その冒頭に毛筆で書き込みがしてある。すなわち、

　　前五説己丑上／張朗帥／後二説辛卯上／福少帥

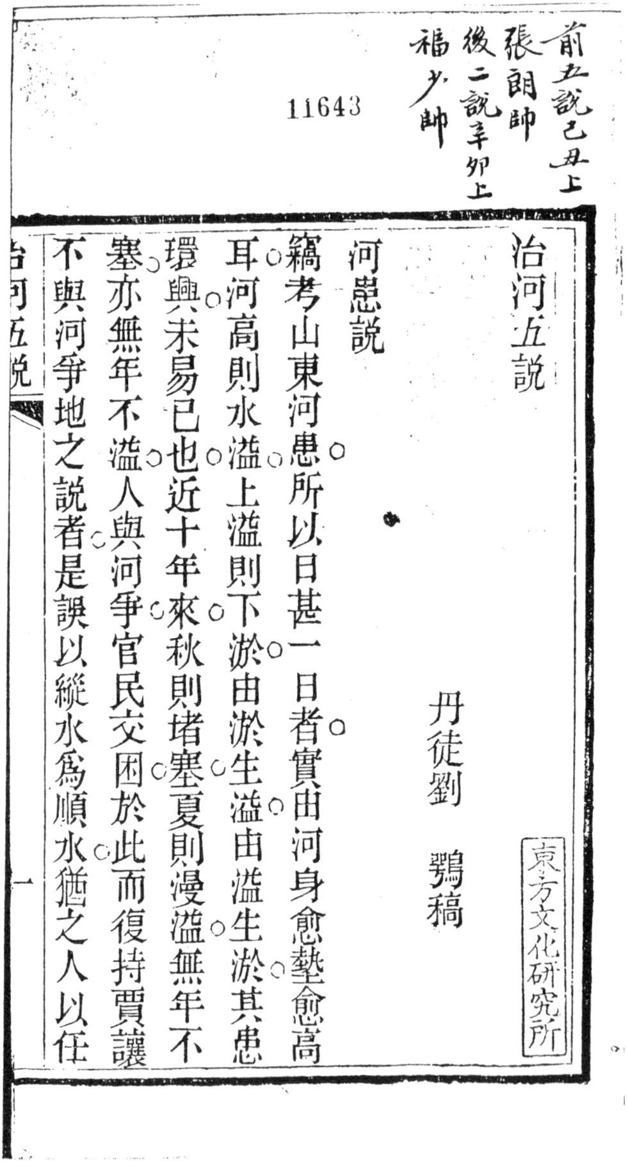
前五説己丑上
張朗帥
後二説辛卯上
福少帥

11643

治河五説

丹徒劉　鶚稿

河患説

竊考山東河患所以日甚一日者實由河身愈墊愈高耳河高則水溢上溢則下淤由淤生溢由溢生淤其患環興未易已也近十年來秋則堵塞夏則漫溢無年不塞亦無年不溢人與河爭官民交困於此而復持賈讓不與河爭地之説者是誤以縱水為順水猶之人以任

治河五説　一

図 8 ：劉鉄雲『治河七説』

とこれだけだ。断片であるにもかかわらず、大いに興味を覚える。

「張朗帥」は、張曜を、「福少帥」は、福潤を指す。己丑は、光緒十五（1889）年、辛卯は、光緒十七（1891）年のこと。

「前五説は1889年に張曜氏へ奉呈、後二説は1891年に福潤氏へ奉呈」という意味だ。

見ればみるほど奇妙な書き込みだとしか私には思えない。なぜ「奇妙な」というかといえば、内容が関係者でなければ書くことができない事柄だからだ。劉鉄雲自身が記入した可能性は、まったくないことはないが、あまりに字数が少ないので、断定はできない。「治河七説」を前五説と後二説に分け、張曜と福潤の実名を出し、さらに正確な年までを記入している。断片とはいえ、普通の素人に書けるような内容ではありえない。事情に詳しい関係者が書いたとしか考えられないのだ。

後世の研究者の筆だろうか。もしそうならば、他の箇所にも書き込みがあってもいいはずだ。それは一切ない。

「前五説は1889年に張曜氏へ奉呈」は、「河工稟稿」第1通に見える張曜へ送った「愚説五篇」と年代までピタリと重なる。不思議といえばふしぎだ。明らかに、劉鉄雲のいう「愚説五篇」は、「治河五説」のことだと私も思う。劉徳隆らの推測は、正しい。

今、手元に『治河七説』の複写がある。これを見ながら、劉鉄雲が張曜へ提出したのは、どういう形であったのかを考えてみよう。

可能性としては、ふたつある。ひとつは手書きの原稿であった。もうひとつは印刷物（この場合は木刻本）にしてあった。

現存するのは「治河七説」と書名が示すように「治河五説」（18葉）と「治河続説二」（7葉。付録として「斜堤大意図」1枚）を合わせている。丁数から見ても、この形態を考慮すれば、最初に「治河五説」ができて、あとから「治河続説二」をつけくわえたと思われる。「治河続説二」の作成は、毛筆書き込みによれば、少なくとも光緒十七（1891）年以前ということになる。

以上の成り立ちをもとにすると、光緒十五（1889）年に劉鉄雲が張曜へ提出

したのは、「治河五説」の手書き原稿であったと推測できる。劉鉄雲は、黄河地図を作成する作業のため黄河流域を測量調査していた。測量調査のかたわら、黄河治水についての自分の考えをまとめていたことが理解できる。福潤へは「治河続説二」を提出し、これを合わせた『治河七説』の刊行は、光緒十七（1891）年以降のことだったのだろう。

　毛筆書き込みから、以上のように考えた。

　第 2 通：易順鼎あて（利津九月初三日発）
　第 1 通と同じ日に発した。易順鼎は、劉鉄雲にとっては善後局の上司にあたる。九月末には作業が完成しそうだと報告する。劉鉄雲は、事務をこなし、測量を手伝うほかに、黄河が決壊する理由を考え続けた。「黄河が大増水すると、一千余の村が水中に没し、一家全体が被害をこうむるもの、どれほどかわからない。目撃して心が痛み、その悲惨さは言うにたえない。庶民は役所を怨み、官吏は天帝に罪をかぶせる」（106頁）。作業に従事して五ヵ月余り、得るところがあったので「愚説五篇」を送るという。

　劉鉄雲は、自らの「治河五説」を張曜ばかりでなく易順鼎にも送付していた。易順鼎は、黄河地図作成事業における劉鉄雲の直接の上司なのだから、自説を聞いてもらうには適当な人物だと劉鉄雲は考えたのだろう。

　第 3 通：易順鼎あて（済南九月十六日発）
　利津から済南に移動して治水工事の史料収集をしている。ぶつかるのが役所の壁である。下から上へ、上から下への手続が煩雑であることをいう。おまけに写してきた記述が簡略にすぎるといっても再び請求するのはむつかしい。地図はできているのに旧例（原文：成案）が間に合わなかったらどうするか、という悩みをつづる。

　旧例というのは、たとえば、鄭州決壊の場合、地図の該当箇所に、決壊の始まり、その規模、関係者、所用費用などを記録したものをいう。ただの地図ではなく、歴史事実をも記入しようというのだから史料収集を重視しないわけに

はいかない。記録だから大ざっぱなものでは劉鉄雲が満足しない。正確で詳細な記録を要求しても、応じてくれない、また、催促しにくいという悩みも述べる。

　この報告書には、「歴案黄河大工表」と「皇朝東河図説」（107頁）のふたつがあげられていて、これは黄河地図とは別に意図されていた編集物である。

　第4通：張曜あて（済南九月十六日発）
　ここでも易順鼎にあてた同日の報告書とほぼ同じようなことが書かれている。すなわち、黄河地図とは別に、「歴案黄河大工表」と「皇朝東河図説」を編集しなければならず、旧例の書き写しを早くするよう催促してほしいことをいう。地図の方は、一ヵ月余りでできそうだが、そうなると善後局（すなわち河図局）は撤収される。旧例が間に合わなければこの2書は完成しない。また、この2書のために局を撤収しなければ、毎月の給料と費用が3千金を下らず、完成しても清算できない。旧例を書き写すのに、中間に河防局が入って行なうと、正確な校正ができない。時間もかかる。直接、劉鉄雲に書き写しと校正を指揮させてほしい、という意味の要望書になっている。

　劉鉄雲は、疑わしい字がひとつでもあれば気に入らない。正確なものを作成したいというのは、学者のやり方である。九月十六日に2通の報告書を発送しているところから見ても、黄河地図の方は着実に完成に近づいているが、史料での裏付けが遅れがちであることに気がきでない様子がうかがえる。これこそ自然を相手の仕事と人間相手の作業との違いなのだ。

　第5通：易順鼎あて（済南九月十九日発）
　河防局が所蔵する古文書の複写にてこずっている。担当者が、理由をつけてなかなか見せようとしない。河防局の前の大王廟を修理していて月内にはかならず完了するから、全部の史料を大王廟に運んで、多めに人を雇って書き写させればいい、と言っていたのが、河防局の委員に会って聞いてみると、言を左右にして答えない。「このような大著作は、山東に作る人がいないならば、河

南人に作らせることはできない、といっているようなものだ」(110頁)。

つまり、縄張り意識からくる妨害活動である。山東、直隷、河南の三省合同事業からくる軋轢なのだろう。ありそうなことだ。

第6通：易順鼎あて（済南（九月）二十二日発）

張曜自身が、登場する。十七日が誕生日で、十六日から十九日まで面会ができない。二十日は客が多すぎて、ゆっくり話ができない。二十一日に、河防局で書き写しができていないことを訴えた。善処してくれるというので、提調の黄君に会うと、来月はじめには部屋の修理が終わるので、来て書き写せるという。また、書類が多すぎて、どこから始めるのか一人ではできない、事務に熟知した者四、五人に選択してもらい、数十人に写させても半年十ヵ月はかかるだろう。

結局のところ史料管理者は、めんどうで、劉鉄雲に作業をさせたくないのである。

第7通：朱寿鏞あて（済南（九月）二十三日発？）

原文は、「上河南南汝光兵備道朱稟」である。この朱とは、朱寿鏞のこと。三省黄河全図作成事業においては、易順鼎と同じ総理に任じられている。劉鉄雲の上司のひとりになる。

再三の希望を出してようやく張曜の許可を得ているのに、部下がじゃまをする。大王廟の工事が終わっておらず、十月始めには可能だという。「小生、役所仕事には本来通じていなかったが、以前の測量は、数学で足りないところをまだ補うことができた。今度の事は、もともと通じていないから、必ずや多く誤らせることになるだろう」(112頁)。

さすがの劉鉄雲も役所の下役人にはお手上げのようである。劉鉄雲が済南に来たのは九月十一日だった。2週間近く、史料を見せてもらっていない勘定になる。仕事がはかどらない状況を報告書で知らせなければ、職務怠慢の汚名を劉鉄雲自身が受けなければならなくなる。これらの報告書は、罰を免れるため

の予防措置だとも考えられる。

　第8通：易順鼎あて（済南九月二十七日発）
　二十五日になって河防局において、複雑な黄河関係部署の設立状況を知ったことを報告する。それまで画いていた史料収集の計画はご破算にし、別のやり方に切り換える。済南に来てすでに半月あまり、まだ1字も書き写していない、心中はまことにあわてる、とも劉鉄雲は書かざるをえない。

　第9通：易順鼎あて（済南十月発）
　張曜に窮状をまたもや訴えることになった。提調に言っておく、と返事がある。十月初一日、大王廟は落成し、演劇と宴会が開かれる。初二日朝、河防局に行くが、張曜からの言葉はないとの返答。黄提調が役所に来るのを待つが、こない。黄の屋敷まで赴いて告げると、明日、書記に言っておくという。初三日、河防局に行く。書記に聞くと黄提調から命令があったが、本日は河防局が大王廟に移転するから仕事はできない。初四日、ふたたび大王廟に赴き、光緒九年の旧例は、すべて木箱の中にはいっており、並べていない。書記の張某ではラチがあかない。有能な者が大寒にいて、提調は張某に命令して彼を帰らせるという。劉鉄雲自身が整理をするからといっても、提調は承知しない。張某は、初四日朝出かけたまま、初五、初六、初七になってももどってこない。おそらく妨害活動なのだろう。先方と協議したのち、明日からまず光緒十、十一年より始めることにする。黄河測量は、初一日に済陽に到着し、本日はまだ洛口には至っていない。たぶん月半ばには終了するだろう。
　この後ろに、山東の黄河沿いの郡県志などについて長い文章が続く。報告書第9通とは別物のような気もするが、わからない。また、「卑職作《済水故道図》、《漯水故道図》各一幅」（115頁）とある。劉鉄雲が、この2種を書いたというのだが、劉徳隆らは未見としているのだから、その存在そのものが不明だ。
　張司事が辛荘へ行ってもめごとを起こしてから、劉鉄雲を怨み、その図面を隠してしまい、劉鉄雲に見せようとはしなかった、というような表現がある。

具体的な内容は、書かれていない。劉鉄雲との感情の行き違いかなにかがあったのかもしれない。劉鉄雲は、済南の役所での役人たちとギクシャクとした関係しか持つことができなかった模様である。

　以上、報告書９通を簡単に紹介した。
　文面からうかがえることは、ひとつに、劉鉄雲の積極的な活動状況が理解できることだ。黄河測量ばかりか、沿岸各地における役所保存の史料閲覧と筆写に多大の情熱を傾けている。それも正確に詳細に書き写したいという態度をつらぬく。時として劉鉄雲の強硬な姿勢に反発をおぼえる現地役人がいた。
　ふたつに、上司である張曜の命令不徹底である。劉鉄雲の史料閲覧について善処しておくといいながら、活動が実際には円滑に動いていない。にもかかわらず、態度がアイマイなままずるずると事態をながめているだけだ。九月初三日の利津発報告書で、張曜の才能を王景の百倍と賞賛したのを、後の劉鉄雲は悔いたはずである。
　みっつに、下役人の劉鉄雲に対する妨害活動である。なにかと理由をつけて作業を引きのばす。ただし、済南の河防局にしてみれば、下役人にも文句はあるかもしれない。大王廟への移転を控えている多忙な時期に、史料を見せろとせっつかれれば、いやがらせのひとつもやってみたくなるかもしれない。おまけに山東人ならいざしらず、河南からやってきた劉鉄雲は、いわば余所者である。協力するなどバカらしいと考えてもおかしくはないだろう。
　最初からの計画には、黄河地図作成のほかに「歴案黄河大工表」と「皇朝東河図説」の編集が含まれていたらしい。しかし、実際にそれらの両書が提出されたという記事を見ない。また、研究者も言及していない。黄河地図集は、完成したが、残る２書は完成しなかったのだろう。
　のちの劉鉄雲の著作に『歴代黄河変遷図考』があり、もしかすると、これに吸収された可能性も考えられる。ここでは、不明としておく。
　つぎに、劉鉄雲が心血を注いだ黄河地図集について述べることにしよう。

4-2 『山東直隷河南三省黄河全図』

　劉鉄雲が苦労の末にまとめた黄河地図集は、その書名を『豫直魯三省黄河図』という。どの文献を見てもこう書かれている。研究論文にも『豫直魯三省黄河図』だとくりかえし出現する。また、そう書く研究者のうちのだれひとりとして、該書は未見であるとは述べていない。見ているはずの書物について、まさか書名が誤っているとは誰も思わない。私も、過去の文章において、『豫直魯三省黄河図』が完成した、などとうのみにして書いたことがある。

4-2-1　書名の謎

　『豫直魯三省黄河図』という本を、私は、長く求めていて見ることができなかった。それもそのはず、言及する文章の全部が、書名を誤記していたのである。

　しつこいようだが、劉鉄雲の黄河治水に言及する文献は、どれも『豫直魯三省黄河図』をあげる。河南、直隷、山東を通過する黄河の詳しい地図制作に劉鉄雲が参加したのだから、当然だろう。専門論文のなかのいくつかの例をあげよう。

　蒋逸雪「劉鉄雲年譜」(147頁)には、書名を具体的にかかげていない。「豫直魯三省の黄河図を画くことを監督する（原文：董絵豫直魯三省河図事）」と書いて、書名を兼ねているように見せてはいるが、正確にいうと書名ではない。それだけかというとそうではない。150篇、5冊に分けて合わせるとひとつの図になる、と書いているから実物を見たのかと勘違いしそうになる。しかし、書名がないのだから、見てはいないのだろう。

　劉蕙孫『鉄雲先生年譜長編』(24頁)は、『豫直魯三省黄河図』と明記する。説明して、全5冊、150篇、合わせてひとつの図になる、と書くのは蒋逸雪と同じだ。同じだというよりも、蒋逸雪の方が劉蕙孫の文章を参照したのだから、同じ表現になるのだ。該書の発行年を劉味青（劉鉄雲の兄）の日記（光緒十七年正月十三日）にもとづいて、光緒十六年冬だと推測する(25頁)。発行年を推測しているということは、劉蕙孫は、原書を見ていないらしい。だが、呉大澂の

後叙を引用している箇所がある。原本を見ていないのに文章を引用できるのだろうか。不思議だ

　劉徳隆、朱禧、劉徳平『劉鶚小伝』(10頁)は、劉蕙孫から引用している。書名を『豫、直、魯三省黄河図』と変形させているのが異なるくらいか。これも原書は、確認していないことがわかる。

　王学鈞『劉鶚与老残遊記』(瀋陽・遼寧教育出版社1992.10)も『豫直魯三省黄河図』(14頁)と記す。

　書名は一致している。これらの記述に導かれて、私は、『豫直魯三省黄河図』を探していた。ないものは、ない。なかばあきらめかけていた時だ。日本の書店目録に『山東直隷河南三省黄河全図』が掲載されているのが目にとまった。どこかで見たことのあるような、『豫直魯三省黄河図』に似ているが、書名が異なる。いうまでもなく、豫は河南、直は直隷、魯は山東を指す。だが、記述の順序が違う。「黄河全図」と「黄河図」も同じではない。しかし、どこか気にかかる。

　古書だからか、値段が高い。しばらく迷った。原物を確認できればいいのだが、東京の書店だから見に行くわけにもいかない。目録で書名を見ただけの注文では、過去、どれだけ落胆する結果になったか、数えることもできない。まあ、しかたがない。気になるのだから。どうかあたりませんように、となかば祈る気持ちで、別のこれも値のはる書籍と一緒に注文を出した。

　ぜひとも入手したいと願う本はソッポを向くが、あたりませんようにと思うものは、運悪く送られて来る。やれやれと前もって半分気落ちしながら大きな小包を開けてみる。出現したのが、題簽に『山東直隷河南三省黄河全図』と書かれた、帙入り大冊（縦横34×30cm）石印線装本5冊である。見て驚いた。これこそが、劉鉄雲の参加した黄河調査の地図だったのだ。あらためて調べなおしてみれば、京都大学人文科学研究所の目録にある『三省黄河全図』というのがこれらしい。

　原本を手元において見れば、中国で今まで書かれていた書名『豫直魯三省黄河図』は、すべて誤りだったことがわかった。中国では、専門家でさえ原物を

確認できなかった。誤記に誤記を重ねる結果となったのだろう。それほど珍しいものなのか。

　私が入手したのは、日本のどこかの機関が所蔵していて、廃棄処分にしたものだ。蔵書印に消印が押されているところからわかる。

4-2-2 『山東直隷河南三省黄河全図』について

　表紙をめくれば、紅色で三匹の龍が空に飛んで「進呈御覧三省黄河全図」と中央に掲げる。

　その裏に印刷年と印刷所を記す。「光緒十六年孟冬上海鴻文書局石印」。孟冬は、旧暦十月をいう。

　「恭録進呈三省黄河全図奏稿」は、倪文蔚による全図作成の経緯を報告し三省黄河全図を提出する上奏文だ。呉大澂が、光緒十五年三月に、李鴻章、張曜、倪文蔚にはかって地図作成の上奏をし、十六年三月に全図が完成したことをいう[98]。

　「恭録辦理三省黄河河道図説職名」は、関係者の名簿である。長い肩書きをそのまま記録しておく。

　　　　　　監修
　　太子太傅文華殿大学士兵部尚書兼都察院右都御史直隷総督兼管河道一等粛
　　　　毅伯　　　　　　　　　　　　　　　　　　　　　　臣　李鴻章
　　頭品頂戴兵部尚書銜兼都察院右副都御史前任河南山東河道総督
　　　　　　　　　　　　　　　　　　　　　　　　　　　　臣　呉大澂
　　太子少保頭品頂戴兵部尚書銜兼都察院右副都御史山東巡撫世襲一等軽車都
　　　　尉兼一雲騎尉世職　　　　　　　　　　　　　　　　臣　張　曜
　　兵部侍郎兼都察院右副都御史河南巡撫兼理河道暫署河南山東河道総督
　　　　　　　　　　　　　　　　　　　　　　　　　　　　臣　倪文蔚
　　　　　　総理
　　頭品頂戴河南布政使升任山西巡撫　　　　　　　　　　　臣　劉瑞祺

山東
直隸
河南
三省黃河全圖

光緒十
六年孟
冬上海
鴻文書
局石印

図9：『山東直隸河南三省黃河全図』題簽と印刷年、印刷所

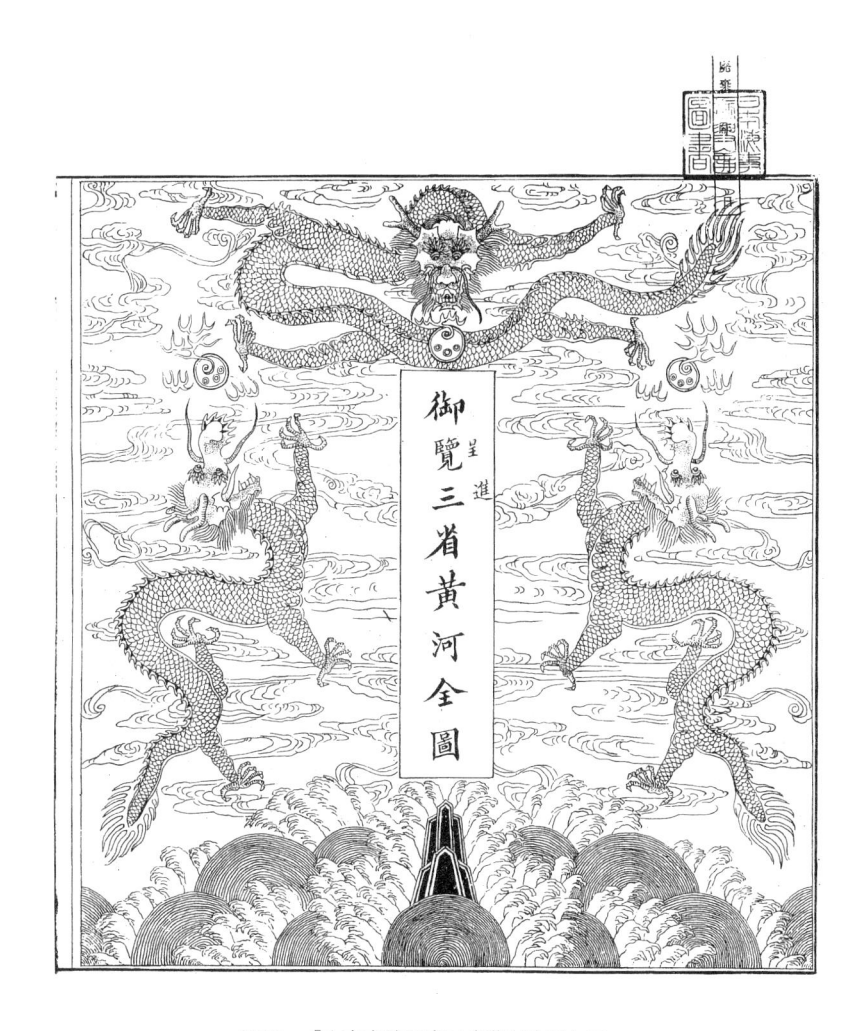

図10：『山東直隷河南三省黄河全図』扉

二品銜河南按察使署布政使	臣	賈致恩
二品銜河南分巡開帰陳許道兼理河務	臣	蔭保
二品銜河南分巡南汝光道前署開帰陳許道	臣	朱寿鏞
河南試用道	臣	易順鼎
提調		
塩運使銜河南候補知府	臣	馮光元
安徽儘先補用同知	臣	董毓琦
候選同知	臣	劉鶚

　以下、分校6名、測量兼絵図19名、繕写4名があげられるが、ここでは省略する。

　監修にみえる李鴻章、呉大澂、張曜、倪文蔚は、黄河治水に関係しているいわゆる看板である。李鴻章を押し立てて（直隷の関係もある）、立案者の呉大澂に山東の張曜と河南の倪文蔚を配する。看板とはいえ、それぞれが役割をになった必要な人達であるといえよう。

　易順鼎が黄河地図作成については門外漢であると蒋逸雪、劉蕙孫、劉徳隆らから批判があることは述べた。この序列を見れば、易順鼎は管理者であり、劉鉄雲は、その部下にあたることが理解できる。易順鼎を批判することは、有効ではないと重ねて述べておく。

　凡例があって、総図がつづく。

　総図は、索引の役目をはたす。黄河全体の地図を示し、方眼で区切り、東西を縦一から縦四十六まで、南北を横一から横四十一までに番号を振る。縦横の番号を組み合わせれば、目的の場所を検索することができるように工夫されている。

　それぞれの地図は、さらに細かな方眼が切ってあり、これを貼り合わせれば、たしかに1枚の全体図になる。

　第5冊の地図が終了した後ろに「三省黄河河道一、二」「三省黄河北岸隄工表」「三省黄河南岸隄工表」「三省黄河全図北岸隄工高寛表」「三省黄河全図南

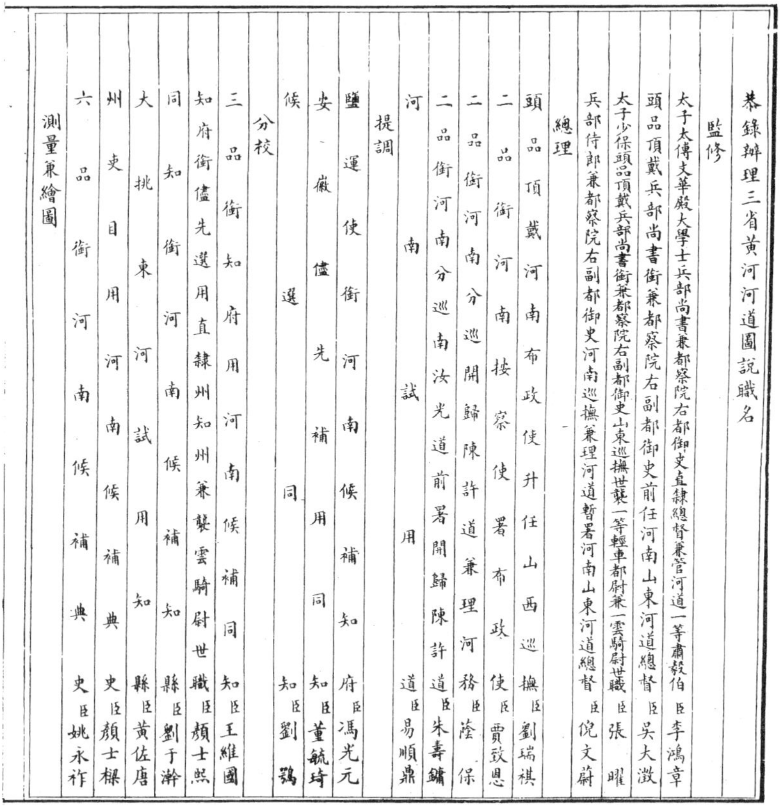

図11:「恭録辦理三省黄河河道図説職名」劉鶚(鉄雲)の名前が見える

岸隄工高寛表」「三省黄河北岸金隄表」「述意十二条」(無署名)がある。

　以上は(「述意十二条」を除く)、主として地名と距離を数字をあげて詳しく説明した文章だ。

　そのなかの「三省黄河河道一、二」は、劉鉄雲の筆になると考えられる。なぜなら、劉鉄雲の『歴代黄河変遷図考』のなかの「見今河道図考第十」が、同文だからだ。該文は、さらに改題され「小方壺斎輿地叢鈔補編」に収録されている。丹徒劉鶚輯「三省黄河図説」が、それである。

劉鉄雲「老残遊記」と黄河　65

『劉鶚及老残遊記資料』の編者(『劉鶚小伝』の著者たちと同じ劉徳隆、朱禧、劉徳平)は、「三省黄河図説」と「見今河道図考第十」が同文であることのみを言う[99]。「三省黄河河道一、二」に触れないのは、『山東直隷河南三省黄河全図』を見ていないからだろう。

　最後に置かれるのは、呉大澂の「三省黄河図後叙」だ。

　大意をのべる。海防、江防、河防のいずれもが地図なくしてはできない。西洋の各国は地図学が精密になり中国でも海図、長江図には精密な測量図がある。しかし黄河にはそれがない。光緒戊子冬十二月の鄭工合龍以後、黄河を測量して地図を作ることが最重要だと考えた。福建船政局、上海機器局、天津製造局、広東輿図局の測量と製図に詳しい委員、学生20余名を派遣し、易順鼎に河道図説の監督をまかせた。こうして河道2042里が157枚の地図となる。光緒十五年五月より十ヵ月かかって完成した。

　呉大澂が、後叙のなかでわざわざ易順鼎の名前を出しているのは、それだけの働きをしたからだ。つまり、『山東直隷河南三省黄河全図』という目に見える具体的な報告書ができあがったのだから、易順鼎は、総理としての役割を果たしたということである。

4-2-3　『山東直隷河南三省黄河全図』の意義

　『山東直隷河南三省黄河全図』は、地図そのものに特徴がそなわっている。

　その一つは、方眼を切って正確な地図にしようと心掛けている。すなわち、方向と距離を精密に割り出した地図になっているのだ。それまでの、方向と距離に無頓着な、絵画のような黄河絵図というか、だいたいの流れと周囲の村落を適当にちりばめた大ざっぱな地図とは根本的に異なる。堤防についても細かく記入しているのも特徴のうちにはいる。

　もうひとつの特徴は、省ごとに区切っていないことだ。つまり、山東、直隷、河南の三省にまたがった１条の黄河という視点で作図されている。全体の流れを一目瞭然で把握することが可能になった。

　さらには、地図上に決壊箇所を明記し、その発生年月日、規模、関係者、所

用費用などの記録を掲載しているのも特徴である。正確な地図であると同時に、記録書をも兼ねている。

『山東直隷河南三省黄河全図』の作成は、劉鉄雲にとって大きな意味を持っていた。

ひとつは、提調に任じられたことにより、劉鉄雲の黄河治水についての知識と経験が評価されたことがわかる。

ふたつは、提調として書物に名前が掲げられたことは、その後の劉鉄雲にとっては、大きな経歴になった。

みっつは、実際に黄河を調査してまわった経験が、より一層の深い知識と結びついて劉鉄雲に蓄積された。この体験こそのちの「老残遊記」執筆に生かされることになる。

5　山東巡撫張曜の治水方針

鄭州における黄河決壊は、光緒十三（1887）年八月から翌十四（1888）年十二月までの約十六ヵ月である。黄河主流は東流を南に変えて賈魯河に注ぎこんだから、山東巡撫張曜にとっては、めぐみの決壊だった。自分の持ち場である山東地方は、それまでの黄河決壊に悩まされていた。河道が南へかわって、洪水の心配がなくなっただけでもありがたい。

事実、その年の秋のいつもの増水期には、金堤百数十里の間は、水位があがり堤まで六七寸の危険な状態になったが、鄭州決壊により無事であった、という張曜の上奏文がある[100]。

断流とは、以前に説明したとおり、黄河の水が流れないことをいう。鄭州で賈魯河に注ぎこんだから、山東黄河は、当然、断流になる。断流は、張曜にとっては、黄河治水工事に集中するよい機会だった。河底に沈殿した泥砂を浚渫するに好都合だからだ。

光緒十三（1887）年十月、張曜は、将来、黄河主流がまた山東にもどってくることを恐れ、その時にそなえて浚渫工事を行ないたい、そのための費用銀約

89万両、堤防の土盛りに銀約21万両そのほかを請求してもいる[101]。

張曜の提案は、朝廷に一部分が認められ、費用も鄭工捐款のなかから銀60万両が回されたようだ[102]。

張曜は、もともと浚渫を重要視していた。光緒十二（1886）年九月九日の上奏文には、大意、つぎのようにいう。従来、治水の方法は、浚渫策が上策である。これまで浚渫はむつかしく、もっぱら堤防にかかわってきた。その堤防がよく決壊する。河底を浚渫するのは、困難だが、上流で決壊すれば、下流は干上がる。その時に掘り起こす[103]。

黄河断流が、浚渫に絶好の機会だという認識が、張曜にはあった。

光緒十五（1889）年三月、張曜は上奏文において、鄭州決壊により山東には黄河氾濫事故はなかったこと、救済事業は停止したこと、ただし、以前の災害で村の資産はなくなったことなど民情の困窮した模様を報告している。その中に、一部分の民間堤防について、従来からもともとなかった、あるいは破壊されたままで修理していないことを言ったあとで、「もともと河幅を広げる考えであったが（原文：原以為展寛河深（身）之計）」と述べる[104]。「河身」は、普通、河底という意味で使われる。河底を拡張する、でもいいかと思うが、ここでは河幅と解した。

八月の上奏文にも同じ語句が見られる[105]。張曜がもっていた治水のもうひとつの方針が、河幅を拡張することだと理解できる。ただし、無制限の拡張ではない。堤防を固めたうえでの河幅拡張であることを言っておきたい。

張曜の以前からの方針が、河幅拡張であって、それに加え、黄河断流の機会に乗じて河底浚渫を実行しようとした、となる。さらには、黄河の水を十分の三だけ旧道へ分流させる案も、張曜は持っていた（後述）。単純ではない。

また、黄河の南北両岸に堤防を建設し、水門を設けることもしているし、治水に意見を持つものは、誰でも招いて意見を聞いたのが張曜だった。災害にあった人々には、常に救済策を実行した、ともその列伝に見える[106]。劉鉄雲の「老残遊記」に登場する荘宮保＝張曜が、河幅拡張方針の一本槍であったのとは、実際は、異なっていることを指摘しておこう。

前述したように、光緒十四年十二月、鄭州合龍が成功したのにともない、黄河は、もとのように山東に流れ込む。利津から渤海に注いだと報告されたのは、光緒十五（1889）年一月十七日のことだった[107]。

6　光緒十五年山東の黄河氾濫

光緒十五年の山東黄河の氾濫に関して、張曜の上奏文だけを見ても、以下のようにあげることができる。

二月初六日（1889-27）、三月初九日（-38）、六月初六日（-39）、二十九日（-42）、七月初三日（-9）、初七日（-28）、十四日（-10）、十八日（-11、-29）、八月初三日（-30）、九月初二日（-12）、二十八日（-15）、十月二十七日（-16）、十一月二十五日（-17）、十二月十二日（-18）、十五日（-32）、十六日（-19）（数字は、『清代黄河流域洪澇檔案史料』の分類番号）

一年間に16件である。ほとんど一ヵ月に1件以上の氾濫状況報告だ。これが何を意味しているかというと、説明するまでもなく、前年の鄭州合龍によって山東にふたたび黄河の氾濫が復活したということだ。

たとえば、七月初三日には、「……調査するとそこの大堤の外には金王など四ヵ村があり、南は大堤によっていて、その四カ村の住民は、東西北の三方に堤を築き、その長さは十里になる。堤の内に移住するようしばしば勧告したが、そこの住民は住み慣れた土地は離れ難いといって、かじりついて去ろうとはしない」[108]と報告される。この洪水は、六月二十五日に大寨を襲ったものをいう。「老残遊記」第13、14回で描かれる斉東城の氾濫と関係が深い（後述）。河幅を広げるのが方針のところに、大堤の外側に、つまり黄河により近づいて民間堤防を築いて居住して動かない。その結果は、明らかだろう。

黄河が断流している間は、当然ながら堤防決壊もなかった。だが、鄭州で決壊箇所は合龍した。いったん主流が山東にもどってくれば、大堤の位置までは水位があがるのを予想している。また、それが方針なのだから、その間の民間堤防の決壊は、始めから予測済みのことだった。洪水の危険性が予想されるか

ら、そのための住民への移転勧告だとわかる。これが張曜の方針だ。

　それにしても山東で黄河が断流した時、張曜は、朝廷に黄河浚渫の上奏を提出し、認められていたのではなかったのか。費用の支出は承認されたが、工事の実施が間に合わなかったのか、あるいは実行したが効果があがらなかったということか。もし、期待する効果がなかったとすれば、張曜は、従来の河幅拡張の方針を再度確認したことだろう。

　張曜が、黄河氾濫とその対策のためにおおわらわという時に、劉鉄雲は、『山東直隷河南三省黄河全図』作成を目的として測量調査を山東各地で実施していた。当然ながら、黄河が氾濫する様子を、劉鉄雲は、目の当たりにした。

　地元の役人から邪険に扱われて史料閲覧が自由にできない、と劉鉄雲は報告書を提出していた。役人のいやがらせもあったであろうが、混雑する現場と状況であったことを想像すれば、役人に協力を期待しても無駄なことだった。

7　黄河治水論のおおよそ

　古来から伝えられた黄河治水論は、つぎのみっつに集約できるという。
　すなわち、（1）河身浚治（2）以堤束水（3）蓄清敵黄である[109]。
　（1）河身浚治とは、河底に沈殿した泥をとにかく浚渫することだ。ただし、泥はあまりにも多量で、人力で完全に取り去ることは不可能である。いったん出水するとただちに詰まってしまい、水が流れない。労多くして功少なし、というのが結論だ。
　（2）以堤束水は、堤防を構築し黄河の水を束ね、水の勢いで泥砂を押し流す方法をいう。
　（3）蓄清敵黄の特徴は、淮水を利用する点だ。泥砂のまじらない清水を集めて使う。淮水の水を蓄えて黄河に注入し、ふたつの水流の勢いで泥砂を押し出そうという考えである。（2）（3）ともに明の潘季馴が主張した。
　以上、みっつをあげたが、そのうちの（3）蓄清敵黄は、黄河が南流していたころの方法だ。ゆえに、東流している1855年以降の黄河には適用できない。

（1）の泥砂浚渫が、金ばかりかかって効果があがらないとなれば、（2）以堤束水しか残らない。

いや、もうひとつ、張曜の河幅拡張がある。以堤束水も河幅拡張も、人力による浚渫はしない、という点では同じだ。異なるのは、以堤束水が、泥砂が河底に沈殿しないように堤防を建設して工夫をするが、河幅拡張は、ただただ広げるだけである点だ。浚渫もしなければ、泥砂の沈殿防止も考えない。いわば、ただ、大堤を大事に守って災難をやりすごす、というやり方である。

とはいいながら、以堤束水だけで治水ができるとすれば、洪水氾濫をくりかえすはずがない。実際には、それほど簡単でないことが容易に想像できるだろう。

黄河がその流れる方向を変えるほどまでの大洪水は、そうめったに発生しないかもしれない。あれば、流れをどうするのか、移動させたままにするのか旧道にもどすのか、という戦略が必要になる。問題がそれほど大きくない場合でも、日常的な堤防保守と決壊時の修復工事に対応する態勢を用意しておくことが求められる。

その年の天候、泥砂の量、流れの箇所、河の曲がり具合、流れと堤防の関係、堤防の築造情況また補修の有無、壩の敷設がどのようになっているのか、水門の保守、支流との関係、保守費用、人員の配置、増水の監視などなど数え切れないくらいの観測準備必要項目が存在している。場所によって河幅も当然違っている。それに応じた処置が必要になろう。黄河治水を少しでも知れば、素人でもこれくらいのことは理解できる。

黄河治水については、もう少し細かい分類と説明もある。治水の方法を知ることは、のちの劉鉄雲の治水論を検討する時にも有効だと考える。紹介しておきたい。

王京陽が論じるのは、黄河が南流していたころの治水策だ[110]。

1．堵塞決口——決壊箇所の修復をいう。早期に修復すれば、被害を最小限にすることができるが、時機を失うと被害が大きくなる。ただし、やみくもに早期修復してよいわけではない。場所によっては、すこし修復を遅らせても水

の逃げ道をつくってから修復に着手すべきこともある。

　2．修築堤防──黄河両岸に堤防を築くことは継続して行なわれてきたが、河道が変化するし、泥砂が絶え間なく沈殿して、それにあわせて堤防を高くしなければならない。

　3．束水攻沙──上で説明した「以堤束水」と同じだ。明代の潘季馴が提出した考えで、清朝の人は不断にこの方法を採用している、と王京陽はいう。ただし、この方法にも限界がある。泥砂も変化する。3年以内の泥砂ならば、まだ乾いておらず流しやすい。5年以上の泥砂は、すでに乾いて押し流すのはむつかしい。なるほど、万能ではないのだ。

　4．蓄清敵黄──すでに説明した。東流している黄河には、直接の関係がないので、説明は省略する。

　5．開挖引河──修復工事の時、別に河道を開いてそちらへ主流を誘導するという方法だ。鄭州決壊のとき、劉鉄雲が提案したといわれる方法のひとつであることは前に述べた。非常時の方法ではあるが、日常に応用することもできる。すなわち、決壊しない前に、あらかじめ、適宜、誘導河道を開いておけば出水をふせぐことができる。掘り出した土を堤防に用いれば、一挙両得ということができる。

　6．修築減水壩──減水壩とは、主流の水量が多すぎるときに、その一部が流出するように工夫した堤防のことをいう。いわば安全弁の役割をはたす。水量調整をして決壊を防ぐのが目的だ。湖に導く、近くの河川に引っ張ればよい。これにも欠点がある。水量を減らすわけだから、黄河本体が泥砂を押し流す勢いを削ぐことになる。本流に泥砂が蓄積しやすくなり、これがまた、新しい決壊の原因となる。

　7．修建挑水壩──挑水壩は、水の勢いを殺す目的で、大堤から水流にむけて斜めに突き出す形で構築する堤をいう。大堤が、水流の直撃を受けないですむから、決壊を避けることができる。これも鄭州工事で使われた方法だ。

　8．人工改道──人工的に河道を変えるとは、既存の大堤とは別に堤防を建築し、そちらに主流を導くことをいう。河底に泥砂が沈殿することを防ぐこと

はできるが、それは暫くのことにすぎない。実際の例からすると2、3年だったという。

王京陽は、以上のように平常の黄河治水に関するものと、決壊時の修復工事についてのものを合わせて説明している。

当時の治水策としては、実際の黄河地域の状況を見ながら、いろいろな方法を組み合わせて施行することになろう。黄河といっても、その実態が場所によって大きく異なる。どれかひとつの方策だけが有効というわけではないはずだ。

背後に時代の大きな制約があるのは、しかたがない。黄河の氾濫原因は、多量の泥砂が運ばれて沈殿することにつきる。その泥砂をどうするか、これが黄河治水論の要である。そうであるならば、泥砂がどこからやってくるのか、の考察が不可欠になる。泥砂が黄河に混入しなければ、氾濫の原因にもならない。しかし、当時は、ここまで考え至る人はいなかったらしい。

これを指摘する人が出現したのは、ずっと後の事だった。

つぎに引用するのは、私がたまたま見つけた文献であって、それ以前から源の黄土の存在を指摘するものがあるかもしれない。

　　大平原を貫流する黄河の洪水の危険を除くためには，堤防以外に種々の対策が考慮されてゐる。即ち
　（イ）一時的に西部の調節池で水を抑へて最大高水流量を低減する方法
　（ロ）山東省西部に於ける黄河の両岸及びその付近に於て遊水池に導く方法
　（ハ）大運河との交点より黄河の北に沿ふて海に至る徒駭河の分水路による方法
　（ニ）土堤とその保護工
　（ホ）河道の整正と安定
　（ヘ）山西省・陝西省・甘粛省・河南省の一部に於ける侵蝕の防止
　（ト）山西省・陝西省・甘粛省・河南省の一部に森林をふやして流出を抑制する方法[111]

イからホまでは、すでに述べられてきた方法である。へとトが根本方策だ。黄河の泥砂は、黄土地帯に源を発している。源で防がなければ、下流でいかなる方法を用いても、ほとんど効果が表われないのもしかたのないことだ。源にさかのぼって泥砂の流出を防止しようというのは、これは国家規模の事業にちがいない。植林には時間がかかるだろう。清朝政府そのものに、もともとその発想がないとすれば、黄河治水担当官は、やはり定められた担当箇所のみの治水に専念せざるをえない。

8　劉鉄雲の黄河治水論

　劉鉄雲には、黄河治水に関する専門著書「治河七説」があることはよく知られている。
　該書の成立については、前に推測した。つまり、光緒十五（1889）年、黄河地図作成のため測量調査していた劉鉄雲は、「治河五説」の手書き原稿を張曜と易順鼎の二人に提出した。続稿の「治河続説」は、光緒十七（1891）年、福潤へ提出し、これを合わせた『治河七説』の木刻本による刊行は、光緒十七（1891）年以降のことだったろう。
　木刻本には、表紙に「治河七説」と題簽が貼られているだけで、刊行年も書店名もない。自家出版だとわかる。
　「治河五説」と「治河続説」は、別々に書かれた。これまで誰も指摘していないが、「治河五説」は、劉鉄雲が、黄河決壊修復を経験して書いたものであり、「治河続説」は、黄河の堤防維持保守の経験にもとづいて立論した。ゆえに、内容に変化が生じている。
　それほど長い論文ではない。内容を検討しよう。

8-1　「治河五説」

　以下の5項目にわけての論述となる。便宜的に番号をふる。

1．河患説

　山東黄河の水害がなぜ起こるか、その原因を冒頭に述べる。

「河底に泥砂が沈殿すればするほど、(河底は)ますます高くなる。高くなれば水が溢れる。上流で溢れれば、下流は泥砂が沈殿する。沈殿から洪水が発生し、洪水から沈殿が生じる。水害はめぐりめぐって止むことはむつかしい。ここ十年来、秋に塞がり、夏に洪水をひきおこす」

　泥砂の沈殿により、河底が平地より高くなる。日本でいう天井川だ。高きから低きへ流れるのは水の本性にすぎない。沈殿と洪水を繰り返し、終わることがない。黄河決壊の原因が、泥砂の沈殿であるというのは、劉鉄雲ばかりか、各時代の共通した認識であっただろう。一歩進めて、その泥砂がどこに端を発しているかまでの考察は、なされていない。ゆえに、黄河治水の抜本的な解決法を提示するには至らない。泥砂の処理に関する、部分的で対処療法的な方策を建議することにとどまるのもしかたがない。

　ここで前漢の人賈譲の名前が出てくる。賈譲の「河と土地を争わない（不与河争地）」説を支持するものは、放縦な川を従順なものと考える誤りを犯している、と劉鉄雲は説明する。賈譲の名前はあるが、詳しい説明がなされているわけではない。

「河と土地を争わない」とは、黄河の流れに逆らわない、一定の範囲内で氾濫するにまかせる、そこの住民は移転させるという方法だ。賈譲がもともと主張したのは、黄河主流を北に方向転換させるように「争わない」ことであった[112]。劉鉄雲は、賈譲説の時代背景は無視して、「河と土地を争わない」の字面だけを問題にし、批判するために賈譲を引用しているだけだ。賈譲は、「河と土地を争わない」のみを主張しているわけではない。賈譲が唱える治水策は、上中下の三策があった。治水三策のなかの上策が、この「河と土地を争わない」氾濫策である。中策は、水路を開いて水の勢いを分散させる。下策は、堤防を修築することだが、これは金ばかりかかって効果がないという。

　劉鉄雲は、賈譲の中策にはなぜか言及していない。中策でいう水勢を分散さ

せることこそ、のちに劉鉄雲が強調して主張する治河策なのだ。だから、河患説で腑に落ちないのは、賈譲に三策があるのに、上策しかあげず、その上策をもって賈譲を代表させている点だ。自説を際立たせて主張するために、省略したと考えられる。

　河幅拡張策は、張曜の採用している方針である。民間堤防を築いて居住する人々に勧告して大堤のなかに移住させようとしたのも張曜だった。劉鉄雲は、河患説において、名前は明らかにしていないが張曜の方針を批判していることになる。

　劉鉄雲が、この河患説において批判するもうひとつの方法が、賈譲のいう下策に当る。堤防を高くしろという説に対して、劉鉄雲が反対して具体的に数字をあげる。斉河が水深4丈、済陽、斉東が3丈56、蒲台、利津は次第に低減していき、鉄門関はわずかに1丈ばかり。来年、上流の堤防を高くすることができたとして、下流の河底は深くすることができようか。

　河患説に見る特徴のひとつは、各地の水深を数字をあげて具体的である。劉鉄雲は、実際に黄河の測量調査に従事した。だからこその記述であることがわかるだろう。

　治水方法について、賈譲説の一部を取り上げて賈譲全体を批判している。だが、ここでは、まだ、劉鉄雲自身の治水方法を述べるにはいたっていない。黄河氾濫の原因をいう部分だから、泥砂沈殿だけをいえばいいようなものの、つい批判が混入したというところだろう。

　2．河性説
　ここでは、黄河の性質を説明する。

　王景が登場する。あとの箇所でも、劉鉄雲は、王景を歴代治水者のなかで首位に推す。その王景は、禹の方法に拠った。古代地理書の一種「禹貢」には、「導」くという文字があることをいう。つまり、黄河治水には、積極策を採用しなければならない、と劉鉄雲は言いたいらしい。

　「他の河川の性質は、すべて頭（部分）が弱く尾が強い。ゆえに水勢は従順

でおさめやすい。ただ黄河の性質だけが、頭と尾が弱く、真ん中が強い。中間が強いから氾濫しやすい」

　この文章は、あいまいである。どこが頭で尾なのか。黄河は、長い。氾濫の状況をふまえれば、源流から潼関あたりまでが頭か。尾が河口付近だとすると、中間は、当時の河南、直隷、山東部分になる。鄭州を扇の要と見立てると、扇状に河道を変化させているのだから、暴れ龍のようなものだ。それは強く、制御しにくいに違いない。

「禹は、分けて九河とし（播為九河）、尾は弱く、ゆえに泥砂が沈殿してつまりやすい。禹は、同じように「逆河」とした（同為逆河）。分けて九河とする理由は、その増水を解消するためである。同じように「逆河」とする理由は、その泥砂を押し出すためである」

　「分けて九河とし」の「九」は数が多いことを象徴させている。いくつかの支流に分散させる、という意味だ。

　「同為逆河」の「同」については、解釈が分かれる。集める、と考えれば、せっかく河を分散させているのに、河口で一つにしては矛盾する。ゆえに、「同じように」と解釈する[113]。

　「逆河」という見慣れない言葉の意味は、普通、増水期に支流に本流から水が逆流することをいう。支流は、黄河に注いでいる。支流には、泥砂は、ない。「逆河」は、結局のところ支流に泥砂を押し出してしまうという意味になる。ただし、実態を知らない私には、そう読めばここは意味が不明である。もうひとつの解釈は、「逆」というのは「迎える」意味で、満ち潮によって海水が河に逆流することをいう。「同為逆河」は、「同じように（作り変えて）潮が逆流する河にする」という意味になる。

　劉鉄雲が、王景を大いに持ち上げるのは、禹の思考法を踏襲しているからだ。

「徳（県）、（無）棣の間を分けて八河としたのは、河を分けるという意味だ。千乗で合わさり海に入る。同じように逆河とするという意味だ。その方法は、最もすばらしく、ゆえにその効果はまた最も顕著である」

　もし、これを禹と同じ内容だと考えると、間違ってしまう。禹の方法は、多

くの支流に分けて黄河治水に成功したといっても、実態は氾濫するのを放置しているだけのように思える。古代においては、氾濫に任せておいても、そこに住民がいなければ、なんの問題も発生しない。氾濫によって肥沃な土壌が堆積し、それは農業にとっては好都合のはずだ。

　王景も支流に分けて、すばらしい、という。多くの支流に分けるといっても、禹の古代の方法を、王景がそっくり真似たという意味ではなかろう。劉鉄雲が、もし、王景の方法は禹と同じだと把握したとしたら、時代錯誤もはなはだしいといわなければならない。王景の場合は、管理して支流に分ける。あくまでも思考法を共有している。

　劉鉄雲が、なぜ、この箇所に記述していないのか不明だが、王景の治水論といえば、「十里に水門一つを立て、さらに水流の方向を転じさせる（十里立一水門、令更相洄注）」をあげるのが普通だ。（のちの治河説で出す）

　解釈は、分かれる。十里ごとの水門は、不可能だとか、黄河と支流の水門が十里離れていたとか、確定できない。王景の方法は、河底を整備し、堤防を固め、水門を建築するものだ、とまとめたものに、今、従う[114]。

　劉鉄雲は、王景を讃えたあとで、次のように言葉を繋げる。

　「それに続くものは潘季馴、靳文襄、黎襄勤らであり、これらの有名人は、水門、壩を設けて排水する。河を分けるという意味だ。清水を引いて泥砂を押し出す。水を束ねて泥砂を押し出す（束水以攻沙）は、すなわち同じように逆河にするという意味だ」

　つまり、劉鉄雲は、禹の治水策を煮詰めて、「水勢を削ぎ（播）」、「泥砂を押し流す（同）」というふたつに凝縮した。この凝縮された思考法が、王景から潘季馴、靳文襄、黎襄勤らに受け継がれる。それを実現するための方法は、時代によってそれぞれに異なる。王景は、意図的に河底を整備し、堤防を固め、水門を構築することで実現した。さらに時代がさがると、潘季馴、靳文襄、黎襄勤らの、水門、壩を設けて排水し、水を束ねて泥砂を押し出すことになる。

　水勢を削ぎ、泥砂を押し流す、まではいい。しかし、首をかしげたくなる部分も生じる。

水門などの設備により黄河の水勢を削ぐということは、その思考法として、賈譲の「河と土地を争わない」説、あるいは張曜の河幅拡張方針とどう異なるというのか。方法は違うとはいえ、両説とも、水勢を削ぐ点では、同類ではないか。

　河の性質に逆らえば洪水が発生する。黄河のある箇所では、状況判断により「河と土地を争わない」方法を取らなくてはならない場合もあるだろう。ということは、基本的に黄河の流れるままに放置せざるをえない。いくら堤防を固め、水門を設置したところで、それを上回る水量になれば、水門によって調整したくても、洪水になる、堤防が決壊する、黄河のなすがままになる可能性も否定できないだろう。そうであれば、河幅拡張説も治水方法の一つとなる。

　誰かの説を一つだけ後生大事に守っていて、はたして具体的な状況に対応できるのかどうかは、はなはだ疑問に思うのだ。なにしろ黄河は、長大にして複雑だ。最適と思われる方法を、適宜、それぞれにあてがうほかないのではなかろうか。

　結論を急ぎすぎた。劉鉄雲の治水論の、まだ途中ではあるが、読めば自然に疑問が生じるので意見を述べた。当然、劉鉄雲は、複数の方策をもっている。あとで述べることになる。

　水勢を削ぎ（播）、泥砂を押し流す（同）が基本の二大方針だとすれば、いくつかの条件が派生してくる。

　「1. 河は狭いほうがよく、広いのはよくない。狭いと力が下にあって、底を浚う。広いと力は上にあって、堤防を撃つ。河底をさらえば河は日に日に深くなり、堤防を撃てば河は日に日に溢れる。定理である」

　ここで劉鉄雲は、たとえ話をする。木桶をふたつ用意する。ひとつは内径2尺、高さは1尺の3千立方寸。もうひとつは内径1尺、高さが4尺の同じく3千立方寸。底から5分のところに小さな穴をあける。水を満たして高くかかげれば、痩せた木桶の水は、太った木桶の水よりも数倍も遠く飛ぶ。これと同じで、河が狭いと力は下にある証拠だ。

　静止した状態では、パスカルの原理で劉鉄雲のいうような圧力の差になって

飛び出るだろう。木桶の水は、動いていない。だが、黄河は流動している。劉鉄雲の持ち出す例にならえば、狭いというのは水深が深いことになる。水深が深ければ、泥砂は押し出されるのだろうか。水深が深く河幅の広い場所もあれば、水深が浅く幅の狭い箇所もあるだろう。木桶の例は、黄河には応用できそうにない。子供騙しの説明だとあえて言っておく（ついでに、πが示してないから、3千立方寸は概数だ）。

「1．河は曲がっているのがよく、真っ直ぐなのはよくない。河が曲がっていれば、水の休む場所ができて流れが平均する。河が真っ直ぐならば、水はあまりにも急に流れる。水があまりにも急に流れると、来れば溢れやすく、行けば泥砂が沈殿しやすい」

長江では、鄱陽、洞庭のふたつの湖が緩衝地帯となって流れが平均するが、黄河では湖に泥砂がたまってしまう。そこで曲がっている箇所で流れを休ませ、速さを調整するわけだ。

この説明もよくわからない。河が曲がっていれば、水勢を削ぐという方針に合うように思える。しかし、泥砂について見れば、水流が早ければ、底をさらって泥砂は排除されるのではないのか。これこそ「水を束ねて泥砂を押し出す」だと考えるが、これと矛盾が生じる。

「1．泥砂をとどめて、水中に含まれる砂を多くさせず、急流が方向を転じる場所におく」

河が曲がっていれば、流れの方向が変わり、そこに泥砂がたまる、という意味だろう。急流が方向をひとつ転じれば、泥砂はひとつの層になる。一層の泥砂は、水中に含まれた砂の百分の一にすぎないが、1日に曲がれば曲がるほどたまる量がふえる。

曲がった部分に泥砂が沈殿する、では氾濫の原因になるように思う。泥砂が沈殿しないように工夫をするのが、劉鉄雲の治水方法のはずだが、これでは矛盾する。

3．治河説――縷堤、分流、河口

劉鉄雲の提案する治水策は、みっつある。
「1．縷堤を構築してたまった泥砂を押し流す」
　縷堤というのは、もとの堤防に半円型にせりだす形で作られたものをいう。河に突き出しているから、その分だけ河幅が狭まり、水流が速くなる。「水を束ねて泥砂を押し出す」ための具体的方法だ。
　河幅が狭ければ、風によって発生する波による堤防に対する衝撃も防ぐことができる、ともいう。
　ここには、劉鉄雲の主張する治水策の矛盾が存在する。次の項目で説明されているが、前倒しにする。その方が理解しやすい。
　縷堤がなければ、「水を束ねて泥砂を押し出す」効果がない。縷堤で河幅を狭めれば、必然的に急激な増水を解消することはできない。
　河幅を狭めて泥砂を押し流すつもりが、堤防決壊の恐れを生じる。泥砂の排除と堤防とどちらが大事なのか。あきらかな矛盾である。劉鉄雲は「ふたつの難点（両難）」という。その解決策は、つぎに示される。
「1．支流に分けて急激な増水を解消する」
　禹、王景の方法だ。分流させて水勢を削ぐことを目的とする。
　それぞれの支流の河口には石の水門を建て、増水すれば水門を開けて排水する。水が引けば水門を閉めて泥砂を押し出す。王景の「十里に水門一つを立て、さらに水流の方向を転じさせる（十里立一水門、令更相洄注）」が、ここで出現する。
　支流に分けて、それぞれに縷堤を建築し、河幅を狭めて泥砂が沈殿しないようにする。劉鉄雲の治水策をこう理解すれば、一応、論理の筋は通る。
　分流を主張するならば、鄭州決壊はどうなのか、という疑問が出てきてもおかしくはない。鄭州での決壊を完全に修復するのではなく、一部を鄭州から賈魯河に放出し、一部を黄河の東流にもどす、という方法である。河道を変化させるのも、大きく考えれば、当然、流れを分けることになるだろう。
　鄭州決壊によって形成された新道か、それまでの東流か、いずれにするかの二者択一ではない。一部を新道へ、一部を東流へ、といういわば折衷案だが、

分流の考え方を適応すれば、自然な方法だと思う。ところが、劉鉄雲が、これを主張した記録はない。意外な気がする。劉鉄雲が考える支流は、小規模なものだったのかもしれない。もしそうならば、劉鉄雲は、想像力が足りない。

　早くから分流の建議を行なっていた人物がいた。それも大規模分流だ。主張したのは、ほかならぬ張曜である。

　張曜が、くりかえし黄河を南流にもどすことを提案していたことは述べた。早いものとして光緒十二年三月二十九日の上奏文では、河南から江蘇まで実際に出向いて実地調査を行なった報告をしている。河南から南流にもどして山東の黄河洪水から救ってほしいということだ。同時に、南流にもどすことの問題点も指摘している。堤防を再び建築するのには大金がかかる。もとの河原に入植している人々がいて、その生業を奪うことになり、これがむつかしい。洪沢湖との関係が複雑だという三点である[115]。張曜は、なにがなんでも山東の黄河洪水から逃れたいというのでもなさそうだ。問題があることを承知している。冷静に状況判断をしたうえでの上奏だとわかる。

　そののち、問題点がみっつあることから全面的に南流にもどすのが無理だと考え直し、黄河の10分の3だけを部分的に南流させるのはどうかと提案する。それなら費用も少なくてすむ、という判断である[116]。

　張曜のこの献策こそ、劉鉄雲が提案してもいい内容だろう。ただし、この時点では劉鉄雲は、黄河治水の実際には関わっていない。鄭州での修復工事に参加するのは、張曜の提案よりも二年後のことだ。劉鉄雲が、黄河分流の提案が張曜によって上奏されたことなど知るはずもない。

　張曜の分流策は、遊百川より大きな支持を受けていた。光緒十二年十月二十二日の上奏文がある。黄河が北に移って三十余年、大清河より海に入った。現在の河底は泥砂が積もり高くなり、毎年のように溢れるようになった。ほとんど収拾不可能で、山東の数十州県は人々が生活できないなどなど、状況が厳しく、それも黄河の氾濫が山東のみに集中していることを認めている。分流することに利があって害はないこと、費用節減にもなる、と述べてほぼ全面的な賛同を示している[117]。

分流策は、賛同者があったものの、実現はしていない。その理由は不明だ。
　みずからが提案したことのある黄河分流説が、規模は異なるが、劉鉄雲から送られてきた「治河説」のなかに出現している。張曜にすれば、劉鉄雲の「治河五説」原稿を受け取ったとき、自分の理解者がいたと思ったかもしれない。光緒十五（1889）年九月二十日、劉鉄雲は張曜に面会した。話らしい話はできなかったが、「治河五説」には触れたのではないかと想像する。
　「１．河口を改めて淀みなくさせる」
　韓家園（垣）より鉄門関を経て牡蠣嘴を通って海に注ぐ。河道は、曲がりくねって行くのがむつかしい。河口はつまっている。尾が通じないから胸腹が滞る。河全体を大いに害している、という判断である。
　河口に泥砂が沈殿するのは、どうしようもない。この沈殿で山東半島ができたくらいの規模なのだ。曲がりくねるのは、必然だろう。それを、なんとか真っ直ぐにして海に排出させようという提案である。新しく河口をつくり、そこに堤防を構築する。工事費用までも試算していて行き届いている。
　以上、劉鉄雲の治水三策は、単語でまとめると「縷堤、分流、河口」となる。縷堤建造による河幅縮小で泥砂を押し流す方法は、堤防の決壊を招きやすいという矛盾をはらんだものだった。その欠点を、水門から排水することにより、あるいは支流に分けて、回避しようとし、分流の効果をあげるためにも河口まで真っ直ぐな河道をつける、という考えである。

４．估費説
　黄河氾濫を防止するための堤防建設にどれくらいの費用がかかるか、その計算をする。おおよそ300万両くらいだろう、と明細を述べる。比較のために、鄭州工事は、国費で1,000万両だとも劉鉄雲は書く。実際の総工費は、銀1,200万両だったから、大きく外れているというわけではない。劉鉄雲が実際に関わった工事だったからだろう。
　土砂、毎立方が銀１銭５分８厘７毫３糸という数字を見ただけで、いかに詳しいかがわかる。高さ１丈、天辺の幅が２丈、底が８丈で計算すると使用する

土砂は、毎丈50立方。毎里で9,000立方。銀で合計1,428両5銭7分8毫3糸。これを基礎数字とし、斉河の大王廟から建造しはじめ、全体の距離と南北の堤だからそれを2倍にして、古い堤を利用すると、全体の6掛けの費用で、などと細かい。鄭州での工事の経験があってこその計算だとわかる。

　ただし、冒頭に、予防策は金にならない、と述べるのはいかがなものか。つまり、堤防が決壊して被害が生じると、その補償に公金が出る。しかし、被害がでなければ、お上から褒められもしなければ、公金も支給されない。それならば、かえって黄河氾濫を歓迎するわけだ。まさに、役人の心理を穿つ表現である。これでは、提出先の役人、たとえば張曜が、予防策に熱心ではないような印象を与えかねない。受け取った役人が、愉快であるはずがない。役所仕事とは、ほとんど無縁だった劉鉄雲にして書くことのできた文句かもしれない。

　5．善後説
　善後というのは、日常の保守をいう。やることをやっても、永久に洪水がなくなるわけではない、という。変に冷静な態度である。
　最も急を要することは、「河底を平らにすることだ」。河底は、常に両端が深く、真ん中が浅い。真ん中に積もった泥砂を押し流すために、対頭壩、束水壩、斜壩を作る。
　対（頭）壩と束水壩は、同じもので、河に突き出す形で構築する。斜壩にしても縷堤と同じで、河幅を狭めて水流の勢いで泥砂を押し流す。
　次に重要なことは、「頂のぶつかりから救うことだ」。頂は、縷堤のでっぱった箇所を指す。河の流れの中に突き出している堤だから、当然、その頂がある。頂が水流に洗われて崩壊しやすい。その部分を砕石で覆い崩壊から防ぐことを提案する。石の運搬には、空の塩運搬船を利用することも申し述べる。周到だ。
　「経河」「支河」の決壊対策をいう。「経河」とは、主流のこと。「支河」は、本来は、灘の内を流れる支流をいう。本流から流出して、また本流にもどっていく。ただし、劉鉄雲が使用している言葉の意味は、主流に対する支流だから、灘と切り離してよい。

主流、支流の決壊は、ともに水門を開け閉めすることで解決する。これが劉鉄雲の方法だ。水門の操作だけで、決壊を回避することができるのか、あまりにも簡単に書いてあるので、にわかには信じ難い。水門の操作を越えた、予想外の動きが生じて鄭州の時のような大規模な決壊が発生したのではないのか。疑問が残る。日常の保守というのだから、大規模な決壊を想定していないのかもしれない。

　その他、水車の利用とか、石の水門につかう扉について、中国製はよくないので西洋のやり方を参考にするようにとか、こまかな提案もある。

　「治河五説」の治水策をまとめると、「縷堤、分流、河口」のみっつになることを確認しておこう。劉鉄雲が、鄭州における決壊修復工事に参加した経験にもとづいて、提案したものだ。

　「治河五説」は、次の「治河続説」と一体のものとして考えた方が、理解しやすい。「治河続説」を紹介する。

8-2　「治河続説」

　「治河続説」は、「治河五説」の内容を簡略にまとめたものになっている。そのため「治河五説」が18葉を要したのに対して、「治河続説」は7葉ですんだ。だが、内容には微妙なズレが発生している。両者の執筆に時間の隔たりがあったためであり、その間に劉鉄雲の経験したことも違っているからだ。前者が黄河の決壊修復工事であったのに対して、後者は、堤防の維持保守を体験したことが背景になっている点が、異なる。

　１．治河続説一

　「河は平定しやすいし、水は治めやすい（河易平。水易治也）」と、常識人が目をむくような語句を投入して読者の気を引くのは、のちの「老残遊記」にも見られる傾向だ。

　それができないのは、治水関係者が、目先の洪水に目を奪われ、全体を把握することができないからだ、と劉鉄雲は判断する。劉鉄雲の言うことは、正し

い。張曜が提出した「黄河、十分の三分流」の上奏文も、支持者があったにもかかわらず、うやむやになったことからも理解できる。

劉鉄雲は、古今の治水者を２派に分ける。賈譲派と潘季馴派だ。賈譲説は、「河と土地を争わない（不与河争地）」であり、その欠点は、泥砂がたまりやすい。潘季馴説は、「水を束ねて泥砂を押し出す（束水功〈攻〉沙）」で、その欠点は、氾濫しやすい。

すでに前で検討したように、賈譲三策のうちのひとつだけで代表させているのは、感心しない。特徴づけるためであるとしても誤解を生むし、また、事実、誤解を生んでいる。

対する潘季馴の方法には、氾濫しやすいという欠点があることを、劉鉄雲自身が認めている。これは「治河五説」には見られなかった。つまり、ここに至って、賈譲説も潘季馴説も、両者ともに欠点をもった方法として紹介されているのが、今までと異なる。ただ、その欠点の表われかたが相違する。「泥砂の弊害は遠く、禍は後世の人にある。氾濫の弊害は近く、害は身近である。ゆえに、人は争って賈説を尊び悔いなかった。これが数十百年も黄河が治まらなかった理由である」

以上の部分を読めば、賈譲説についても以前のものとは説明が微妙に変化していることに気づく。

賈譲説の「河と土地を争わない」は、以前は、あたかも黄河が氾濫するのに任せる、放任する、傍観する、という無責任論として捉えていたのではなかったのか。ところが、ここにいたって、黄河をとりあえず大堤を越えて氾濫させない、という目的のためなら、賈譲説は、有効だといっていることと同じになる。泥砂が蓄積されて、将来の氾濫の原因になるというのだから、目の前の氾濫を忌避したい役人が採用したくなる方策であろう。氾濫する可能性の高い潘季馴説ならば、誰も採用はしない。治水担当者ならば、当然のことだ。

潘季馴説をうまく用いれば、氾濫しない、と劉鉄雲は書く。これだけで、説明はない。理解されないままに終わる可能性が高い。私が補足すれば、劉鉄雲の提案三策のうちの「分流」、すなわち水門から支流に排水して水勢を削ぐ、

という意味であろう。

聖人の大原則をふたつかかげる。

王景の「十里に水門一つを立て、さらに水流の方向を転じさせる（十里立一水門、令更相洄注）」によって、水門の効用を述べる。

禹の「分けて九河とし、同じように「逆河」とした（播為九河、同為逆河）」を示すことによって、泥砂を取り除く方法を解説する。

結局のところ、「治河続説一」は、「治河五説」のうちの河性説を要約したものだ。すなわち、劉鉄雲が独自に凝縮した「水勢を削ぎ（播）、泥砂を押し流す（同）」に相当する。

２．治河続説二

大原則「水勢を削ぎ（播）、泥砂を押し流す（同）」を実現するため、以下に、よっつの方法を提案する。

　１．「民間堤防（民埝）を建築し、水を束ねて泥砂を押し出す」

現在の民間堤防は、昔の縷堤である。河幅を狭めて流れを急にして泥砂を押し流す方法は、潘季馴のやり方を踏襲するものだ。その有効なことを、歴史をさかのぼって説明する。

咸豊五年、黄河が山東に来た時、大清河の河幅は、わずかに30余丈にすぎなかった。10余年にわたって洪水の害はなかった。それは河幅が狭く、水を束ねていたからだ。同治初年よりあらそって河幅を拡張したため、洪水が頻発するようになったし、1千丈にまで広がった、と書く。

この劉鉄雲の説明に対して、現代の研究者岑仲勉が反論を加えている。紹介しておこう。

山東の洪水を、すべて河幅が広いことを原因にしているが、はたして正統な理由になるだろうか。黄河が山東に流入したとき、完全な河というものは存在せず、至る所で氾濫していたにすぎない。決壊しなかったのではなく、溢れ出ていただけだ。また、劉鉄雲が、河南省の状況を視野にいれていないのは問題だ。つまり、山東より河幅が狭い箇所でも決壊していると言いたいのだろう。

さらに、岑仲勉は、河南省における黄河決壊の要因を下流の流れが詰まったからだとする。そうなれば、河幅が広ければ多く決壊するという劉鉄雲の説は、否定される[118]。

　劉鉄雲自身が、すぐ前の「治河続説一」で認めているように、河幅を狭めると、かえって氾濫の可能性が高くなる場合もあるのだ。だが、劉鉄雲は、ここでは、そのことには触れず、あくまでも民間堤防を構築し補修することを主張する。そうすれば、河自らが日に日に深くなると確信している。

　　2．「斜堤を構築して泥砂を除き，堤を補強する」

　この部分に、極めて重要な事柄が記録されている。注意されたい。

　「去年、下遊総辦候補道李」が、蒲（台）利（津）の間に、斜堤を建設するように願い出た。張曜の命令で、劉鉄雲は、利津と蒲台において斜堤をそれぞれ1本、建築した。経費不足のため、高さと厚さが方式通りにはできなかったが、200あまりの村は、毎年水中に没していて、毎年のように救済されていたのが、今年は、麦の収穫が一律に豊作となった。枯れた土地が、肥沃な土地に回復したのである。利津から海口までの数十里は、毎年、泥砂でつまっていた。今は、反対に深くなっている。海口は、去年、船を進めることができなかったが、今年は進めることができる。利津の県城は、きわめて危険な地域で著名であった。毎年、護るのに大きな埽を40余段も用いていたのが、今年は、多くの泥砂が灘地となっている（灘が堤防を保護して有効だという意味）。

　「斜堤」は、河の中に斜めにせりだす形の堤である。挑水壩と同様の働きをする。流れは、突出した堤にぶつかってその根元に泥砂が溜まり、固まる。そうなれば堤が堅固になる。一方で、中央部は流れが速くなって、泥砂は押し出される。利津と蒲台の2箇所に設置しただけで、大きな効果があった。これを黄河全域に建築すれば、きわめて有効だと劉鉄雲は主張する。巻末に「斜堤大意図」1枚を添えているのは、その自信の表われに違いない。

　「去年」というのは、光緒十六（1890）年だろう。「治河続説」を福潤に奉呈したのが、1891年だとすれば、時間的には合っている。

　この部分が重要だという理由は、劉鉄雲が日常の治水、すなわち堤防の維持

保守とその結果による泥砂の押し流しに成功した、これが唯一の実例であるからだ。鄭州工事に参加して得たのは、黄河決壊を修復する経験だった。翌、光緒十五年は、黄河の測量と調査だ。劉鉄雲が、斜堤建設による泥砂を押し出す方法を試みることが可能だったのは、ここで言う利津と蒲台の工事なのだ。

みずからの黄河保守理論を、試験する好機である。実際の試行を経て、はたしてそれが有効だと判明した。劉鉄雲にとって大きな自信となったに違いない。だからこその「治河続説」の執筆となった。

　3．「滾壩を構築し、分流させて減水させる」

「滾壩」は、普通、「滾水壩」と呼ばれる。本流の水量が多すぎるとき、支流に排出するのが減水壩だ。滾水壩は、その一種で排出口部分に障害物のように低い堤を築いて水勢を削ぐ役割を担う。

王景が治水に成功したのは、水門と壩をうまく利用したからだ。ここで「十里に水門一つを立て、さらに水流の方向を転じさせる（十里立一水門、令更相洄注）」を出して、劉鉄雲は解説する。くりかえさない。

　4．「大堤を補修し、河の開閉といっしょにする」

官営による黄河の主要堤防が「大堤」だ。大堤に組み合わせて、縷堤、遙堤、滾壩、斜堤を構築して、それぞれが役割を分担し、決壊を防いで洪水が起こらなくしようという提案である。そうすれば、経費節減につながることを付け加えている。

以上をまとめると、1の民埝、2の斜堤は、劉鉄雲の治水三策でいえば、「縷堤」にあたる。3の滾壩は、「分流」だ。「治河五説」で唱えた「河口」は、引っ込めて、あらためて4の大堤と各種堤防を同時に維持していこうという新しい提案になっている。

結局、劉鉄雲の黄河治水策を私流に要約すれば、その基本は、「各種堤防を利用した泥砂の押し出し」および「分流による減水」である。

8-3　劉鉄雲「治河七説」の意味──「泥砂の押し出し」と「減水」

劉鉄雲が主張する黄河治水策には、大原則があることが理解できる。別の言

葉で表わせば、「水勢を削ぎ（播）、泥砂を押し流す（同）」である。実現するための具体的方法は、「治河五説」で述べられた３策であり、のちに変更が加えられて「治河続説」の４策となった。

　両者の違いがなぜ発生したかといえば、劉鉄雲の経験の深まりが原因である、と重ねて言いたい。利津と蒲台における斜堤の建設という劉鉄雲の実経験が、提案内容に修正を加えるという結果になったのだ。

　ところが、劉鉄雲の治水策といえば、一般には、「水を束ねて泥砂を押し出す（束水以攻沙）」が群を抜いて有名である。あたかも、これだけだと理解されてきた。劉鉄雲は、実際にはもっと総合的に治水案を提出していることに注目すべきだ。

　劉鉄雲の治水策で強調すべきは、「泥砂の押し出し」に加えて「減水」なのだ。片方だけでは、劉鉄雲の治水策を正確に評価したことにはならない。いうまでもなく、このふたつの要約には、前にその具体的方法がついている。くりかえさない。

　上述のように劉鉄雲の治水策の特徴をいうことは可能である。ただし、劉鉄雲の方法が、他よりも抜きんでてすばらしい、というわけではない。その理由は、発想自体が他のものと同じだからだ。以前から存在する治水策を組み合わせているだけ。対処療法的に、泥砂の沈殿をいかにして防止するか、をめぐる方法に終始しているから、おのずと限界がある。

　限界はある。しかし、強調しておかなくてはならないのは、劉鉄雲には治水、堤防修復、黄河測量調査の実経験が、豊富にあった、実経験に裏付けられた治水策の提案を行なっているという点を無視することはできない。ここを見逃すと、劉鉄雲の治水論が上滑りしているように見えるかもしれない。注意を要する。

　欠点のない理論は、ない。劉鉄雲の治水論の欠点は、ふたつある。

　ひとつは、大局的な把握がなされていない。抜本的に、源の黄土平原を緑地化するという発想が出てこないのは、時代の制約でもある。その壮大な構想があったとしても、数十年、あるいは百年単位の時間を必要とするかもしれない。

目の前の黄河氾濫を防止するための直接的な方法には、当然、なりえない。そうなれば、部分的ではあっても具体的な方策の提案をしなければ顧みられないのは必然だ。治水責任者は、自分の担当区域がとにかく黄河氾濫を起こさないような方法を求めている。それに応じる提案でなければ、劉鉄雲の治河策も意味をもたない。

もうひとつは、分流を言いながら、水門で排水するとか、小規模な支流を想定しているだけで、旧河道に分流するという規模の大きい発想が見られない。張曜には、その発想があったことを私は知っている。劉鉄雲にこの大きな発想が存在していないことを言わなくてはならないのは、残念ではある。しかし、客観的に見れば、これが事実だ。

結果として、劉鉄雲の提案は、多くの治水策のうちのひとつにすぎなくなる。

劉鉄雲の父劉成忠が「河防芻議」において主張する「堤防を守るための灘保守を主張し、壩、埽を併用しながら堤防を重ねる重堤を築造せよ」とは、すこし隔たったものになった。その隔たりは、劉成忠と劉鉄雲が生きた時代の時間差を反映しているのだろう。ただし、劉鉄雲の治水論の方が、総合的な展開をしているということができる。

9　劉鉄雲の山東における黄河水利事業

光緒十五（1889）年、劉鉄雲は、黄河全図作成のために山東を測量調査していた。翌十六（1890）年三月に『山東直隷河南三省黄河全図』は完成し、上海・鴻文書局より石印で出版されたのが、同年十月であった。

劉鉄雲が、張曜に招かれることになったのは、黄河の測量調査を終了したあとだから、光緒十六（1890）年三月以降のはずだ。

9-1 山東巡撫張曜に招かれる

拠る資料は、ひとつだ。福潤の手になる「光緒二十（1894）年」の文章である。「尚書銜山東巡撫福片」という。日付はないが、劉蕙孫、劉徳隆ともに光

緒二十年の文章だとする。内容から判断しているのだろう。ただし、これを掲載する『歴代黄河変遷図考』(袖海山房　光緒癸巳〈1893〉仲冬〈十一月〉石印)は、発行年を見ると光緒十九 (1893) 年となっているのが奇妙だ。発行年より遅く書かれた文書が、石印本の冒頭に飾られることになるからだ。疑問のままにしておく。

以前述べたように、『山東直隷河南三省黄河全図』のなかの「三省黄河河道一、二」は、『歴代黄河変遷図考』の「見今河道図考第十」と同文だ。

山東巡撫福潤が、劉鉄雲を有能な人材として総理各国事務衙門に推薦するのがその内容である。

説明して、つぎのように述べる。

　　再候選同知劉鶚は、江蘇丹徒県の人。光緒十六年、前の巡撫張曜が山東に呼び、黄河水利事業を任せた。該員は、従来より算学、河工を学び、また機器、船舶器械、水学、力学、電学、測量などに通じている。著書に「勾股天元草」「弧角三術」「歴代黄河変遷図考」などがある。前の河南山東河道総督呉大澂および前の河南巡撫倪文蔚が、鄭工合龍の後に直隷、山東、河南三省黄河を測量し全図を描き、献上して御覧いただいた。該員に著述をまかせたが、それぞれの考証は、詳細かつ有益である。

「治河続説二」に見える2の「斜堤を構築して泥砂を除き、堤を補強する」において、劉鉄雲が、張曜の命令を得て利津と蒲台で斜堤を建築した事実が書かれていた。劉鉄雲自身が述べていることなのだから、間違いはない。私は、その著作が書かれた時間を考えて、堤防工事が実施されたのを光緒十六 (1890) 年と推測した。上に見える福潤の文章からも、やはり、劉鉄雲の黄河水利事業は、光緒十六 (1890) 年であったと確信する。

もうひとつ間接資料を提示したい。

劉鉄雲の兄劉渭清が書いた「毘耶居士夢痕録」の光緒十六年二月二十日の項に、劉鉄雲に手紙を書いて、早く山東に行くよう勧める、とある。また、五月

二十六日には、劉鉄雲がすでに事業留任という公務を得たにもかかわらず、任務分担がなされていないことをいう[119]。劉鉄雲の山東における黄河水利事業が、光緒十六年であるのは明らかであろう。

その頃の状況について、劉鉄雲をよく知る羅振玉と劉大紳の証言を見てみよう。

羅振玉の証言：
当時、ちょうど三省の黄河図を測量製図しており、君に命じて提調官とした。黄河図は完成したが、その時、黄河の災害は山東に移り、同郷の張勤果公（曜）がちょうど山東を治めていた。呉大澂公は、（劉鉄雲を）誉め讃え、勤果は公文書で君を東河に呼び寄せたのである。[120]

劉大紳の証言：
呉大澂は、（河図）局を設置し三省河図を作ることにし、先君（劉鉄雲）にその事を監督させた。当時、山東はまた氾濫し、張勤果は、河南工事の表彰を見て、手紙で劉渭清を招いたが、返事して（劉鉄雲が）賞賛を譲った理由を詳しく述べて赴かなかった。張曜は、公文書で先君を河南へやり、同知として山東黄河の下遊提調に任命した。河南図が完成したのち、先君は、山東へ赴き始めて面会した。これが官吏となった始めで、時に光緒十七（1891）年のことである。先君は、山東に三年滞在した。治水工事は、諸省のうち最優秀で、苦労を重ねて、特別に知府となった。「治河七説」「（歴代）黄河変遷図考」「勾股天元草」「弧角三術」などの書は、すべてこの時に成ったのである。[121]

鄭州での堤防修復工事に成功したから、山東に氾濫が再現したのだ。

劉鉄雲の業績が高く評価されたにもかかわらず、それを辞退して兄の劉渭清に譲ったことにしている。それが正しくないことは、すでに述べた。

劉大紳は、光緒十七年に劉鉄雲が張曜と面会したと書いている。これは、間

違いだ。劉鉄雲が張曜と面会したのは、劉鉄雲の報告書からわかるように、光緒十五年九月二十日のことだった。山東黄河の測量と調査に従事していた頃である。二年も前のことだ。

また、劉鉄雲が張曜に招かれたのは、光緒十七年ではなく、十六年である。さらに、「治河七説」の成立も劉大紳の書くのとは違う。

細かな間違いはあるが、劉大紳の説明も羅振玉の記述も、基本的には合致している。つまり、鄭州工事を終えたあと、河南省の河図局（のち善後局）に所属して黄河の測量調査に従事した。三省黄河全図を完成させて任務が解除されると、引き続き張曜に招かれて山東に移動、治水事業にたずさわるという経過である。

張曜も呉大澂と同じように、頭脳集団を抱えていた。

9-2 張曜の頭脳集団（幕友）

張曜頭脳集団における黄河治水論議については、羅振玉の記述にもとづく。多くの研究論文がこれに言及するのは、「老残遊記」にも同様の議論が書かれているからだ。「老残遊記」が、事実にもとづいた創作であると立論する場合のよい証拠だと考えられてきた。

> 羅振玉の証言：
> （張）勤果が客を好んだため、役所には多くの文士がいたが、実は黄河治水について理解できる者はひとりもいなかった。多くの議論は、賈譲の「河と地を争わず（不与河争地）」という説を主とし、黄河の岸と民間の土地をできるかぎり購入し、河幅を広げようというものだ。上海の慈善家施少卿（善昌）がこれに賛成し、国内の罹災者救援資金で官が民間の土地を購入するのを助けた。君は、その不可であること、「水を束ねて砂を押しだす（束水刷沙）」という説を主張し努めて争ったのだ。「治河七説」を書き提出した。役所の文士は、これを阻止する理由をさがしたが、その説に反駁できなかった。[122]

羅振玉が、劉鉄雲の主張を「水を束ねて砂を押しだす（束水刷沙）」にまとめている。劉鉄雲の「老残遊記」には、この表現が使われていないにもかかわらず、劉鉄雲の治水論が、「水を束ねて砂を押しだす（束水刷沙／束水以攻沙）」だけだと思われてしまった原因である。すでに見てきたように、劉鉄雲の治水論は、「泥砂の押し出し」および「減水」が基礎になっている。このふたつを実現するために、各種堤防の建造、水門の設置などなど、具体的な提案がなされているのが本当のところだ。

　劉鉄雲自身が、「老残遊記」において羅振玉説を裏付けるような書き方をしているわけではない。だから、羅振玉が、「水を束ねて砂を押しだす（束水刷沙）」ひとつに劉鉄雲の治水論を代表させたのは、やはり乱暴なまとめ方だといっておきたい。のちの研究者が、それを無批判に引用して広める結果となった。劉鉄雲の持論と異なる言説が定着した理由である。

　張曜の頭脳集団にあって、劉鉄雲は「治河七説」を書いて提出した、と羅振玉は書く。「治河七説」が「治河五説」と「治河続説」のふたつに分かれており、その成立には時間的な差があることを無視している。早く光緒十五年には、劉鉄雲から張曜へ、直接、送られている事実が、すでに明らかになっている。羅振玉の記憶違いか、その詳細を知らないための誤記である。

　劉鉄雲の治水論に、頭脳集団の誰もが、結局、反論することができなかった。これは事実だと私は考える。なぜなら、張曜の命令を得て、劉鉄雲は、実際の水利工事を手掛けている事実があるからだ。劉鉄雲の主張が認められなければ、工事着手にこぎつけることはできなかったであろう。しかも、工事には成功した。劉鉄雲が「治河続説」で述べているように、利津と蒲台において斜堤を構築し、その周辺を黄河の氾濫から救っている。限られた地域での成功であったが、劉鉄雲には大きな自信となった。黄河全体に斜堤を構築することを主張しているところに、その自信が表われている。

10 劉鉄雲「老残遊記」と黄河

　黄河治水について、劉鉄雲が、どのような主張と考えを持っているのかを見てきた。

　劉鉄雲の実経験にもとづいた治水論は、まるごと「老残遊記」に見つけることができるのだろうか。「老残遊記」[123]の黄河関係部分、特に氾濫描写を中心にし、該当箇所を翻訳して説明する（引用する原文の頁数は、北京・人民文学出版社1957年版のもの。注についての数字は、それぞれの頁数を示す。「……」は、語句の省略を示す）。

10-1 第1回　黄瑞和の病気が黄河を象徴する

　　その年、山東の古の千乗という場所にちょうど到着すると、ある金持ちで、姓を黄、名を瑞和というものが、奇病にかかっていた。全身が崩れただれ、毎年のように崩れていくつも穴があく。今年はこちらを治すと、明年は別のところが崩れていくつも穴があく。多年を経て、誰も治すことができない。この病は、夏になると発病し、秋分が過ぎるやいなや、たいしたことはなくなるのだ。（2頁）

　「老残遊記」であまりにも有名な箇所のひとつだ。黄瑞和は、当然、黄河を象徴している。夏に発病するのは、洪水が発生することをいう。秋分が過ぎると、洪水は収まる。崩れてただれる、穴があくのは、黄河の決壊をいう。しかも、黄河治水に成功した人はいない。

　問題は、千乗という地名だ。特別に出現する地名であることは、今、私には分かっている。どこでもいいのならば、鄭州でも、済南でもよいだろう。だが、千乗である。劉鉄雲にしてみれば、千乗でなければならない理由があった。

　戴鴻森は、今の山東高苑県（9頁）だという。私は、以前、深く考えず、そ

こだとばかり思っていた。一方、厳薇青は、現在の山東省歴城県から益都県一帯の場所だとする（10頁）。ふたりの意見は、一致していない。

あらためて両説を見直すと、両者ともに間違っていることに気づいた。

地図を見れば、戴鴻森がいう高苑県も、厳薇青が示す歴城県から益都県一帯も、黄河本流から離れている場所にある。黄河沿岸でなければ、崩れて穴のあくことなど起こりはしない。

中国地名辞典には、今の博興、高青、浜県などの地区と説明がある。そこら一帯に目を転じると、出現するのが、利津とその西隣の蒲台なのだ[124]。ここ利津と蒲台こそ、劉鉄雲が「治河続説」で述べている治水工事成功の唯一の例であった。劉鉄雲が、堤防を構築して、あたり一帯に洪水の被害が出なかったと自慢している場所にほかならない。私は、千乗は、利津と蒲台だと考える。

これを知れば、つぎの描写も、なるほどと納得がいくはずだ。

　その年の春、老残がちょうどこの地に到着すると、黄家の執事が、この病を治す方法があるだろうかと彼にたずねた。「方法は、かろうじてありますが、みなさんは、ただ、必ずしも私のやり方でやらなくてもかまいません。今年は、ちょっと私の方法をためしてみてはどうですか。もしこの病が永遠に起こらないようにしたいのでしたら、そんなに難しいことでもありません。古人の方法によりさえすれば、百発百中です。別の病気は、神農、黄帝が伝えた方法なのですが、この病気だけは大禹が伝えた方法でなければなりません。のちに唐の王景という人がこれを伝授され、その後は、この方法を知る人はいなくなりました。今、奇縁で私がいささか理解しております」

そこで黄家は、老残を滞在させて治療してもらうことにした。さて、本当に不思議なことに、その年は、すこしの崩れただれはあったけれども、穴はひとつもできなかった。黄家は大いに喜んだ。

やがて秋分もすぎたが、病勢は、今年は、それほどでもなくなった。黄主人に穴のあかなかったのは、十数年来なかったことなので、みんなは異

常なほどに楽しく、芝居の一座を呼んで、三日間の奉納芝居を催した。また、西の客間には、菊花の築山を築いて、今日は宴会を開き、明日は酒宴を準備するというように十分楽しんだのだった。(2頁)

「黄家の執事(黄大戸家管事的)」は、黄河の管理者を意味し、そうならば張曜にほかならない。

禹の治水方法──「水勢を削ぎ(播)」、「泥砂を押し流す(同)」は、王景に伝えられた。「治河五説」で展開した論を、劉鉄雲は、ここで繰り返している。ただし、固有名詞を提出するだけで、内容を示さない。もの足りない。

「唐の王景」は、後漢をわざと書き誤ったとするのが、一般の説明だ。私もそうだと考える。第3回にも王景は登場し、後漢であることが明示されている。ここでうっかり誤記したわけではないだろう。

「穴はひとつもできなかった」は、黄河は決壊しなかったを意味するし、それが「十数年来なかったこと」は、劉鉄雲が、利津と蒲台で治水工事に成功したことを指している。

「奉納芝居を催した」は、喜び事の常であろうが、この場合も治水工事成功を祝っての奉納芝居であるだろう。

劉鉄雲は、第1回に、自らの治水工事の成功例を象徴させた物語を配置した。ただし、その描写は、「穴はひとつもできなかった」というだけのあっさりとしたものである。治療法すら具体的に述べていない。劉鉄雲にとっては、唯一の成功例なのだから、黄瑞和にほどこした治療法は、身体の要所に針を斜めに揷す、などと得意の斜堤を暗示するものとなってもよかった。私にいわせれば、説明が不十分である。創作をするには、劉鉄雲は、あまりにも素人だったといわざるをえない。劉鉄雲「治河七説」を検討したあとで「老残遊記」を対照させれば、そういう不満が出てくるのもしかたがなかろう。

10-2 第3回　賈譲批判

（高）紹殷の事務室に入って腰をかけてどれほどの時間もたたないうちに、宮保が奥からでてきた。体格は堂々としてはいるが、容貌はしかし柔和である。高紹殷は、それを見てさっと出迎えて、小さくなにかを言った。荘宮保が、つづけて「お通し申せ、お通し申せ」と言うと、使用人がかけつけてきて「宮保が鉄先生をお招きです」とよばわる。……（25頁）

「荘」宮保の原文は、「張」宮保である。従来からの私の持論であるが、「老残遊記」では、登場人物は、基本的に仮名が使用されている。その中で、張曜だけが「張」の本姓では例外となり、均衡がとれない。べつの箇所では、「荘」姓で出現するので、「荘」を使用するのが正しい。本稿では、そうする。

　老残は、部屋に入り、深々と一礼した。宮保は、老残をマホガニーの椅子の上座に座らせ、紹殷は、向いにつきそう。ふたりの間に四角な腰掛けを別に運ばせて宮保は座り、質問した。「うかがうところによりますと、補残さんは、学問と実際の政務ともに衆に抜んでているということです。私は、無学の資質でありながら、聖恩により巡撫となっております。他の省であれば誠意をつくして公務を執行すればよろしいのですが、本省には、さらにこの治水工事というものがあります。実にやりにくく、私にはほかに方法がありませんから、ただ奇才異能の士があるのを聞けば、すべてお招きしようとしておりますのも、広く意見を集めて大きい成果を得ようと考えるからです。もしお気づきのことがありましたら、ご教示いただければ、まことに幸いでございます」
　「宮保の政治上の名声は、だれもが賞賛するところです。いうべきものはございません。ただ、治水ということでしたら、外部の議論を聞きますれば、すべて賈譲三策に基づき、河と土地を争わないことを主としているそうですね」と老残はいう。
　「もともとそうなのです。ほれ、河南の河幅は広く、ここの河幅はあまりにも狭すぎますからね」

「そういうわけではありません。河幅が狭くて流れを収容しきれないのは、増水する数十日にすぎません。そのほかの時は、水力があまりにも弱く、泥砂は堆積しやすいのです。賈譲はただ文章がうまいだけで、治水工事をやったことがないのを知るべきです。賈譲の後、百年にもならないうちに、王景という人が出てきました。彼の治水の方法は、大禹と同じ流れをくむもので、もっぱら「禹、洪水を抑う」の「抑」字を主としておりまして、賈譲の説とまったく正反対なのです。王景が治水したのちは、一千年あまり黄河の害はありませんでした。明の潘季馴、本朝の靳文襄らも皆、ほぼその意に倣っており、名声が知れわたっております。宮保もかならずやご存知のことだと思います」

宮保は、「王景は、どのような方法を用いたのですか」とたずねる。

「彼は、「分けて九河とし、同じように逆河とした（播爲九河,同爲逆河）」という箇所の「播」と「同」の二文字から理解したものです。後漢書には「十里に水門一つを立て、さらに水流の方向を転じさせる（十里立一水門,令更相迴注）」という二句のみがあります。その子細につきましては、とても短時間では説明しつくせるものではありません。ゆっくりと意見書を作成し、ご覧にいれましょう」（25-26頁）

初対面の荘宮保に対して、老残が持論の黄河治水論を述べるというこれまた有名な部分である。

注目しなければならないのは、後に意見書を提出する、という筋立てが、事実と混同されることになった点だ。

羅振玉も劉大紳も、劉鉄雲が張曜に招かれて山東にあったとき、張曜に黄河治水論を披露し、さらに「治河七説」を書いて張曜に提出した、という。この順序は、まったく「老残遊記」の記述のままをなぞっているにすぎない。

事実は、劉鉄雲が黄河地図を作成するために測量調査していた頃に「治河五説」を執筆し、張曜に提出した。そののち劉鉄雲は、調査の便宜をはかってもらうため張曜に会見する。張曜に公文書をもって呼ばれるのは、その三省黄河

全図の仕事が終了してからなのだ。

　劉鉄雲は、事実の時間順序を無視して「老残遊記」に盛りこんでいることが分かるだろう。親友の羅振玉であろうとも、また、息子の劉大紳であろうとも、知らないことはある。事実に照らして検証すれば、ふたりとも「老残遊記」の記述を事実として受け止めたことが判明する。根拠のないことだといわねばならない。

　賈譲批判にしても、王景の治水論でも、ともに「治河七説」をそのまま利用していることが理解できるだろう。利用はするのだが、劉鉄雲は、詳しい内容説明をするつもりはないらしい。ここでも説明不足で、物足りないと言っておきたい。ただし、賈譲については、第14回に再び触れることになる。

　「そのほかの時は、水力があまりにも弱く、泥砂は堆積しやすいのです」は、老残の言葉としては、矛盾する。河幅が狭いならば、増水時に氾濫しやすい。これは当然だ。しかし、河幅を狭くすることにより水の流れを速くさせて泥砂を押し流す、というのが劉鉄雲の従来の主張なのだから、「河幅が狭」いのは、好都合のはずだ。それを「水力があまりにも弱」いと説明するのは、論理に矛盾が生じて奇妙である。

　ここは、「河幅が狭くてもかまいません」と書かなくてはならない。しかし、それでは氾濫する危険性が生じる。そこで、以下のように補足説明をすればすむ。すなわち、堤防が決壊するのを防ぐために、支流を設定して水門を設ける。これこそが劉鉄雲の治水策であるはずなのに、それを説明しないから、矛盾があるように見えてしまう。劉鉄雲がここで分流の考えをなぜ老残に提出させなかったのか、理解に苦しむ。絶好の機会であったはずだ。

　たしかに創作小説と治水論文は、異なる。しかし、黄河治水について「老残遊記」に記載があれば、同一著者なのだから、やはり十分な説明がなされていると考えるのではないか。だが、細かいところで異なっている。その実例が、うえの「河幅」についての老残の不十分な説明だ。

　従来は、「老残遊記」に見える老残の治水論＝劉鉄雲の治水論、という図式で理解されていた。まさか、両者が微妙に異なっているとは、今まで、誰から

も指摘されたことはない。

「老残遊記」に述べられた老残の不十分な治水論が、劉鉄雲の治水論のすべてだと誤解される結果になったといえよう。

10-3 第13回　黄河氾濫（1）

　黄河の洪水が原因で、肉親と財産を失い、妓女にならざるをえなかった翠環の物語がある。まず、翠花が、語りはじめる。

　「これ（翠環）は、私たちこの斉東県の者で、姓は田といい、この斉東県南門外に二頃（一頃は百畝）あまりの土地があり、城内には雑貨屋も持っていました。両親はこの子と、小さな弟、今年ようやく五六歳ばかりを育てるだけでした。そう、この子にはお婆さんがいました。この大清河のあたりは、大半が綿花畑です。一畝あたり一百吊銭以上の値段がするのですよ。この子のところは二頃あまりの土地がありましたから、二万吊銭以上になりませんか。おまけに店がありますから、三万余りにはなります。俗には「万貫の財産」で、一万貫の財産で金持ちですから、この子に三万貫の金があれば、大金持ちではないでしょうか」

　「どうして困窮したのかね」

　「それは本当に早かったのですよ。三日もせずに、一家は没落離散してしまいました。それは、一昨年の事でした。ここの黄河は、三年に二度は堤防が切れて氾濫しますでしょう。荘巡撫は、この事でたいへん苛立っていらっしゃるようでした。聞くところによりますと、なんとかというお役人さまが、南方の有名な才子だそうですが、一冊のなんとかという本を巡撫にお見せになり、この河の欠点は、河幅が余りにも狭い、広くしなければ治まらない、民間堤防を廃止し、退いて大堤を守らなくてはならない、とおっしゃったのです。

　「その言葉が出るやいなや、あれらの候補のお役人さまは、みんながそれはよいと言いました。巡撫は、「これらの民間堤防の中の人々はどうし

たらよいだろうか。金を出して、彼らを移転させなければならないな」と
おっしゃいます。あにはからんや、あれらの総辦候補道のバカタレお役人
さまたちは、「人々に知らせてはなりません。お考えください、この民間
堤防の中は幅五六里、長さは六百里あり、全部で十数万の家があります。
彼らに知られたら、この幾十万人は、民間堤防を守って、どうして棄てる
ことができましょうか」と言ったのです。荘巡撫もしかたなく、うなずい
てため息をつかれ、涙を流されたということです。その年の春、急いで大
堤を建設し、済陽県の南岸には、格堤を一本構築しました。このふたつが
この幾十万人を一刀のもとに殺してしまったのです。かわいそうに、あの
人達はどうして知りましょうか。

「やがて六月のはじめになって、大水が来た、大水が来たと人々が言っ
ているのが聞こえました。堤の上の兵隊はひっきりなしに右往左往してい
ます。河の水は、一日に一尺あまりずつ増してきて、十日もしないうちに
堤の高さと変わらなくなりましたし、その堤のうちの平地に比べて、おそ
らく一二丈も高くなっていたのです。十三四日になると、堤の上には報告
の馬が一頭、また一頭と言ったり来たりするのが見えるだけで、次の日の
昼にはそれぞれの兵営では、召集ラッパを鳴らして隊伍を整えて大堤に行
ってしまいました。

「その時、機転のきく人が、だめだ、大変なことになりそうだぞ、急い
でもどって移動の準備をしよう、と言います。思いもよらぬことに、その
夜の三更（午前零時）、大風大雨がおそってきて、ドドーと聞こえたかと思
うと、黄河の水が山のようにして降ってきたのです。村の人たちは、大半
が家の中で寝ておりましたが、ゴーという音で水が入っていくと、びっく
りして目を覚まし、走りに走っても水はすでに家屋の軒を越しています。
空は暗く、風は強く、雨もひどく、水も激しく——旦那様、こんな時には
どんな方法があるというのでしょうか」(129-131頁)

翠花の回想である。時間は、いつか。「一昨年」という言葉だけでは、確定

できない。第14回の自評で劉鉄雲は、次のように言っている。

> 済陽以下の民間堤防を廃したのは、光緒己丑年のことであった。その時、作者は、ちょうど公文書を奉じて山東の黄河を測量していたが、屍骸が流れのままに下っていくのを目撃した。朝から日暮まで、どのくらいあったかわからない……。[125]

己丑は、光緒十五（1889）年だ。自評に書いている通り、劉鉄雲は、まさに『山東直隷河南三省黄河全図』を作成するために黄河流域を測量調査していた。
「老残遊記」では、六月十三四日まで増水し、十五日に兵隊の退去がある。その夜に黄河堤防から洪水になったことになっている。

溢れ出したその場所は、「その年の春、急いで大堤を建設し、済陽県の南岸には、格堤を一本構築しました」から、済陽県の南だとわかる。地理的に確認しておくと、黄河の上流から下流へ、つまり西から東へむかって、済陽－斉東－蒲台－利津という順序で位置している。

済陽といっても範囲は広い。済陽のどこかを特定するためには、『山東直隷河南三省黄河全図』が役立つ。

該図には、済陽地区の大寨に書き込みがなされている。「大寨。光緒十五年六月漫決。山東巡撫張曜辦理。本年十月合龍」「老残遊記」に見える六月という時間、済陽という場所、登場人物で張曜と、まったく一致しているのに注目されたい。大寨での黄河氾濫は、「老残遊記」における斉東の被害と無関係ではないはずだ。

調べてみると、張曜の上奏文が大寨での被害を報告している[126]。ただし、その発生は、六月二十五日だ。「老残遊記」に見える斉東被害が六月十五日だから、このあとになる。

「老残遊記」の六月十五日が正しいとすれば、済陽県の大寨付近で黄河が溢れ出し、まず、すぐ下流の斉東城を襲った。その十日後、大寨など４ヵ村を保護する民間堤防を破壊したという順序になる。

第13回自評において、劉鉄雲は、張曜が済陽以下の民間堤防を廃止し、退いて大堤を守るという方針を、「天理を損なうもの」(『繡像小説』初出)、「荒唐無稽の極まり」(『天津日日新聞』) と述べて、罵しる。民間堤防を強固にし、各種堤防を建設して河幅を狭くするというのが、劉鉄雲の治水策の一方の柱である。張曜の方法は、劉鉄雲にとって容認できることではない。

　「老残遊記」の黄河氾濫を問題にする場合、民間堤防の実態について説明しなければ、問題の複雑さを理解することはできないだろう。

　「民埝 (民間堤防)」の性格について述べる。

　大堤と民間堤防がある。大堤は官営。山東では、1855年の銅瓦廂決壊により黄河が東流して後、両岸に徐々に建築されたという。

　大堤は、黄河の氾濫を予想して、幅の余裕をもって建設される。すると、その時の流れによって空き地が出現したように見える。肥沃な土地だから、勝手に住み着いて畑にして耕作する、など十分考えられることだ。住み着いた人々が、自らの畑を黄河の氾濫から守るために民間堤防を独自に建設してしまう。

　大堤が官営であるのに対して、民間堤防は、名前の通り民営による。住民が、自発的に建築する。ただし、住民の自発的な、言葉を変えれば勝手なものだから、十分な高さがなく堤防としての機能が低いとか、流れを無視して自分の都合のいいように作るとか、無秩序なものとなりやすい。黄河治水の全体から考えて、政府管理者から見れば、むしろじゃまな存在であることの方が多かった。

　ただし、民間で勝手に開墾するのを、役所が放任しておくわけがない。利益が出る箇所からは、徴税するはずだという当然すぎる予想が生じる。その事実があった。「河湖地租銀」という。

　「河湖地租銀トハ河湖等淤灘地ノ治水上障害ナキ処ニ於テ許可シ開墾者ヨリ徴収スル租銀ニシテ、……奏准ニ依リ河南山東二省黄河大堤内外ノ灘地ハ召墾徴租シ其租銀ヲ河庫ニ解送セシメシカ如キハ是レナリ」[127] という具合である。しかし、税金を徴収できれば、すべてを認可したというわけでもない。黄河氾濫を防止するための取締事項があり、そのうちのひとつが、「(ヘ) 堤内ノ灘地ヲ開墾シ或ハ民房ヲ建設スルコト」だった。

堤内ノ淤灘地ニ在リテハ民人往往之ヲ開墾シ又ハ房屋ヲ建設スル者アリ。官吏亦名ヲ升科ニ借リテ之ヲ黙許スル者アリ。其益河身ヲ淤浅スルノ虞アルヲ以テ国法ハ之ヲ禁止セリ。……灘地ノ開墾及居住ノ禁止ハ一般ニ之ヲ行フニ非ス。唯河水ノ疎通ニ妨害アル処ニ於テハ絶対的ニ此等事項ヲ禁止スルモ然ラサレハ必スシモ之ヲ禁止セス。且其絶対的ニ禁止スル場合ニ於テモ既ニ灘地ヲ占有シテ耕種居住スル者ニ対シテハ漸次ニ其移転ヲ命スヘキモノトス。[128]

「河水ノ疎通ニ妨害アル処ニ於テハ絶対的ニ此等事項ヲ禁止スル」としながらも、当事者の自由裁量にまかされる部分もあったようだ。だから、実質は、民間人のやりほうだい、ということができるかもしれない。

　「老残遊記」の上の部分、すなわち、張曜が民間堤防を廃止するのを捉えて、著者である劉鉄雲自身が大いに罵っている。研究者も、人民の命を無視する当時の為政者の無責任を責め立てる材料にしている。一貫してこの論調は、変わっていない。為政者を批判するのが、一番、楽だからだ。

　しかし、民間堤防について、歴史的に以上のような事情があることを知れば、少しは、見方が違ってきてもいいだろう。自らの財産を保持するために民間堤防にしがみつく人々は、その心情はわからないわけではないが、絶対的に正しいとも思えない。危険を承知で、開墾し住み着いたはずだからだ。

　「あれらの総辦候補道のバカタレお役人さまたち」が、大堤を守るために、民間堤防内にいる住民に補償金を出して移住させようとした張曜に反対したのも、役人の論理からすれば、理由がないわけではなかった。

　劉鉄雲が、「老残遊記」を執筆したとき、民間堤防の歴史的背景については、熟知していたはずだ。あまりに当たり前すぎて、説明する気にはならなかったのかもしれない。だから、説明がない。今の、私たちにとって読みとばしてしまうことの方が多いが、上のような問題が存在していたのである。

　大寨付近の地図を見る。黄河の流れる方向に関係して、北岸には、堤防が二

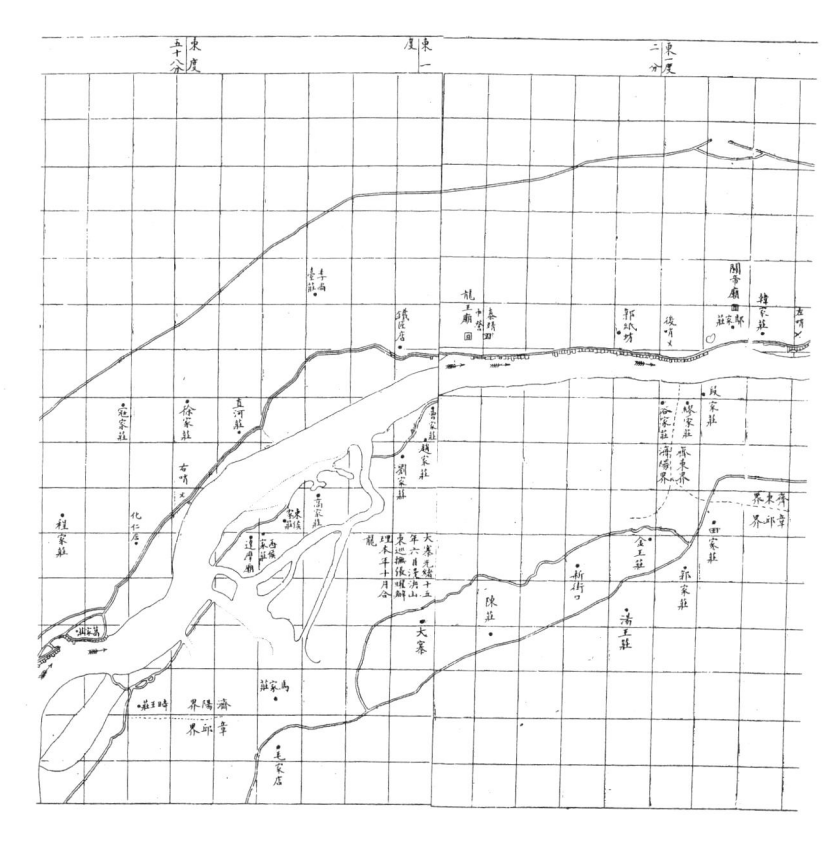

図12：大寨付近

重に構築されている。しかし、南側は、寸断された堤防が残るのが目につく。民間堤防であろう。河からかなり離れた場所に、大寨、陳荘、新街口、金王荘という4ヵ村を囲んで堤防が建築されており、その南は大堤に接する。黄河は、民間堤防を断ち切る状況を示しており、明らかにここで決壊している。そのように地図に記載されているからわかる。劉鉄雲が実地に測量して書き込んだものだろう。大寨付近で決壊したまま、水は流れて梯子壩にさえぎられるが、また、ここでも氾濫した様子が描かれる。黄河の中州につくられたような形の斉東城は、本来は北側に河が大きく曲がって町を取り囲んで流れている。しかし、

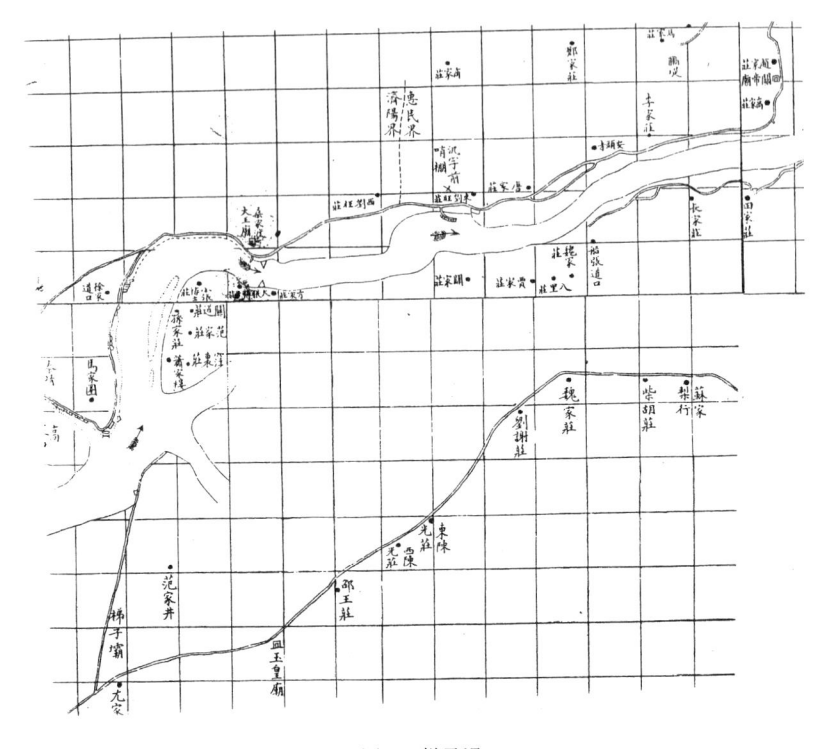

図13：梯子壩

　地図を見る限り、梯子壩で氾濫した流れは、自然に斉東城の南を襲うことになり、斉東城は、水中に孤立せざるをえない。そもそも斉東城の立地そのものが、奇妙なのである。

　水に囲まれて孤立する斉東城を、次の第14回で述べる。

10-4　第14回　黄河氾濫（２）

　さて、翠花は、言葉をついで話した。「四更（午前二時）を過ぎると、風も止み、雨もやみ、雲も散って、月が出てきてそれは明るく澄んでいるのでした。むこうの村の様子は、見ることができません。ただ、民間堤防に

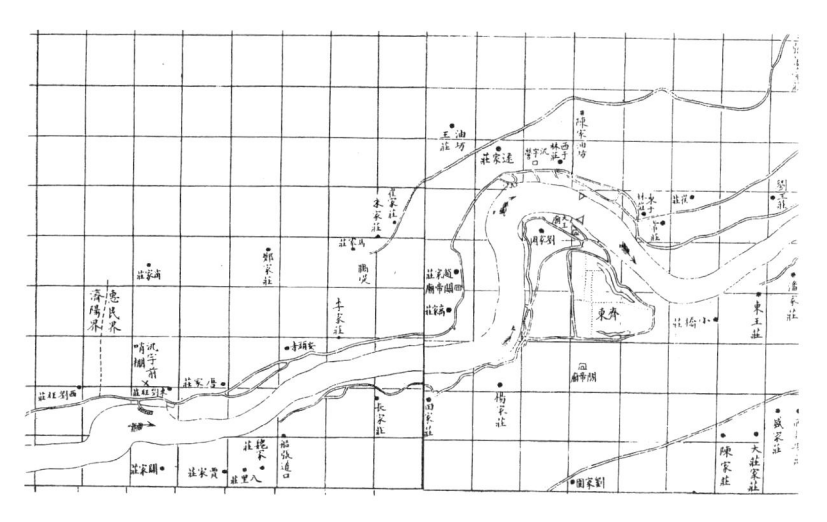

図14：斉東城

近い人が、戸板や机、椅子につかまったまま、民間堤防に流れつき、はいあがります。また、その民間堤防の上に住んでいる人は、竹竿をにぎって急いで救い出していました、それで救われた人も少なくありません。命が助かると、一息をいれていましたが、すこし考えれば、一家の人は皆なくなってしまい、自分だけが残ってしまったのですから、大声で泣き叫ばないものはいません。父母を呼ぶもの、夫を思って泣くもの、子供をいたむもの、その泣き声は、五百里余りもひとつながりになって、旦那様，悲惨だと思われませんか」(132頁)

　斉東城の上流から漂流する住民について描写している。民間堤防とあるから、黄河に接近して建設されている堤防を指すのだろう。黄河から離れた南側に長大な堤防があるが、これは大堤だ。漢語原文では、あくまでも「民埝（民間堤防）」だから、大堤と区別してある。地図によれば、黄河に接近して船張道口、長家荘、楊家荘から斉東城まで、民間堤防がつづく。ここらあたりか。

翠環がそれに続けます。「六月十五日のあの日、私とお母さんは南門のお店にいました。夜中に、水が出た！との叫び声が聞こえましたので、皆は急いで起きだしました。その日は暑く、大半の人は下着のままで中庭に寝ていたのですが、雨が降ってきましたから部屋に入ったのです。ようやく寝ついたとたんに、外で騒いでいるのが聞こえてきて、いそいで通りに出て見ますと、城門が開いていて、人々が城外にむかって走っていきます。城の外にもともと小さな堤防があるのですが、毎年、氾濫のときに使うもので、五尺余りの高さで、これを守るためにその人たちは出ていったのです。その頃は、雨はようやく止みましたが、空はまだ曇っていました。
　「しばらくして、見ると、城外の人が、必死になって城内にめがけて走ってきます。県知事も、駕籠にもお乗りにならず、城内に駆け込んでいらっしゃり、城壁にお上りになります。どなり声を聞けば、「城外の者、荷物を運びこむことは許さん！急いで城内に入れ、閉めてしまえ、待てないぞ！」とおっしゃっています。私たちも城壁に這い上がって見にいきますと、そこでは多くの人がカマスに泥を詰めて、城門を塞ぐ準備をしています。知事は、上で「みんな城内にはいった、さっさと城門を閉めろ」と叫びました。城内には用意をしていた土嚢があり、それを城門の後ろに積み上げたのです」(132-133頁)

　前にも触れたように「六月十五日」には、特別の意味があるのだろう。ただし、記録を調べても、当日の斉東城に該当するものがない。考えれば、斉東城が崩壊したというなら大事件だが、周囲を出水で囲まれたというだけでは、記事にならないのかもしれない。もっとも、私の調査不足で、その記録が残されている可能性もある。
　済陽県大寨付近で黄河が溢れ出し、まず、すぐ下流の斉東城を襲った、というのが私の推測だ。
　住民は、布団、古着、布、紙、綿花、手当り次第になんでもつかんで城門の隙間を埋める。翠環の雑貨屋も、城門の詰め物に家捜しされ、ついでに穀物も

持っていかれてしまった。こうして、斉東城は、洪水の中に孤立した。
　老残は、黄人瑞に、誰の考えなのか、なんという本なのかをたずねた。

　　「私は、ここには庚寅の年に来てね、あれは己丑年の事だった。私も人から聞いて、しかとは知らないのだが、史鈞甫つまり史観察が提案したもので、持ち出したのは賈譲の「治河策」だそうだ」(134頁)

　「庚寅の年」は、光緒十六(1890)年、「己丑年」は、前年の光緒十五(1889)年である。光緒十五(1889)年は、劉鉄雲が黄河流域を測量調査していた年にあたる。この部分は、劉鉄雲の実体験を反映していることがわかる。
　「観察」とは、観察使のことで民政と軍事を掌握する。史という姓から、前に引用した羅振玉の証言を思い出す。張曜の頭脳集団の治水方針が、賈譲の「河と地を争わず(不与河争地)」であったため、民間の土地を購入して河幅を広げようとしていた。上海の慈善家施少卿(善昌)がこれに賛成し、罹災者救援資金で民間の土地を購入するのを助けた。史鈞甫は、この施少卿(善昌)を投影しているのかと思われるかもしれない。史と施は通音する。だが、姓は似ていても、名前が違う[129]。
　史鈞甫は、施補華(均甫)である、とする重聞の指摘がある[130]。湖州烏程県の人。張曜のもとで従軍しており、両者は古くからの知り合いであったようだ。光緒十六年閏二月に逝去した[131]。劉鉄雲が施均甫と会う可能性は、ある。
　施均甫が、「老残遊記」では史鈞甫となって、張曜に強く勧めるのが、賈譲三策のうちの上策「河と土地を争わない」だ。ここでは、最後に賈譲の下策がチラリと出現していることに注目されたい。

　　史観察が言うには、昔、斉と趙、魏は、黄河を境にし、趙と魏は山に近く、斉の土地は低かったため、河から二十五里のところに堤を作った。河水が東へ斉の堤に到達すれば、西の趙、魏はあふれる。そこで趙、魏もまた河から二十五里のところに堤を作った、と。

劉鉄雲「老残遊記」と黄河　　111

その日、お役人たちは全員が役所にいて、史観察は、これらの文句をみんなに示して言った。「戦国の時には、双方の堤は五十里も離れていたから、洪水もなかった。今日、双方の民間堤防は、三四里しか離れていないし、ふたつの大堤にしても二十里も離れていない。これでは昔に比べて半分にも及ばない。もし民間堤防を廃止しなければ、洪水の害はなくなる時はないでしょう」「その道理は、私もわかる。ただ、この堤の内は、すべて村であって、肥沃な土地なのだから、幾万という家の生産を破壊してしまうではないか」と宮保はいった。(134-135頁)

　史鈞甫は、戦国時代の治水策を、清代に応用することを主張する。典拠書物を示しての説明に対して、荘宮保は、同じく書物に拠って反論をするわけではない。わずかに、弱々しく農民の生活を案じるだけだ。ここには、「黄河、十分の三分流」策を大胆に提案する張曜は、存在しない。黄河両岸の堤防を建築し、断流を利用して河底を浚渫する張曜も、いない。他人の言説に右往左往する無能力者がいるだけだ。黄河の劉鉄雲の筆になる荘宮保は、実際の張曜を矮小化して描いているということができる。あとは、史観察の独壇場で、一方的に賈譲説を解説し、荘宮保にその採用を迫ることになる。

　史観察は、また「治河策」を宮保に見せて、いった。「ここをごらんください。「非難するものはつぎのように言うであろう。もし城郭、田地と家屋、家墓など数万を破壊するならば、人々は怨むであろう、と」。賈譲がいうには、「昔、大禹が治水をするとき、山陵の路は壊し、故意に龍門を穿ち、伊闕を拓き、砥柱を折り、碣石を破り、天地の性を破壊してなお実行した。いわんや人工の物であるのに、言う価値があろうか」と。「小さいことを我慢しなければ、大謀を乱す」ともいいます、宮保が堤防内の人間について、家屋、墓、生産が惜しいとお考えですが、毎年、堤防が決壊して人命を損なっているではありませんか。これは一度の苦労で長く楽ができることなのです。ですから、賈譲は、こう言っています。「大漢の

領土は万里で、少しの土地を水と争ったことがあったろうか。この功績がひとたび立てられるならば、黄河は安定し、民は安らかである。千年、災害はない。ゆえに上策という」。漢の領土は、一万里にすぎませんが、水と土地を争うことはしませんでした。我が国家の領土は数万里でありますのに、もし水と土地を争うならば、昔の賢人に笑われることになりませんか。

　「さらに儲同人の批評を指して、言うのです。「三策は、ついに反駁のできない古典となった。しかし、漢以後、治水者は、下策に従った。悲しいことだ。漢、晋、唐、宋、元、明以来、知識人で賈譲の治河策が聖経賢伝に等しいことを知らない人はいないが、惜しいことに治水者には知識人はおらず、ゆえに大きな功績は立てられないのだ」。宮保が、もしこの上策を実行できれば、賈譲の二千年後に知己を得たことになりますまいか。その功績は記録され、万世不朽でありますぞ」

　宮保は眉をひそめ、「しかし、重要なことがある。私には、この十幾万の人々の今の財産を棄てさせるに忍びないのだ」といえば、両司[132]は「もし一度の苦労で長く楽ができるというのでしたら、別に費用を出して、人々を移転させてはどうでしょうか」と答える。「その方法のほうが、まだ穏当だ」と宮保はいってね、後に聞けば銀三十万両を調達して、移転させようとしたらしい。ところがどうして移転させないことになったのか、私も知らないよ。（135頁）

　以上の結果は、人々を堤内に残したままの黄河氾濫であった。締めくくりは、「老残遊記」で有名な文句が出てくる。

　こりゃまったくでたらめだな。史観察だか誰だか知らんがね、あの提案を行なった人は、悪気があったのでもなく、決して自分のためというのでもなかっただろうが、ただ勉強ができるだけで、世の中の事がわからないものだから、やることなすことに間違ってしまう。孟子の「書をすべて信

じるくらいなら、いっそ本などないほうがよい」というやつだ。治水工事だけであろうか。天下の大事で、奸臣のために失敗するのは十のうち三四だが、世の中の事に通じない君子によって失敗するのは、十のうち六七にもなる。(136-137頁)

　史観察を批判する老残は、また劉鉄雲自身でもある。文献だけを根拠にして、黄河治水をやりとげようという史観察に代表される知識人は、劉鉄雲から見れば、ただの世間知らず、現場知らずのバカタレ役人にすぎない。劉鉄雲の知識人批判の根底には、自らが黄河の堤防修復工事に従事したばかりでなく、堤防保守工事にもたずさわり業績をあげたという自信が秘められていた。
　上の部分で展開された賈譲の治水策は、劉鉄雲の「治河七説」には見ることのできなかった解説である。「老残遊記」で初めて披露したことになる。引用部分は、異なるとはいえ、劉鉄雲が強調するのは、賈譲三策のうちの上策であることには変わりはない。色合いが違って見えるのは、「治河七説」では無視していた賈譲の下策、すなわち堤防を修築することを取り上げ、これが黄河治水の伝統と認識している点だろう。同じ賈譲の治水策といっても、幅があるのだ。
　「老残遊記」に登場する荘宮保は、幕友の説得に反論をすることができない、まったく能無しで優柔不断、かつ主張なし、という人物に創作されている。それが、実際の張曜であったという誤解を容易に生じさせることになる。小説が広まれば、実像が歪められていても、知る人しかわからない。その虚像が一人歩きして、実像となってしまうことになるのだ。張曜とその関係者にしてみれば、いい迷惑だろう。同情してしまう。

11　結論──疑問

　劉鉄雲の黄河治水活動を追い、それを基礎において「老残遊記」を見てきた。劉鉄雲が自らの黄河治水体験にもとづいて書かれたはずの「老残遊記」には、

いくつかの疑問が生じる。

劉鉄雲が「治河七説」で展開した黄河治水論は、「老残遊記」のなかでは、十分には書き込まれなかった。第3回で自らの主張を述べることができたはずだ。疑問の第1である。

劉鉄雲治水論の大原則は、「水勢を削ぎ（播）、泥砂を押し流す（同）」である。両者がそろって、劉鉄雲の治水論を形成している。ところが、前者の分流という考えは、「老残遊記」には述べられていない。後者のあの有名な「水を束ねて泥砂を押し出す（束水〈以〉攻沙）」ですら、語句としては、一言も「老残遊記」の中では使用されていないのである。疑問の2だ。

それに比べて、ただただ、賈譲の上策が批判されるのは、やや不可解であるとしか言いようがない。黄河氾濫に筆が及び、その原因を追求すると、当時の治水責任者の方針に行き着き、さらにさかのぼると賈譲に到達したのだろう。筋の運びからすると、やむをえないかもしれない。黄河氾濫の原因を、賈譲の上策に負わせようという意図だろうが、やはり、これだけでは、物足りなく感じる。疑問の3である。

鄭州の修復工事、利津、蒲台の堤防保守工事とふたつともに経験している劉鉄雲にもかかわらず、「老残遊記」のなかでは具体的な描写がない。黄河で登場すれば、地の文章であれ、登場人物の口からであれ、もう少し蘊蓄を傾けてもいいのではないかと思う。それがないのが、不思議なのだ。疑問の4である。

ないものねだりになるが、黄河治水が、きれい事ではない点を暴露してもよかったはずだ。

「治河五説」の「估費説」で述べた、予防策は金にならない、を思い浮かべる。悪く言えば、黄河氾濫は、役人にしてみれば、国庫からの公金を引き出すためのよい口実になりうる。黄河は、金の卵を生む鶏といったところで、氾濫を抜本的に防止してしまったら、鶏を殺すのと同じになってしまう。黄河治水をやっているような、やらないような、氾濫を起こさせるような、防止するような、そういう悪徳役人が登場してもいいはずなのだ。

小説なのだから、あからさまに書いてもいい。ところが、黄河治水関係の役

人に対しては「老残遊記」の描写は、自制しているのか、遠慮しているのかわからないくらいにおとなしい。鄭州工事に参加するまでは、劉鉄雲は、官吏としての仕事を経験したことがなかった。当時は、官吏の実態を知らなかった、ということは可能だ。だが、「老残遊記」を執筆した時期には、十分に認識があったのではなかろうか。疑問の5である。

　黄河治水について、あれだけ豊富な経験を持ち、治水の専門著作も書いたほどの劉鉄雲であったが、その体験と知識は、十分には「老残遊記」に反映されていないといわざるをえない。

　劉鉄雲の黄河治水経験がそのまま「老残遊記」に書き込まれたというのが通説である。この通説とは異なる意外な結論だと思われるかもしれない。しかし、これが事実である。

注

1）樽本「「老残遊記」紀行——済南篇」『野草』第38号1986.9.10
2）劉鉄雲『老残遊記』北京・人民文学出版社1957.10を使用している。33頁
3）『朝日新聞』1996.6.18大阪版夕刊。写真「干上がった黄河は子供たちの格好の遊び場になっている＝山東省済陽県で、堀江（義人）写す」。堀田善衛「「黄河、海に届かず」」（『ちくま』1996年8月号〈第305号〉1996.8.1）が朝日の記事に言及する。ただし、新聞記事の内容は同文であるらしいが、東京版と大阪版では題名が異なる。また、写真が違っているらしい（東京版。写真「干上がった黄河を横断する農家の人と家畜＝山東省の済南黄河大橋で堀江写す」）。
4）羅振玉「五十日夢痕録」厳一萍選輯「原刻景印叢書集成続編」台湾・芸文印書館刊年不記。これは「国学叢刊」巻15（1915）の該当部分を影印したもの。
5）莫栄宗「羅雪堂先生年譜」上　『大陸雑誌』第26巻第5期1963.3.15。143頁
6）樽本「胡適は『老残遊記』をどう読んだか」『清末小説閑談』所収
7）樽本「「老残遊記」の成立」『清末小説探索』所収
8）中国社会科学院近代史研究所中華民国史研究室『胡適的日記』香港・中華書局香港分局1985.9

9）『胡適的日記』195頁
10）『胡適的日記』212-214頁
11）『胡適的日記』275頁
12）『胡適的日記』280頁
13）『胡適的日記』507頁。原稿を手渡してから出版まで、わずか3ヵ月しか要していない。橋川時雄訳『輓近の支那文学』（東華社1923.2.1。胡適の1923年3月7日付序文がついている）として実現した。もっとも、2月1日発行という記述にもかかわらず、それよりも遅い日付の胡適序文がついているので、その記された発行日は疑わしい。また別に、訳者不明の一部抜粋翻訳もある。「支那近代小説史」『月刊支那研究』第1巻第3号1925.2.1初出未見。今、龍渓書舎1979.9.30影印本による。
14）胡適「五十年来中国之文学」『最近之五十年』上海・申報社1923.2初版／上海書店影印1987.3（出版説明に1922年2月初版本とあるが1923年の誤り）また、『晩清五十年来之中国』と改題影印した香港・龍門書店（〈1922年上海初版とする〉1968.9再版）本がある。18（総62）頁
15）胡適「五十年来中国之文学」18（総62）頁
16）樽本「胡適は『老残遊記』をどう読んだか」（『清末小説閑談』所収）参照。人民文学社版『老残遊記』では、張撫台としているが、張だけが実名では、ほかの人物とのバランスが悪い。初出通り荘撫台とするのがいい。
17）魯迅『中国小説史略』北京・新潮社　上巻1923.12下巻1924.6／北京・北新書局1925.9再版合訂／北平・北新書局1930.5七版／上海・北新書局1931.7訂正本。引用部分は、1930.5七版も1931.7訂正本も字句は同じ。
18）『老残遊記』上海・亜東図書館1925.12初出未見／1934.10第十版
19）蔣逸雪「劉鉄雲年譜」（魏紹昌編『老残遊記資料』北京・中華書局1962.4所収。134頁）および劉蕙孫『鉄雲先生年譜長編』（済南・斉魯書社1982.8。2頁）ともに、陽暦9月29日と誤っている。なぜ間違ったままのかその理由を知らない。
20）劉蕙孫『鉄雲先生年譜長編』9-10頁
21）劉大紳「関於老残遊記」『文苑』第1輯1939.4.15。のち『宇宙風乙刊』第20-24期1940.1.15-5.1に再掲。また、魏紹昌編『老残遊記資料』北京・中華書局1962.4（采華書林影印あり）、劉徳隆、朱禧、劉徳平編『劉鶚及老残遊記資料』成都・四川人民出版社1985.7などに収録される。本稿では、魏紹昌編『老残遊記資料』所収のものを使用する。86頁

22）蒋逸雪「劉鉄雲年譜」魏紹昌編『老残遊記資料』北京・中華書局1962.4。日本・采華書林の影印本がある。147頁
23）劉蕙孫『鉄雲先生年譜長編』済南・斉魯書社1982.8。23-24頁
24）劉徳隆、朱禧、劉徳平著「劉鶚与治理黄河」『劉鶚小伝』天津人民出版社1987.8。4-7頁
25）蒋逸雪「劉鉄雲年譜」146頁
26）劉蕙孫『鉄雲先生年譜長編』23-24頁。円形の印というのは誤り。長方形が正しい。
27）朱寿朋編、張静廬等校点『光緒朝東華録』全5冊、北京・中華書局1958.12／1984.9第2次印刷。総2322頁。なお、同書総2334頁には、八月十三日とある。劉徳隆、朱禧、劉徳平『劉鶚小伝』（天津人民出版社1987.8。4頁）は、八月十三日とする。
28）『清国行政法』汲古書院1972.6。235-236頁
29）劉徳隆、朱禧、劉徳平『劉鶚小伝』3-15頁
30）「1841-1938年黄河洪水決溢表」黄河防洪志編纂委員会、黄河志総編輯室編『黄河防洪志』鄭州・河南人民出版社1991.11。39-48頁
31）『光緒朝東華録』総2551頁
32）鄭肇経著、田辺泰訳『支那水利史』大東出版社1941.2.5。84頁
33）「康熙六十年（一七二一年）及ビソノ翌年ニ黄河ハ河南ノ武陟ニ決シ、東流シテ大清河ヲ奪ツタ。朝廷ハ直チニ東流ヲ閉塞セシメタガ、河南ノ氾濫ハ年々止マズ、河道転換ノ河勢ハ漸ク顕著トナツタ。遂ニ咸豊五年（一八五五年）ニ銅瓦廂ニ決シ、済南利津ヲ経テ海ニ入ツタ。斯クテ黄河ガ第六次ノ大移動ヲナシ、再ビ東流スルニ至ツタ。コノ東流河道ヲ如何ニスルカ。当然朝野ノ大問題トナツタガ、当時清末ノ政治情勢ハ長髪族ノ内乱ノ継続的勃発ト西欧勢力ノ侵入トニヨツテ、内憂外患ニヨツテ治河ノ事ニ力モ暇モナイ状態デアツタ。当時有力ナ政治家デアツタ曾国藩、李鴻章等ノ見解ヲ見ルニ、大体ニ於テ東流ヲ認ムルノ他ナシトスルニ在ツタ。曾ハ東流ト南道トノ両河道ヲ比較シテ、（一）工事費、（二）工事ノ難易、（三）河道閉塞ニ要スル人夫勇兵ト社会不安等ノ三点カラ東流河道ヲ一時認ムベキコトヲ力説シテヰル。李モ同治十年、両河道ノ調査比較論カラ東阿、魯山カラ利津ニ至ル河道ノ有利ナルヲ指摘シ、南流復帰ニ反対シテヰル。／要スルニ、清朝末年ニ至ツテハ一般ノ与論トシテ東流ヲ認ムルト云フノガ圧倒的デアツタ。ソノ根本原因ハ清朝三百年、強弩ノ余、国勢頓ニ振ハズ、治河ニ積極的意図ヲ喪失シタコトニアルノデアルガ、西欧文明ノ侵入ニヨツテ一般ノ経済条件ガ変化シテ来タコトモ考慮サレネバナラヌ。

西洋海運ノ輸入ヤ海港ノ発達ヤ鉄道ノ開設等ノ事実ハ支那ノ基本経済地帯ノ構成ニ多大ノ影響ヲ与へ、運河航運ノ価値ニ大キイ変化ヲ与ヘタノデアル。カクテ支那固有政治時代ノ黄河問題ハ終ヲ告ゲタノデアル」東亜研究所編纂『第二調査（黄河）委員会綜合報告書』1944.6.25（非売品）。93頁

34) 水利部黄河水利委員会《黄河水利史述要》編写組『黄河水利史述要』北京・水利電力出版社1984.1。351-355頁

35) 『清国行政法』第3巻。「第一編内務行政（第二） 第七章土木 第五節治水 第一款河防 第一項河防法ヲ適用スル河川」汲古書院1972.6。192-194頁。なお、翁同龢と潘祖蔭の上奏文は、『光緒朝東華録』総2334-2336頁に収録されている。

36) 『光緒朝東華録』総2358頁

37) 『光緒朝東華録』総2384頁

38) 李宗侗、劉鳳翰著『清李文正公鴻藻年譜』上下冊 台湾商務印書館1981.10。442頁

39) 『清李文正公鴻藻年譜』443頁

40) 『光緒朝東華録』総2435頁。『清李文正公鴻藻年譜』464頁

41) 『光緒朝東華録』総2476頁

42) 『清李文正公鴻藻年譜』508頁

43) 黄河治水関係用語については、福田秀夫、横田周平著『黄河治水に関する資料』（コロナ社1941.9.5）に拠った。

44) 『光緒朝東華録』総2489-2493頁

45) 『光緒朝東華録』総2541頁。劉徳隆、朱禧、劉徳平は、その『劉鶚小伝』7頁でセメントについての呉大澂の上奏文を「十一月五日」と誤っている。『清李文正公鴻藻年譜』が514頁で「十一月五日」に誤っているのにならったものだろう。顧廷龍『呉愙斎先生年譜』（燕京学報専号 哈仏燕京社1935／東方文化書局影印）168頁には、次のようにある。「九月初一日、又電乞借塞門徳土」。セメントの試験をしたいということだろうか。好成績をおさめたので、のちに上奏したと解しておく。

46) 『光緒朝東華録』総2554-2555頁

47) 劉蕙孫『鉄雲先生年譜長編』24頁。劉徳隆、朱禧、劉徳平『劉鶚小伝』7頁。郭長海「劉鉄雲事跡拾零」『明清小説研究』1994年第4期（総第34期）1994.12.1。94-95頁

48) 劉厚沢編「捻軍資料零拾」『近代史資料』1958年第6期（総23号）1958.12。1-38頁

49) 森川登美江「劉鶚の治河論について」（『九州中国学会報』第35巻1997.5）の抜き刷

りをいただいた。劉成忠「河防芻議」の内容が略述されている。
50) 劉蕙孫『鉄雲先生年譜長編』10頁
51) 劉徳隆、朱禧、劉徳平『劉鶚小伝』5頁
52) 京都大学人文科学研究所所蔵本の写真複写を私は見ている。人文研漢籍目録（1428頁）には「同治十三年刊本」と記されているが、複写本そのものにはそれらしいものがない。よくよくながめると、扉の影らしいものがうつっており、もしかするとここに刊年が書かれているのかもしれない。私の手元の複写本には、欠落頁があることになる。
53) 劉徳隆、朱禧、劉徳平『劉鶚小伝』6頁
54) 光緒十四年十月二十一日の上奏文。『光緒朝東華録』総2518頁
55) 『光緒朝東華録』総2518頁
56) 張含英編纂『黄河志』第3篇水文工程　上海・商務印書館1936.11。339頁
57) 『光緒朝東華録』総2519頁
58) 劉成忠「記龍尾車遅速」『劉鶚及老残遊記資料』339-341頁。劉徳隆、朱禧、劉徳平『劉鶚小伝』72頁
59) 劉徳隆、朱禧、劉徳平『劉鶚小伝』73頁
60) 名は夢熊。孟熊と表記されることが多い。劉徳馨「我的回憶」（劉徳隆、朱禧、劉徳平編『劉鶚及老残遊記資料』344頁）に「夢熊」とあり、また劉鉄雲も同様に夢鵬としている。家の位牌にそう書いてあった、と劉徳馨はいう。
61) 劉厚沢「劉鶚与《老残遊記》」劉徳隆、朱禧、劉徳平編『劉鶚及老残遊記資料』7頁
62) 劉大紳「関於老残遊記」魏紹昌編『老残遊記資料』85頁
63) 品級については、山腰敏寛編『清末民初文書解読辞典』（汲古書院1989.1）、呂宗力主編『中国歴代官制大辞典』（北京出版社1994.1）、賀旭志『中国歴代職官辞典』（長春・吉林文史出版社1991.10）などを参照した。
64) 郭長海「劉鉄雲雑俎」『清末小説』第14号1991.12.1参照のこと。なお、この論文は日本語に翻訳されている。森川登美江訳「劉鉄雲雑俎」『大分大学経済論集』第44巻第4-6合併号1993.2
65) 劉蕙孫『鉄雲先生年譜長編』24頁
66) 羅振玉「五十日夢痕録」24オ
67) 劉渭清については、劉徳隆から1996年9月14日付来信により、ご教示を得た。それ

により、私は、劉渭清の遺族ふたりに問い合わせの手紙をさしあげる。劉嫻より1996年11月11日付来信があった。

68）劉蕙孫『鉄雲先生年譜長編』4‐5頁
69）羅振玉「集蓼編」『貞松老人遺稿甲集』北京排印本　康徳8。影印本705頁
70）劉嫻の1996年11月11日付来信
71）羅継祖『庭聞憶略』吉林文史出版社1987.9。未見。大川俊隆「上海時代の羅振玉——『農学報』を中心として——」『国際都市上海』大阪産業大学産業研究所1995.9.30。201頁
72）蒋逸雪「劉鉄雲年譜」140頁。劉蕙孫『鉄雲先生年譜長編』9頁
73）劉嫻の1996年11月11日付来信
74）劉大紳「関於老残遊記」85頁。蒋逸雪「劉鉄雲年譜」144頁。劉蕙孫『鉄雲先生年譜長編』14頁
75）謝逢源『龍川夫子年譜』40ウ
76）劉嫻の1996年11月11日付来信
77）『劉鶚及老残遊記資料』227頁
78）劉蕙孫『鉄雲先生年譜長編』11頁
79）羅振玉「五十日夢痕録」25オ。総理衙門で受験。劉蕙孫『鉄雲先生年譜長編』33-34頁。蒋逸雪は、1893年とする。蒋逸雪「劉鉄雲年譜」152頁
80）『汪康年師友書札』3　上海古籍出版社1987.5。3152頁。1896年「10」月の手紙とするのは、大川俊隆「上海時代の羅振玉——『農学報』を中心として——」（203-204頁）で、今、これに拠る。太守は、知府の別称である。
81）大川論文229頁に「劉鶚五冊」とある。数年前、張純から送られてきた複写に、「劉鶚字鉄雲江蘇丹徒人候選知府」と記されているのに拠る。
82）劉蕙孫『鉄雲先生年譜長編』61頁
83）劉蕙孫『鉄雲先生年譜長編』175頁
84）劉蕙孫『鉄雲先生年譜長編』162頁では、「崧雲」と書かれている。しかし、劉徳隆、朱禧、劉徳平編『劉鶚及老残遊記資料』116頁では、単に「崧」とだけ示してあり、手紙そのものは収録されていない。ゆえに、手紙の内容は、劉蕙孫『鉄雲先生年譜長編』で見るよりほかない。ついでながら、『劉鶚及老残遊記資料』116頁に「崧」を説明して「姚雲松ではないか」とするのは、姚松雲の誤りだろう。
85）劉蕙孫『鉄雲先生年譜長編』162頁

86）許大齢『清代捐納制度』哈仏燕京学社1950.6 燕京学報専号之二十二。65-67頁
87）許大齢『清代捐納制度』「歴届捐例貢監生捐納官職銀数表（二）外官」
88）参考：『続丹徒県志』の劉成忠の項目に、「長子夢熊、候選直隷州知府、工書、精算術。次子鶚直隷候補道、亦通天算、医術、金石考訂諸書」とある（『劉鶚及老残遊記資料』319頁）。「候選」は、着任待ちをいう。「候補道」は、買官のなかで最高級のもの。今、『続丹徒県志』の発行年が不明なのでここに記すだけにする。
89）劉蕙孫『鉄雲先生年譜長編』24頁
90）劉徳隆、朱禧、劉徳平『劉鶚小伝』6頁
91）厳薇青「劉鶚生平事跡資料二題」『山東師大学報（社会科学版）』1995年第5期　1995。93頁
92）顧廷龍『呉愙斎先生年譜』175-176頁
93）『光緒朝東華録』総2584頁
94）『光緒朝東華録』総2610頁
95）劉蕙孫『鉄雲先生年譜長編』25頁
96）『清代碑伝全集』下　上海古籍出版社1987.11。1831頁
97）劉徳隆、朱禧、劉徳平『劉鶚小伝』11頁
98）『光緒朝東華録』総2739頁にも部分を収録する。
99）劉徳隆、朱禧、劉徳平編『劉鶚及老残遊記資料』126頁
100）水利電力部水管司、科技司、水利水電科学研究院編『清代黄河流域洪澇档案史料』北京・中華書局1993.10。分類番号1887-24（752頁）
101）『清代黄河流域洪澇档案史料』分類番号1887-40（760頁）
102）山東師範大学歴史系中国近代史研究室選編『清実録山東史料選』済南・斉魯書社1984.10。1853頁
103）『光緒朝東華録』総2160頁
104）『清代黄河流域洪澇档案史料』分類番号1888-11（764頁）
105）『清代黄河流域洪澇档案史料』分類番号1888-13（764頁）
106）『清史稿』第41冊。北京・中華書局1977.8。12614頁
107）『光緒朝東華録』総2567頁
108）『清代黄河流域洪澇档案史料』分類番号1889-9（772頁）。『光緒朝東華録』総2632頁
109）説明は、『清国行政法』192-194頁による。
110）王京陽「清代銅瓦廂改道前的河患及其治理」『陝西師範大学学報』社科版1979年第

1期。初出未見。譚其驤主編『黄河史論叢』上海・復旦大学出版社1986.10。195-202頁

111) O.J.Todd, S.Eliassen著、福田秀夫抄訳『黄河』東亜研究所1939.9（原載は"Proceedings: American Society of Civil Engineers" December 1938。初出未見）。37頁

112) 賈譲三策については、岑仲勉『黄河変遷史』北京・人民出版社1957.6を参照した。

113) 岑仲勉『黄河変遷史』156-157頁

114) 譚其驤「何以黄河在東漢以後会出現一個長期安流的局面」『学術月刊』1962年第2期。初出未見。譚其驤主編『黄河史論叢』上海・復旦大学出版社1986.10。76頁

115) 『光緒朝東華録』総2091頁

116) 『光緒朝東華録』総2101頁

117) 『光緒朝東華録』総2178-2179頁。森川登美江「劉鶚の治河論について」91頁では、張曜の上奏文とする。

118) 岑仲勉『黄河変遷史』625-626頁

119) 劉蕙孫『鉄雲先生年譜長編』26頁

120) 羅振玉「五十日夢痕録」24オ

121) 劉大紳「関於老残遊記」86頁

122) 羅振玉「五十日夢痕録」24オ-ウ

123) 使用する版本は、次の2種類である。戴鴻森注『老残遊記』（北京・人民文学出版社1957.10　陳翔鶴校）および厳薇青注『老残遊記』（済南・斉魯書社1981.2）。

124) 重聞「従老残遊記談到東河」『中和月刊』第4巻第7号1943.7。6頁に利津だけの指摘がある。

125) 参照：樽本「「老残遊記」の年代を考える」『清末小説論集』所収

126) 『光緒朝東華録』総2632頁

127) 『清国行政法』205頁

128) 『清国行政法』229頁

129) 胡適は「五十年来中国之文学」において史観察を施善昌と誤る。注15参照

130) 重聞「従老残遊記談到東河」8-10頁

131) 『清代碑伝全集』全2冊　上海古籍出版社1987.11。1001頁に墓志銘がある。

132) 両司は、当時、張曜の幕友にいた蒋子相、李奇峰であり、候補道は、黄璟ではないかと、重聞は推測している。（重聞「従老残遊記談到東河」9頁）

劉鉄雲は冤罪である──逮捕の謎を解く

『清末小説』第24号（2001.12.1）に掲載。今、同誌第25号（2002.12.1）に掲載した「劉鉄雲は冤罪である・補」とあわせて１本とする。両論文ともに沢本香子名を使用した。劉鉄雲が逮捕された理由を特定した論文について、私は疑問をいだいている。すなわち、逮捕理由があるはずだ、という思いこみが、まず存在しているのではないのか。予断にとらわれて資料を探索し、解釈しているように思える。研究者のそういう態度は、劉鉄雲を逮捕するように命令した当時の清朝政府と、どこに違いがあるというのだろうか。結論が先にあるのだから、研究者は、冷静な目で資料を読むことができなくなっている。同じ資料でも読み方を変えれば、逮捕理由どころか、無実の理由となるのである。

1　劉鉄雲逮捕

劉鉄雲の逮捕について、確認できることは、それほど多くない。

光緒三十四年六月二十日（1908.7.18）、南京に滞在していた劉鉄雲は、清朝政府により逮捕された。同二十五日、漢口行きの舟に乗せられ、ただちに新疆へむけて身柄を送られる。翌光緒三十五年七月初八日（1909.8.23）、ウルムチにおいて死去。死因は、脳卒中だった。

逮捕にいたるまでの人々の動き、逮捕後の情況など、証言はいくつかある。しかし、劉鉄雲は、なぜ逮捕されたのか。その理由が、不明瞭なのである。流罪という大罪であるにもかかわらず、逮捕理由があいまいなのは、奇妙だというほかない。

2　従来の説明

　劉鉄雲の逮捕理由がどういわれてきたか、今までの諸説をここで詳しく紹介するのは、あまり意味がない。結論からいえば、どれも伝聞かそれに近いものであるからだ。なかには資料を提出しながら、結論がはっきりしない例もある。ただし、それにはそれなりの理由が存在する。

　証言の筋道だけを簡単にたどると、以下のようになる。

　劉鉄雲の逮捕に最初に言及したのは、羅振玉であった。

　羅振玉が「五十日夢痕録」(1915)において記述したいわゆる「劉鉄雲伝」のなかで、わずかに触れる。1900年義和団事件のとき、北京を占領した八ヵ国連合軍から劉鉄雲が太倉米を購入し住民に販売した。彼のこの行為が、罪に問われたというのだ[1]。

　羅振玉の「劉鉄雲伝」は、小説「老残遊記」について何も言わない。彼がそのような小説を書いたとは一言も記していない。「老残遊記」の著者洪都百錬生(または鴻都百錬生)が誰なのか調査をしていた胡適が、たまたま羅振玉の文章を読んだ。胡適は、ただちに劉鉄雲と「老残遊記」の関係を理解した。

　胡適は、劉鉄雲が新疆に流された理由を羅振玉のいうとおりに受け取る。「老残遊記序」(1925)でさらにつけくわえて、劉鉄雲の生涯には四つの大事件――黄河治水、甲骨文字の認知、山西鉱山開発、太倉米の放出があったことをあげた。あげたついでに、劉鉄雲が山西鉱山開発のとき、西洋人のために働いたことを理由に「売国奴(漢奸)」と呼ばれた事実をいう[2]。

　太倉米の放出、山西鉱山の開発のふたつが、劉鉄雲逮捕の理由であるかのような印象を与えることになった。

　劉鉄雲の息子劉大紳がのべる逮捕理由は、これとはまたすこし異なる。

　劉大紳は、「関於老残遊記」(1939)で、袁世凱が元凶であって、逮捕の理由は、太倉米の放出と浦口の土地問題だ、といいはじめた。当時の電報を資料にしているらしいから信憑性があるようにも思われる[3]。

劉大紳説を継承するのが、蒋逸雪「劉鉄雲年譜」(1962)だ[4]。

公表されるのが遅くなったが、魏紹昌編『老残遊記資料』に収録されるはずであった劉蕙孫『鉄雲先生年譜長編』(1982)がある。

劉蕙孫の文章が、それ以前のものと根本的に異なるのは、確かな資料に基づいているからだ。端方(両江総督)、袁世凱(外務部、軍機処)などが交わした電報7通を発掘のうえ引用しているのが注目される。日付を掲げると、以下のようになる。発信者→受信者の順序である。光緒三十四(1908)年六月二十日が劉鉄雲の逮捕された当日だから、その前後を含んでいる。

（１）光緒三十四年月日　　　両江総督→袁世凱
（２）光緒三十四年六月十九日　外務部→南京制台
（３）光緒三十四年六月二十日　(南京制台)→外務部　劉鉄雲逮捕
（４）光緒三十四年六月二十三日　外務部→南京制台
（５）　　　　　　　六月二十三日　端方→軍機処，外務部
（６）光緒三十四年六月二十五日　(端方)→北京
（７）　　　　　　　六月二十五日　端方→上海大日本総領事永瀧

第一級資料を発掘しながら、劉蕙孫は、劉鉄雲の逮捕理由については特定していない。袁世凱が恨みを根に持って中傷したことが原因だとする[5]。はなはだあいまいだ。電報という資料がありながら、逮捕の理由が特定できなかったのには、重要な意味がある(後述)。

一方で、劉厚沢「劉鶚与《老残遊記》」(1985)が、浦口の土地売買にまつわる係争と袁世凱の昔の恨みを原因にあげるのは、劉大紳説と劉蕙孫説の折衷案に見える[6]。

その後発表された劉徳隆らの「劉鶚的被捕与流放」(1987)は、やや詳しいものといえよう。

それまでに公表された資料を統合して得られた彼らの結論は、劉鉄雲と端方の不仲説、あるいは袁世凱との不仲説は、原因とはなりえず、劉鉄雲逮捕の真

の原因は、はっきりしないという[7]。はっきりとした結論に達することができなかったから、劉鉄雲逮捕の理由を明記した新資料が、将来、発見されることを期待した。しかし、その期待は現在にいたるまで実現していない。

3　堅牢無比な汪叔子説

　こうして、劉鉄雲の逮捕理由は、霧の中に入りこんでしまったかのように不明のままだった。だが、長くつづいた不透明な情況を打破する論文が、ようやく出現する。過去の諸説をそうざらえして、決定的な結論を提出するのが汪叔子論文である。いくつかの逮捕理由をかかげ、それらのひとつひとつを資料にもとづいて検討し、是非を決定する。さらに、これまで取り上げられなかった事件を劉鉄雲逮捕に関連づける。その徹底ぶりは、画期的だといってもよい。

　汪叔子論文（2000）[8]は、新しい資料を発掘し、さらに詳細な論証によって構成されている。一大長編論文になるのは、当然といえよう。以下、論文の内容を手短に紹介しながら、述べることにしたい。

　劉鉄雲は、南京において秘密逮捕された。まず逮捕があって、のちに上奏文がでてくるという不可思議な実態が存在する。審理をへずして、あらかじめ重罪が定まっている。逮捕後、ただちに新疆に流されたのが、事件処理の異常性を証明している。汪叔子が冒頭で述べるように、まことに釈然としないおかしな事件である。多くの劉鉄雲関係者と後の研究者が指摘する逮捕の理由が一致していないのも、その不可解さを一層強調する。だから、劉鉄雲逮捕の謎だ、と私もいうのだ。

　汪叔子論文がすぐれている第一点は、外務部保存資料（档案）のなかから、劉鉄雲逮捕関連電報を17件も探しだしたことだ[9]。劉蕙孫が公表したものよりも数が多い。電報の語句についても、正確さを重視しているのは評価できる。

　これらの電報から汪叔子が読みとったことのひとつは、劉鉄雲を逮捕処罰しようとする袁世凱の決心に揺らぎが見られないことだ。

　その上で、劉鉄雲逮捕の鍵となる最重要の電報が、外務部発六月二十二日の

ものであることを指摘する。この二十二日付電報は、劉薫孫の『鉄雲先生年譜長編』には収録されていないという。見れば、たしかにそうだ（144頁）。新発見である（ただし、以下にかかげる劉鉄雲の罪状三点は、六月十九日付外務部発電報にすでに記載があることを指摘しておく）。

3-1 劉鉄雲の罪状三点

　汪叔子によれば、二十二日付電報において、外務部は、劉鉄雲の罪状を三点あげる。
　（１）戊戌（1898）に鉱山開発の利益を独占しようとした罪（戊戌墾断鉱利）
　（２）庚子（1900）に太倉米を横流しした罪（庚子盗売倉米）
　（３）丁未（1907）に遼寧塩を密売した罪（丁未走私遼塩）
　汪叔子論文は、以上の三点にまとをしぼって、内容を詳細に検討する。それらの告発について、はたして、劉鉄雲は有罪か無罪か。
　まことに理解しやすく、しかも論理的で人を納得させる力をもった論文の書き方だと感心する。汪叔子の詳しい論証部分は省略して結論だけをまとめるとこうなる。

3-2 （１）の鉱山開発について──無罪

　劉鉄雲は上級の許可のもとに行動しており、しかものちに事業そのものから排除されている。また、光緒三十四（1908）年正月には、懲戒免職（革職永不叙用）の処分になった。ゆえに逮捕理由は成立しない。
　汪叔子の書く通りだ。劉鉄雲は、自分が懲戒免職されたことを新聞の報道で知った。自らの日記に、それを書き写している[10]。

3-3 （２）の太倉米について──無罪

　劉鉄雲が北京で従事した救済活動は、公明正大なものであった。太倉米の放出は、慶親王もかかわっており、罪を劉鉄雲のみにかぶせるのは是非を転倒させるものである。

以上の二点について、劉鉄雲は無罪である、と汪叔子は結論する。汪は、『光緒朝東華録』、陸樹藩『救済日記』、『瓦徳西拳乱筆記』などなどの資料を複数使用し歴史事実を明らかにしながら検討している。だから、人を納得させる結論に到達した。
　ところが、残る（３）の遼寧塩販売については、違う。1907年の塩販売についてのみは、有罪だという。

3-4 （３）の遼寧塩密売について──有罪
　劉鉄雲は、1905年から1907年まで、外国人と結託して国境を越えて塩の密売を行なっている。明らかな法律違反であり、証拠がある。これが汪叔子の結論だ。重要な部分だから、こまかく見ていこう。

4　劉鉄雲と塩

　汪叔子が使用している資料は、２種類ある。
　ひとつは、外務部から端方あての電報（光緒三十四年六月十九日付）に引用されている在韓総領事馬廷亮の報告書である。もうひとつは、劉鉄雲の1905年「乙巳日記」だ。前者は、1908年の文献に見え、後者は1905年の日記、という具合に時間の順序が逆転している。今、汪叔子の記述にしたがって見ていく。

4-1 韓国輸出塩
　重要だから、汪叔子が引用した原文を下に示す。

　　上年六月，拠駐韓総領事馬廷亮稟，韓在甑南浦私設塩運会社，合同内載華人劉鉄雲，劉大章均為発起，又勾結外人営私罔利，迄未悛改。（昨年六月、駐韓総領事馬廷亮の報告によると、韓国の甑南浦に塩運会社を非合法に設立し、契約には中国人劉鉄雲、劉大章らが発起人となっている。また外国人と結託し私利を求めて儲けをごまかそうとしており、いまだに改悛していない、と）（汪叔子論文

221頁。頁数は雑誌のものを示す。以下同じ）

外務部の六月二十三日付上奏文では、少し語句を改めているという。

> 上年夏間，復在韓国私設塩運会社，購運遼塩出境。種種行為，均系営私罔利，勾結外人，貽患民生，肆無忌憚（昨年夏、韓国の甑南浦に塩運会社をまた非合法に設立し、遼寧塩を購入し運んで輸出した。種々の行為は、すべて私利を求めて儲けをごまかそうとするもので、外国人と結託し、人民の生活に災難を残し、目にあまるものである）（221頁）

1908年の電報に引用されて「上年」だから、在韓総領事馬廷亮の報告は、1907年に行なわれたと汪叔子は、考えた。だから「丁未（1907）に遼寧塩を密売した罪（丁未走私遼塩）」ということになる。

汪叔子は、このふたつの文章について真偽を検討をしていない。事実だとそのままに受け取っている。韓国での塩運送会社は、1905年の劉鉄雲日記に記載された「塩の密輸」からつづいている一連の活動であると確証もないのに断定する（224頁）。

汪叔子が引用したふたつの文章は、ほぼ同じ内容だといってもいい。だが、その書きかえに微妙な変化があることがわかる。汪叔子は、その差異を無視した。

前者は、劉鉄雲、劉大章が発起人に名前を連ねていることをいう。劉鉄雲らのほかにも発起人がいる可能性を否定することはできない。事実、いるのだ。

後者では発起人をいわないから、劉鉄雲ひとりが非合法の会社を設立したように読める。また、遼寧塩を輸出したと具体的に指摘している部分が新しい。別の情報があって、それを取り込んだとわかる。

前者では、塩運送会社を設立したとのべるだけで、それが機能したかどうかを書かない。ところが、後者になると、そこを書き換えて実際に遼寧塩を購入運搬した事実があるかのようにいう。

告発文だから、劉鉄雲を一方的に悪者に仕立て上げる。かたよった情報ではないかと疑ってみるのが、普通の研究者だろう。駐韓総領事馬廷亮だとか、遼寧塩だとか、具体的な名詞が出現しているからには、どういういきさつがあったのか、調査する必要があると汪叔子は気づいてもよかった。しかし、汪叔子は、これに関する資料を持たなかったのか、日本には言及する文章があるなどは予想できなかったのか、上奏文が事実だと思い込んだ。劉鉄雲の行動を検証するのに、告発者の一方的な文章だけを採用したのは、公平ではないといわれてもしかたがなかろう。

4-2 韓国輸出塩の真相

劉鉄雲が塩の買い付けに奔走したのは、日本人鄭永昌との関係があったからだ。鄭永昌については、あとで述べることにし、韓国輸出塩に触れた文章をふたつ引用する。

> 同年（注：明治38年1905年）、君（注：鄭永昌）は山東省より朝鮮に輸入される脱税塩を禁じ、遼東半島租借地内の産塩を以て之に代へんとして画策に努め、清国政府及び我が関東都督府の許可を得たが、韓国統監府の肯かざる所となつて止んだ。[11]
> 又た三十九年山東脱税塩の韓国輸入を禁止し、之に代ふるに遼東半島租借地内の製塩を以て同国全般の需要に供せんとして、彼は韓国塩運会社を京城に創立し、其代表者となつて各方面に奔走を試みた結果、清国政府は山東巡撫に訓令し其輸出を厳禁することになつたが、韓国統監府は斯くする時は塩価騰貴の惧れあり、暴徒の未だ鎮定せざる折柄人民の感情を刺戟することを顧慮し、許可を与へなかつた為め、遂に事業は中途にして挫折した。[12]

前述の外務部文章に見える韓国密輸塩事件は、1907年のことだと汪叔子はする。1、2年ずれているだけで、上にある鄭永昌の活動とまったく重なる。外

務部文章は、鄭永昌の韓国塩運会社のことを指していると考えてよい。ただし、1、2年の記述のずれがどうして生じるのかしらない。

　山東脱税塩が韓国に輸出されるのを禁止しようとしたのがはじまりだ。不正をただそうという動機は、正しいといわなければならない。脱税塩を取締り、正規の遼寧塩を輸出することになれば、清国政府の財源を豊かにすることに通じる。鄭永昌は、韓国京城で韓国塩運会社を設立した。この会社の発起人に劉鉄雲親子の名前があった。

　鄭永昌は、強調しておくが、山東脱税塩にかわって正規の遼寧塩を韓国に輸出しようとした。中国における塩の販売は、厳しく規制されていた。特に外国に輸出することは、特別に管理が厳格になる。だから責任者の許可が必要なのは、当然だろう。個人の力ではどうにもならない。袁世凱とのつながりをもつ鄭永昌だからこそ可能になった仕事である。

　おりから、日露戦争終結後であり、東三省も日本の軍政下にある。日本軍もこれにかかわってくる。遼東半島の塩だから、清国政府の許可が、さらに軍政下だから日本の関東都府の許可が必要だった。鄭永昌は、これらの許可を取得した。のみならず、清国政府を動かし山東巡撫に脱税塩の輸出を厳禁させてもいる。必要とされるすべての許可を得ているというべきだ。ならば、公認の活動である。外務部文章にあるような、非合法な会社ではない。

　ところが、不正をただす脱税塩輸出禁止にもかかわらず、これに反対したものがいた。ほかならぬ韓国統監府である。脱税塩の輸入禁止はかえって塩価騰貴を招くと反対する。不正のままの状態を維持したいというのだ。

　記事に矛盾がある。鄭永昌らの韓国塩運会社は、統監府の指示のもとに成立している。山東塩を輸入するため会社が、それを実行しようとしたときに、統監府がでてきて反対するのは、理解できない。記述にいきちがいがあるようだ。

　清国政府が許可を出しているにもかかわらず、駐韓総領事馬廷亮は、その事実を知らないかのような報告書を書いた。まがぬけている。あるいは、裏に別の意図があったのかもしれない。それをそのまま上奏文にもりこんだ外務部は、事実を知っていて知らぬふりをしたことになる。

だいいち、韓国へ遼寧塩を輸出する事業は、清国政府の許可があったにもかかわらず不成功に終わった。それをあたかも実現したかのように書く外務部文章は、あきらかに欺瞞である。欺瞞にもとづいた告発ということになろう。汪叔子論文は、全体の流れを把握していないから、結果として外務部文章に騙されたことになる。

　つぎに、さかのぼって1905年の劉鉄雲の遼寧塩の購入活動について検討する。

4-3 劉鉄雲乙巳日記の遼寧塩と吉林塩

　汪叔子論文は、まず、劉鉄雲と日本人鄭永昌が、1905年に「塩公司」を開設したことをいう。ついで劉大紳の文章を引用し、会社の名前が海北公司で、精製塩を製造し、朝鮮へ販売することをいう。さらに蒋逸雪「劉鉄雲年譜」から鄭永昌と海北公司を天津に設立したこと、1906年に日本に遊んだこと、「この年2度の渡日は、意図不明、あるいは精製塩の販売、あるいは骨董の販売のためというが、いずれが正しいのかしらない」を引用する（221頁）。そうして、劉鉄雲「乙巳日記」からの関係部分の抜粋になる。

　乙巳日記に入る前に、問題点を指摘しておく。

　まず、海北公司について、いかなる事業が背後にあって、そのなかのどんな役割をになったのか、汪叔子は説明していない。単なる個人企業で、塩の製造と販売をしただけだと考えている。しかし、事実は、それほど簡単なものではないのだ。もうひとつ、蒋逸雪が劉鉄雲の日本訪問2回の目的について結論を保留しているにもかかわらず、いかにも精製塩販売が目的であったかのようにあつかう（230頁）。しかし、劉鉄雲の2度にわたる日本訪問については、すでに論文が書かれており謎は解明されている。単なる観光旅行だった[13]。塩販売などとは何の関係もない。

　さて、劉鉄雲乙巳日記の光緒三十一年七月二十四日より、鄭永昌の名前がひんぱんに出てくる。そのなかから私なりに必要だと思う部分を引用し説明する。

　　1905年8月24日（七月二十四日）、劉鉄雲は、北京発11時20分の列車に乗

り、夕方5時に天津に到着した。そのまま鄭永昌を訪問するが、彼は北京に行っており、二三日で帰ってくるという。行き違いになったらしい。

1905年8月27日（七月二十七日）
　鄭永昌君来て話す、午後帰る。
　（この間、北京に一度もどっている）

1905年8月31日（八月初二日）
　日本総領事は，私が来るのを知っていた。神戸館に行き酒を飲もうと堅く約束する。おおいに酔う。出席者は、小村、高尾、坂、速水、西、河合である。中国人は、方葯雨、欽之および私の三人。鄭永昌、遅れてきて、また酔う。

1905年9月3日（八月初五日）
　午前、鄭永昌来て話す。

1905年9月4日（八月初六日）
　午前、鄭君来て話す。契約がまとまる。

1905年9月5日（八月初七日）
　鄭君来て話す。

1905年9月6日（八月初八日）
　鄭君来て、契約に捺印する。
　（この間、北京にもどって書、拓本などの購入、臨書、鑑賞に忙しい。また、古い琴も購入している。劉鉄雲は北京にいるから鄭永昌とは接触がない。九月初三日に天津に来るが、その時、鄭永昌は大連にいる）

1905年10月5日（九月初七日）
　ふたたび鄭君に電報を打ち、十一日営口で会う約束をする。
　（ただし、これまた行き違い、とうとう天津にとんぼ返りしなくてはならなかった）

1905年10月10日（九月十二日）
　午前、鄭君来て、秘密契約を起草しおわり、倩子衡が代書する。午後、鄭君とともに領事館に行き、正式契約に捺印する。

ここまでは、順調に事は運んだようだ。ところが、劉鉄雲が瀋陽に着いて趙爾巽将軍に会ってみると思いもかけず情況が変わっている。

1905年10月23日（九月二十五日）
　行って将軍に会うと、塩務は中国の利権であり、外人に譲ることはできないといわれた。すこし議論して退く。財政処に寄り、史都護に会うと、昨日、すでに将軍と相談して、許可したくないわけではなく、思い切って許可できないだけだ。もし、本初（袁世凱）の一札が得られるならば、できる、という。

　計画は頓挫した。「本初（袁世凱）の一札が得られるならば、できる」というのは、ヒントである。直隷総督袁世凱との交渉が必要となれば、もはや、劉鉄雲の手には負えない。
　（瀋陽滞在中、劉鉄雲は、「老残遊記」初集巻11、また、巻15、16を日をおかずに書いている。巻11は、初出『繡像小説』で没にされたのを復元したものだ。巻15、16は、新たな書きおろしである。以前考えられていた二集の原稿ではないことは、いうまでもない）
　汪叔子は、10月23日（九月二十五日）までの劉鉄雲の行動とそれ以降の行動については、分けて考える。10月23日（九月二十五日）に計画が失敗した段階で行動を止めていれば、劉鉄雲は晩節を汚さずにすんだという。どういう意味かと考えれば、つぎのようになる。塩の販売は国家の専売特許である。だから、劉鉄雲の購入計画が趙爾巽将軍により却下されたのは、それで正しい。劉鉄雲についていえば、活動が実現していないのだから密輸にはならない。こう汪叔子はいいたいらしい。ここまでは私も納得する。
　ところが、劉鉄雲の塩購買活動は、これ以降もつづいた。次の目標は、吉林塩である。10月24日（九月二十六日）から11月1日（十月初五日）に契約に署名したまでの行動は、汪叔子にいわせれば「これも塩務であるが、しかしその実

外国人と結託し、密売密輸し、国境を越えての密貿易である（亦塩務也，而其実則尽皆勾結外人，私販私運，越境走私也）」（224頁）。

「外人」とは日本人にほかならない。遼寧塩にまつわる劉鉄雲の行動は、正規の商行為だと認めた汪叔子であったが、どういうわけか吉林塩については密貿易だと断定する。おかしな論理だ。なぜならば、劉鉄雲は、吉林塩に関して契約に署名をしたが、購買輸送が実現したかどうかまでは書いていないからだ。遼寧塩の場合は契約をしながら、土壇場で覆っている。契約署名が、そのまま契約実現に結びつくとは、必ずしもないことがこの例からもわかる。吉林塩も輸出の段階まで至らなかった可能性があるし、また、その可能性のほうが高いと私は考えている。その可能性があるかぎり、劉鉄雲の日記だけを根拠にして彼を密貿易従事者と断定することはできない。

汪叔子は、劉鉄雲乙巳（1905）日記に出てくる遼寧塩購買（密輸）行動と、1907年韓国への塩輸出を一連のものだととらえている（224頁）。しかも、ここが重要なのだが、劉鉄雲が個人で、外国人（日本人）と共同で塩輸出を計画し、実行したと理解している。つまり、劉鉄雲が主体となって個人会社を設立し活動したと思い込んでいるらしい。事実は、異なる。遼寧塩と吉林塩の購買輸出活動は、鄭永昌が天津に設立した海北公司の事業であり、のちの韓国への塩輸出は、海北公司とはまったく別の韓国塩運会社の仕事だ。たまたま、両社ともに鄭永昌と劉鉄雲が関係しているが、業務内容は別物なのである。

4-4 海北公司[14]

海北公司は、当時、必要があって設立された。その背景から考えても、日本人の鄭永昌が主体となった会社であって、劉鉄雲はその協力者であることは揺るがない。発起人に名をつらねていたとしても、劉鉄雲が従である関係に変化はない。

海北公司の活動については、その背後に国家事業がひかえていることを指摘した中国の文献を見ない。単なる個人企業だと考えているのが、私の知るかぎりすべてである。個人企業だと考えるから、塩の密輸に結びつけたくなるので

はないか。この海北公司を説明するには、まず、鄭永昌について紹介しなければならないだろう。

4-5 鄭永昌のこと[15]

　前述のように、1905年の8月から10月にかけて、劉鉄雲「乙巳日記」に集中的に登場している日本人が、鄭永昌である。

　鄭永昌（1856-1931）。その父鄭永寧、および弟鄭永邦も、ともに外交官をつとめる。1870年、外務省官費生に選ばれ、同省内漢語学校に入学。1872年、父永寧の清国出張に伴われ、天津において北京語を学習した。帰途、上海で南京語を学ぶ。その後、北京公使館で一等書記見習、ニューヨーク領事館書記生、天津領事館書記生、北京公使館交際官試補をへて二等書記官に昇進する。日清戦争後、北京公使館に復職、1896年、天津領事を命じられ、在任中に義和団事件に遭遇した。

　1902年、官を辞し、直隷総督袁世凱（在任期間：1902-1907年）の嘱託となる。総督直轄の大清河塩田の産塩を日本、朝鮮、ロシア領沿海州へ輸出して直隷財源のひとつとすることを計画し調査に従事したが、日露戦争で計画は中止となった。満洲軍の嘱託として、遼東半島占領地内における塩業の調査に従事してもいる。

　興味深い経歴である。目を引くのが、日本外務省をやめて袁世凱の嘱託になっている点だ。ここにいう「嘱託」とは、中国での「幕客」「幕友」に相当するものだろう。いわば、顧問である。そして調査をまかされたのが塩の輸出問題だ。直隷財源のひとつとして塩輸出が考慮されていたという。

　塩の販売は国家の専売事業であることは常識だ。個人が私的に販売輸出すれば、当然ながら厳罰に処せられる。しかし、直隷総督の袁世凱が輸出を計画するならば、正当な事業として認められるはずだ。

　もうひとつ注目されるのは、鄭永昌が遼東半島の塩業を調査していることである。劉鉄雲、すなわち海北公司が、遼寧塩を購入しようとしたことと結びつく。

劉鉄雲は冤罪である　137

では、なぜ海北公司は遼寧塩を購入運搬しようとしたのか。さぐっていけば、個人規模の商業活動ではなく、国家規模の事業であることが判明する。

4-6 海北公司から長芦塩へ

塩の売買運輸を管理するために各省の最高機関として「塩政」があり、実務を担当したのが「塩運使」である。時代とともにその形態は変化する。このような一般的な説明よりも、今、本稿に関連して重要なことは、みっつある。

ひとつは、袁世凱が直隷総督として1902-1907年のあいだ、権力の座についていたこと。

ふたつには、直隷省長芦塩政は、1860年より直隷総督の兼管になっていること。

みっつには、日露戦争後の東三省は日本軍政下にあったこと。

以上のみっつがなにを意味しているかといえば、鄭永昌と劉鉄雲の海北公司設立経営活動の背後には、袁世凱が大きく存在しているということにほかならない。くわえて日本軍政下だから日本人が深くかかわってこざるをえない情況だった。

1905年、日本国内で、産塩地の天候不良のため、食塩の供給が困難になるという事態が発生した。日本政府は、遼東半島の産塩を輸入することを検討したが、当地の産塩は少なく、価格も高いことから、直隷省長芦塩田の塩を緊急輸入することにした。

以上が、話の大筋である。活躍するのが、鄭永昌だ。伝記的文章からふたつ、ほとんど同内容ではあるが関連部分を引用する。

> 三十八年日本内地に於ける天候不良の結果食塩飢饉となり、遼東半島の製塩も其欠乏を補ふこと能はざるに至つた際、彼は袁世凱を説き直隷官塩を以て其の不足を補ふの策を講じ、明治三十八年秋から三十九年夏頃まで日本へ向け食塩を輸出してその目的を遂げた。[16]
>
> 三十八年、日本内地に於ける産塩地の天候不良のため食塩の供給困難と

なり、政府は遼東半島の産塩を以て之を補はんとしたが、到底急の間に合はぬので、此に始めて君が数年来の調査は活用さる、こと、なり、窃に袁世凱に計つて直隷の官塩を輸出し、三十八年秋より翌年夏に至る間、我が食塩飢饉を補救した。[17]

　上のふたつともに、「遼東半島の製塩も其欠乏を補ふこと能はざる」とか「政府は遼東半島の産塩を以て之を補はんとしたが、到底急の間に合はぬ」とか書いている。これこそが、劉鉄雲が契約が成立しているにもかかわらず、趙爾巽将軍に却下された事件についての遠回しな表現なのだ。

　すなわち、日本政府は、はじめは私企業に託して食塩輸入を企てた。これが、劉鉄雲と鄭永昌が天津で設立した海北公司である。直隷総督袁世凱の嘱託をしたことがあり、もと外交官、さらには塩業に詳しいのが鄭永昌だ。その任にうってつけの人物である。彼ならば、各方面の許可を得ることができるだろうと考えられた。

　劉鉄雲「乙巳日記」に書かれているのは、日本政府が背後に存在して指示されていた食塩緊急輸入活動なのだ。劉鉄雲が日本政府の命令を受けて行動していたと短絡してはならない。あくまでも正当な商取引の一環として海北公司が存在している。正規の輸入活動だから、契約を結び、それが破棄されれば、それ以上の行動は続けていない。吉林塩も、やはり海北公司の活動のひとつだ[18]。ゆえに遼寧塩と同様の手続きで実施を目指していた。しかし、成功しなかったというのが私の推測だ。

　劉鉄雲が、趙爾巽将軍から塩の販売を断わられたのは、遼寧省の製塩を海北公司で扱うことができない、という意味だ。劉鉄雲の機転でそれにかわる吉林塩を契約したと考えられる。結果としてふたつともに不可能となって、残った候補が直隷省長芦塩である。さいわい直隷総督は、鄭永昌と旧知の袁世凱だ。日本政府は、海北公司の件はそのまま捨てておき、鄭永昌を使って袁世凱に根回しをしながら、清国政府へ、直接の正式申し入れを行なうことにした。

劉鉄雲は冤罪である　139

4-7 外交史料に見る長芦塩輸出[19]

　日本政府が、清国より塩の輸入を計画したことからすべてがはじまった。中国の複数の方面における塩産出の調査を進めながら、結局のところ政府間交渉でなければ問題が解決できないと判断したのは、1905（明治三十八）年10月末のことだ。

　大蔵次官から外務次官あての通信にそのいきさつが述べられている。その大略は、日本内地における塩の生産が僅少につき、外国から輸入する必要が生じた。清国の遼東半島と各方面を調査したが、遼東半島の塩は量が少なくしかも価格が高い。直隷省長芦塩は、量が多く価格も安い。塩の輸出は禁止されているから、日本政府から清国政府に公式の申し入れをして、無税で塩の購入輸出許可をもらうよう交渉してほしいと要請している。天津領事は直隷省総督へ、公使は清国政府へ、両方面からの交渉である。

　この時点で、遼東半島と各方面の調査は、すでに終了していることが重要である。鄭永昌、劉鉄雲らの海北公司の活動は、終了ずみの各方面の調査のなかに含まれているとわかる。

　外交史料の明治38年10月31日付電信案には、以下のようにある。

　　本年ハ塩ノ飢饉トモ云フヘキ年柄ニテ内地并ニ台湾ノ産額極メテ僅少ナレハ到底内国需要ニ応エル能ハス勢ヒ外国塩ヲ輸入シ之乃補足ヲナスノ必要アリ清国直隷省長芦塩田ノ塩ハ価格廉ニ産額ハ豊カナレハ同地ヨリ輸入ヲ試ミントス元来清国ニテハ塩ノ輸出ハ禁止ノコトト成リ居レトモ公然ノ手続ヲ以テ政府ニ照会スレハ特別ノ詮議ヲ以テ輸出ヲ許可スヘキ模様ナルニ由リ清国官憲ニ特ニ無税ヲ以テ輸出ヲ許可スル様交渉方大蔵大臣ヨリ依頼アリタリ依テ貴官ハ右ノ趣旨ニ由リ清国政府ヘ可然御交渉相成度右許可ノ上ハ早速輸入取扱人ヲ派遣スヘク且輸入数量ハ来年三月末マテニ二千万斤ノ見込ミナリ貴官ノ御見込ニ依テハ伊集院総領事ヲシテ本件ニツキ同時ニ袁総督ニ交渉セシラル（ママ）ルモ可ナリ

1905年11月1日、上に示した電報は、内田康哉在清全権公使にあてて、小村外務大臣名で発信された。

　「元来清国ニテハ塩ノ輸出ハ禁止ノコトト成リ居レトモ公然ノ手続ヲ以テ政府ニ照会スレハ特別ノ詮議ヲ以テ輸出ヲ許可スヘキ模様ナル」と書かれているところから、すでに下交渉が行なわれていることがわかる。大筋の合意はなされており、政府から正式な申し込みがあれば、清国政府レベルで検討しようという段階に到達しているのだ。

　日本政府の正式交渉の申し込みが、時期的に見て、鄭永昌らの海北公司が遼寧塩の購入に失敗したあとである点に注目しなければならない。海北公司の活動と日本政府の行動は、つながっていることが明らかだ。

　内田全権公使、伊集院彦吉天津領事が正式に交渉した結果、清国政府は、食塩２千万斤を寄贈する、隣国の民食に関することであるので代価は要求しない、との回答を得た。塩の代金は不要だという。日本政府の予想しなかった事態である。

　　No.4939　卅八年十一月十一日北京一，六発／東京五，一〇着
　　　桂外務大臣　内田全権公使
　　第二九八号
　　長芦塩輸出ノ件ニ関シテハ慶王初メ瞿鴻機ニ於テハ最初ヨリ異存ナク袁モ亦之ニ同意セル結果戸部ノ承議ヲ経ルヲ待タス日本ニ於ケル塩ノ不作ニ対シ清国ガ一時其急ヲ救フハ当然ノコトナルノミナラズ数額モ多大ニアラサレバ無代価ニテ日本ノ請求ヲ承諾スルコトニ決セリ公文ノ回答ハ今明日中ニ送付ノ筈ナリ日本ヨリ是非代価ヲ支払ヒタシト申出デ更ニ交渉ヲ重ネ反ツテ時機ヲ遅ラスコトナキヲ望ムト那桐ヨリ内諾アリタリ

　代価を支払って購入したいという日本政府の申し入れにもかかわらず、清国政府は、無料でいい、という。おまけに、さっさと受け取れとも言っている。困惑したのは、日本政府の方だった。義捐をうけた塩を有料で自国民に販売す

るわけにはいかないだろう。北京と天津間に電報がとびかった。天津からは、取扱人を指定しろと連絡がはいる。

　No.5049　卅八年十一月十九日天津前一一、二六発／東京後四、三〇着
　　桂大臣　伊集院総領事
第四十九号
塩輸出ノ事手筈已ニ整ヒ清国当海関ヨリ右日本側取扱人ノ指名ヲ照会シ来レリ鄭永昌ハ小栗ノ代理トシテ当地ニ在ルモ公然ノ御訓示ナキヲ以テ公然ノ回答出来ズ至急右指定アリタシ

鄭永昌の名前が出てきた。

結局のところ、結氷期が近づいていることもあり、日本政府は、清国政府の好意を受け、輸入取扱人に小栗商店小栗冨次郎、代理鄭永昌を指定したのである。

清国側の文書も１通掲載しておこう。内田康哉あてである。

　内田大臣　台啓

　慶親王　／瞿鴻機　那桐／聯芳　伍廷芳
逕復者、本月初七日、准
函称、本国塩斤歉収、請准借運長芦塩斤、以済急需，当経本部咨行戸部、曁北洋大臣校辦在案、十一日、又准函催前因、茲准戸部曁北洋大臣覆称、中国食塩関係民生国課、向不准販運進出口、載在条約、第念日本与中国唇歯相依夙敦睦誼、現値塩斤歉収、自応尽救災恤鄰之道、擬由長芦官商、公捐一次、共塩二千万斤、不取価値、以済鄰邦民食等因前来、本部査此次戸部与北洋大臣允運芦塩、作為公捐接済、不取価値、実為顧念鄰邦民食、以昭公誼、特此布復、即希転違
貴政府査照辦理可也、順頌

時祉

那另具十月十五日

　これまで述べたことが、すべて盛り込まれた内容になっている。袁世凱の名前こそないが、慶親王を先頭に立てた文章であるから清国政府の公式文書である。
　清国からの塩の無償提供は、日本でも報道された。ただし、その扱いは、驚くほど小さい。

『大阪朝日新聞』明治38（1905）年11月25日
　北京電報●清国の好意　清国政府が日本に供給す可きことを承諾せる官塩の全額は二千万斤にて好意を以て贈与せる者にて代価を要せずと照会し来れりと

　今ならば、鳴り物入りで日中友好の好例だと宣伝されてもいいような事件であるにもかかわらず、たったこれだけの記事である。大国中国だから小国日本の窮状を救うのは当然だという意識でもあったのか、どうか。そこまでは、わからない。
　1906年5月、塩2千万斤は、無事、清国から輸出された[20]。
　日本政府は、無料の塩をもらったままでほっておくこともできない。感謝の意を表わすため、小型水雷艇型ヨットを神戸川崎造船所で建造すると、西太后に献上した。
　公文書で、たどることができるのは、ここらあたりまでだ。袁世凱とは、裏取り引きがあったか、なかったか、それに言及する資料を私は持っていない。
　1992年12月、私が、北京郊外の頤和園を訪問したときのことだ。昆明湖畔に鋼鉄製の小型蒸気船が展示してある。大きなマストはなかった気がするし、ヨットという名称からはほど遠い。小型とはいっても、30メートルはありそうだ

劉鉄雲は冤罪である　143

（長さの記憶は不確実）。説明を読むと、日本政府から西太后に贈呈されたと書いてある。これが、直隷省長芦塩2千万斤のお礼として建造された小型水雷艇型ヨットであった。破壊もされずに残っていることに、少々驚いた記憶がある。

鄭永昌、劉鉄雲らの海北公司は、上に述べたように長芦塩輸出につながるものとして存在した。

清国政府が無償で長芦塩を提供したことが、中国国民の利益を損なったということになるだろうか。もしそうであれば、当時の清国政府首脳は、それこそ売国奴ということになる。売国奴といわないまでも、一般論として、清国政府内部において、批判する側とそうでない側に分裂するかもしれない。日本だけを特別扱いすることに対して反発を抱く人間がでてくる可能性がないわけではない。

袁世凱について言えば、彼は、直隷省長芦塩の日本への無償供与をはじめから承認していた。韓国塩運会社の件にしても、鄭永昌らの行動を承知し認めていた。だから、それらが劉鉄雲逮捕の理由になるはずがない。もし劉鉄雲逮捕の理由にするならば、それらを認めてきた袁世凱自らが誤っていたことになるからだ。自分で自分を逮捕しなければならなくなる。

汪叔子論文が、つぎに指摘するのが第二辰丸事件という、今まで、誰も話題にしなかった事件だ。劉鉄雲逮捕とこの第二辰丸事件が関係するなどとは、研究者のだれひとりとして気づかなかった。劉鉄雲逮捕事件の深層背景だと指摘するのは、まさに、汪叔子の着眼点のよさを表わしている部分だといえよう。私は、これを高く評価する。

5　劉鉄雲逮捕の背景——第二辰丸事件

劉鉄雲逮捕の約四ヵ月前、光緒三十四年二月十六日（1908.3.18）劉鉄雲の親友鍾笙叔が逮捕された。翌十七日、劉鉄雲の親戚高子穀も逮捕されている。

汪叔子が使用する材料は、孫宝瑄の日記だ。この日記に鍾笙叔と高子穀が逮捕された理由らしきものが記録されている。第二辰丸事件について、日本と中

国の交渉会議がもたれた。その席上、中国側の情報が日本側に漏れていることが判明する。追求すると、情報を洩らした張本人として鍾笙叔と高子穀が浮かび上がり、それで逮捕されたという。

高、鍾逮捕の原因となった第二辰丸事件についての説明が必要となる。

5-1 第二辰丸事件

1908年2月5日、日本の商船第二辰丸（神戸辰馬商会所有）は、マカオの海域において清国の巡視船4隻に拿捕された。積荷は、マカオの中国人銃砲商が注文した銃器弾薬だった。拿捕の理由は、主として武器密輸の疑いである。

日本側は強硬に抗議をした。清国政府にしても、当時、日本から革命派に武器が渡ることを警戒していたから頑として譲らない。ついに、日本側は、軍艦を派遣するなどの高圧的行動にでて、清国側を屈伏させた。同年3月14日、清国側の謝罪礼砲の実施、損害賠償、関係官吏の懲罰などの条件をつけて、第二辰丸は放免となった。これに反発して、中国では、日本製品ボイコット運動がはじまる[21]。

これが第二辰丸事件の概要である。

日本では、この事件について新聞が刻々と報道をつづけている。大量報道のなかから解決部分のみを引用する。

『大阪朝日新聞』明治41（1908）年3月17日
北京電報●辰丸事件解決　辰丸事件に関し彼我両国政府間に決定の条件要領左の如し
第一　清国政府は日本国旗引卸の件に関し辰丸碇泊中其の付近に於て日本帝国領事立会の上清国軍艦は日本国旗を掲げ艦砲を放ちて謝罪の誠意を表し且右に関せる不都合の官吏を懲罰する事
第二　清国政府は即日辰丸を解放する事
第三　清国政府は辰丸抑留の為生ぜし損害を賠償する事
第四　清国政府は辰丸抑留に対し事実取調べの上不都合なりしと認むる官

劉鉄雲は冤罪である　145

吏を処分する事
　　第五　辰丸搭載の澳門行武器弾薬に就ては清国に於て其の輸入後の成行きを懸念し之が買収を望めるを以て日本政府は特に好意を表し買収するを得せしむる事

　第四の「不都合なりしと認むる官吏を処分する事」というのは、第二辰丸の日本国国旗を引きずりおろした中国人官吏を指す。
　新聞報道を読めば一目瞭然である。清国政府の一方的しかも全面的敗北に終わった。このままタダではすまないのが政治の世界だ。日本にも漏れでてくるニュースがあった。北京政界の当時の雰囲気を伝えている。

　　『大阪朝日新聞』明治41年3月21日
　　●辰丸事件の余波　十九日夜北京より或筋に達したる電報左の如し
　　　日本の提案に対し全面屈伏したる清国政府は対外失敗の善後方略として先づ在日日本神戸の密告者を罰し一方澳門に於ける購買清商を死刑に処す可し
　　　之に就き香港在留各国有志は何故に日本政府は是等内政に関する条件を提出せざりしかを怪しみつゝありと

　外国に居住する中国人についても処罰をしようというのだ。ましてや、中国国内での追求処罰がないわけがない。こう考えるのが普通だろう。そうすると、あの鍾笙叔、高子穀逮捕処罰がそれに該当するのではないかとすぐ思いつく。この際、逮捕理由は、何でもいい。

5-2 高子穀と鍾笙叔の逮捕
　前出、孫宝瑄日記（二月十九日付）に述べる高、鍾ふたりの逮捕理由は、こうだ。詳しく見てみよう。
　朱桂卿が孫宝瑄に語った内容が根拠になる。外務部が日本辰丸を拿捕した事

件について、日本の外交官と交渉を始めた。すると日本外交官は、清国と駐日李家駒欽差との談合密電を暴露した。袁世凱は大いに驚き、漏洩者をきびしく追求すると、電報学生数人が、高子穀、鍾笙叔のふたりのことを供述した。取り調べると、秘密書類、外務部の暗号電報書などがそろっている。毎日外務部の機密電語を入手すると抄訳して外国の大使館へ売っていたらしい。14ヵ国との取り引きがあったという、云々。（225頁）[22]

　汪叔子は、以上の記述にもとづいて、人の証言、事実の証明、物の証拠、自供がそれぞれある。ゆえに、清国政府が、高子穀と鍾笙叔を逮捕処罰したのは、「民族の大義について論じても、適切だというべきだし、議論の余地はない」（227頁）と断定する。

　よく考えてみれば、おかしな話だ。疑問だらけだといってもいい。

　日本と清国の交渉の席上で、なぜ日本外交官が秘密電報を暴露する必要があるのだろうか。秘密情報は、相手側に知られていないと思わせている時にこそ有効である。秘密を知っていると相手に気づかれれば、外交カードとしての有効性は減少すると考えるのが普通だ。

　そもそも、その秘密電報の内容が、はっきりしない。日本と交渉する際に、知られては不利になるような内容だったのか、それすらも明らかではない。

　汪叔子が書くように、孫宝瑄は、公開することを考えて日記を書いてはいない。その限りにおいて、朱桂卿が話した内容というのは、そのまま事実なのだろう。だが、今、書いたように内容そのものが信頼性に欠ける、と私は感じる。話の出方が一方的だ。罰する側からの証言であり、それらが本当のことかどうかは、確認のしようがないのだ。その場合は、高子穀と鍾笙叔を逮捕するための口実ではないか、と疑うのが研究者のとるべき姿勢ではないのか。

　もうひとつの疑問は、秘密電報すなわちいわゆる「国家機密」そのものについての考え方だ。簡単に「国家機密」というが、その定義があいまいなのだ。高、鍾逮捕事件は、電報が「国家機密」だとする前提があってはじめて成立する。その判断は、政府高官に決定権があって、恣意的になる可能性がある。つまり、誰かを逮捕したければ、内容もはっきりしない「国家機密」を洩らした

ときめつけるだけでいいのだ。第二辰丸事件の日本との交渉が失敗したのは、外務部内部の人間が情報を敵方に漏洩したためである、とすれば、責任のすこしは免れることが可能だろう。この種の事件は、研究者は、慎重にとりあつかう必要がある。

　今、外務部内部の人間だと書いたように、劉鉄雲の妻の兄弟である高子穀は、総理各国事務衙門に勤務していた人物だ[23]。総理各国事務衙門は、のちの外務部にほかならない。高子穀は、ひきつづいて外務部に勤めていたのだろう。当時の外務部において、情報管理がどのようになされていたのかは、明らかではない。だが、外務部に勤務していた人物であれば、秘密書類、暗号電報書などを持っていても不思議ではなかろう。しかし、情報を外国大使館に売るというのは、また別問題ではある。疑問をのべれば、はたしてそういう事実があったのかどうか、確認のしようがない。一方的な説明があるだけなのだ。

　朱桂卿が孫宝瑄に語った話の内容が、結果として虚偽であったとしたら（その可能性を完全には否定できない）、高子穀と鍾笙叔の逮捕処罰は別の意味を持つ。その場合は、高子穀と鍾笙叔は、第二辰丸事件の余波を受け、無実の罪で処刑された犠牲者となる。まったくの空想だと否定できるのだろうか。

　その理由が何であれ、無実か有罪かは今おいておき、ともかく高子穀と鍾笙叔は逮捕処罰されたという事実は存在する。

5-3 劉鉄雲と高子穀および鍾笙叔の関係

　さて、これからが、汪叔子のいう劉鉄雲と高子穀および鍾笙叔との関係である。数え上げているから、順番にしかも簡潔に紹介する。

関係１：劉鉄雲と高、鍾の関係は緊密だ

　劉鉄雲の日記には、（高）子穀と（鍾）笙叔が多く記録されている。劉鉄雲と二人の間柄は、一般の親戚友人にとどまるものではない。きわめて親密である。（227頁）——たしかに劉鉄雲日記には、多くの場所に二人の名前を見いだすことができる。親密であるという汪叔子の意見に賛成する。

関係２：情報のやりとりをしている

1908年はじめには、高、鍾が情報を劉鉄雲にもたらしていたが、彼らふたりが逮捕された以後は、劉鉄雲が彼らを助けだす相談を頻繁に行なっている。（228頁）——高、鍾が外務部の情報を入手できる地位にあるならば、親戚友人の劉鉄雲を助けようと情報を流すのは当然である。逆に、逮捕されたふたりをなんとか救助できないかと劉鉄雲が奔走するのも、また、当然の行為であろう。確かに、汪叔子の言う通り彼らの関係は密である。関係が密であるということと劉鉄雲の逮捕については、後述する。

関係3：「国家機密」を外国人に流している

　劉鉄雲の乙巳日記二月十六日付に、「外務部の電報を駐ベルギー公使に送る（外部電致駐比使臣）」[24]とか「外務部の電報案」が出て来るが、それらは皆「国家機密」であり、「政府の公開禁止の重要書類」である。また、電報の内容は中国の鉄道、民族利権にかかわるものである。しかるに、鍾笙叔が北京から電報、手紙で伝えて来たものを、劉鉄雲、高子穀らは「哲美森」「哲君」に転送している。「哲美森」あるいは「哲君」というのは誰かといえば、イギリス人で、福公司の外国商人にほかならない。機密を盗んで外人に売り渡した三人ともに売国奴である。——あきれはてた論理というのは、こういうことをいう。1902年の河南鉱山鉄道の開発は、外国資本の福公司がらみで実施されていた。汪叔子は、「外務部の電報を駐ベルギー公使に送る（外部電致駐比使臣）」とわざと省略して引用している。劉鉄雲が、いかにも「国家機密」を洩らしているように説明する。しかし、原文は、「昨晩鍾笙叔より電報が来て、沢道鉄路のことがすでに外務部で許可されたことをしった。駐ベルギー公使に電報で知らせる（昨晩接笙叔来電，知沢道事已経外部核准，電致駐比使臣）」だ。鉄道事業が外務部により批准されたことをいう。外務部が許可したことを指しているから、秘密でもなんでもないことは明らかなのだ。引用は正確にしなければならない。原文をねじ曲げて引用し、自分の都合のよいように利用するのは、研究者がやってはならないことだ。また、劉鉄雲は、福公司で働いているのだから、中国側の用件を外国人に伝えるのは当然の仕事のうちである。電報の内容も吟味せず、外務部の電報が、すべて「国家機密」であるかのように考えている汪叔子

劉鉄雲は冤罪である　149

の論理はどこからくるものか、理解しがたい。

　くりかえしていうが、「国家機密」ということばほど、あいまいなものはない。罰する側からいえば、恣意的に利用できるため、きわめて便利である。誰でもが知っている事柄でも、国家の側が「国家機密」だといえば、それで厳罰に処す理由にできる。

　たとえば、外務部の電報にしても、どこまでが「国家機密」でどこまでがそうでないのかは、外部の人間には判断できるものではない。ましてや、当事者が、国家と私物の区別をつけていなかったとしたら、どうなるだろうか。例をあげれば、まさに劉鉄雲の逮捕についての端方の電報がある。

　さきに劉蕙孫が外務部ほかの電報を発掘したことを述べた。そのいきさつを劉蕙孫自身が書いている。

　1940年のことだった。端家が役所の電報原稿を売り出そうとした。劉蕙孫は、故宮博物院文献館に紹介してもらうと価格は700元余りだった、という[25]。

　劉蕙孫は、関係する電報原稿を借り出して書き写したものを『鉄雲先生年譜長編』に収録したというわけだ。だから汪叔子がいうように、原物とは語句の違う箇所があり、また、劉蕙孫が目にできなかった電報があるのもうなずける。

　この事実が何を物語っているかといえば、端方が外務部あるいは軍機処と取り交わしていた電報あるいは電報原稿は、端方の私邸に保存されていたということだ。「国家機密」ならば、保存する場所があるだろう。原物ではなくて写しという可能性は考えられる。ならば、写しを私邸に保存しておくことは許されるのか。外務部における文書管理の問題になる。はたして、当時、電報原稿を含んだ情報がすべて「国家機密」として厳重に管理されていたかどうか、私は、疑うものである。ものによっては、管理がずさんであって、それが「国家機密」だとは考えられなかったこともあったのではないか（だからこそ売り立てられた）。その場合、情報を洩らせば、厳密な意味で「国家機密」漏洩罪に当たるのであろうか。大いに疑問である。ゆえに、劉鉄雲を「国家機密」漏洩罪で告発ができるかどうか、厳格な吟味が必要なのだ。

　朱桂卿の発言にもどると、発言内容を検討する必要を汪叔子は、感じていな

いようだ。汪叔子は、高と鍾が「国家機密」を洩らしたと信じているが、実は、単なる伝聞である。事実は、確認できてはいない。伝聞を目の前にして、それについて検討する姿勢を放棄した瞬間に、汪叔子は歴史研究者ではなくなる。何になったかといえば、1908年当時の清国政府高官、すなわち恣意的に「国家機密」漏洩罪を利用して、高と鍾の逮捕を命じ、高と鍾を裁く立場の人物となったのである。

関係4：劉鉄雲は日本人と結託している

　清末以降、「日本軍国主義」はわが中華を侵略し、重点は東北三省に注がれた。劉鉄雲は、晩年、日本との関係をはなはだ深くしている。北京、天津、上海を往来し、日本大使館、洋行への出入りも激しく、「倭人」の氏名も枚挙にいとまがない。劉鉄雲は「上政務処書」[26]において、新疆全省を一国に、内外蒙古を一国に、東三省を一国にして、永遠局外中立国とし、万国の共同保護にする。東三省は、日本に開発させて、最終的には中国が回収すればよい、云々。この献策は、救国か、それとも売国か。さらに、乙巳日記を見れば、日本海軍が勝利しているのを喜んでいる。誰のために喜んでいるのか。1906年の日本訪問、1907年の韓国で塩運会社を設立したのは、日本人と結託して遼寧塩を密売するためだった。1908年はじめ、劉鉄雲逮捕の情報が、日本人（鄭永昌、御幡雅文）からもたらされてもいる。第二辰丸事件にからまって「外交はすでに手を焼いている。内なる売国奴を急いで取り調べなければならない。高、鍾の罪状は確実ですでに逮捕している。劉鶚が日本（倭）と通じている嫌疑は重大であるから、猶予を許さなかったのだ」（230頁）──「文化大革命」時代に逆戻りしたのではないかと思うような汪叔子の論調である。日本人と交際のある劉鉄雲は、それだけで罪を問う理由になるのだ。

　「上政務処書」のなかで陳開する論理は、劉鉄雲が、鉱山開発には外国資本を導入することを主張したのと同主旨のものをくりかえしているにすぎない。「文化大革命」時代に「自力更生」が叫ばれていた時、劉鉄雲の外資導入による開発政策は、まさに、売国奴の論理だと批判された。汪叔子の劉鉄雲批判は、その再現である。改革開放政策が推し進められている現在の中国では、外資を

利用して開発を主張する劉鉄雲は、先駆者として評価されても不思議ではない。

　日露戦争時における日本海軍の勝利を喜ぶ劉鉄雲を批判する汪叔子は、ならば、劉鉄雲がロシア海軍の敗北を嘆くのならば満足なのだろうか。

　劉鉄雲が、「倭人」の友人知人を多くもち、「倭」と通じている嫌疑が重大ならば、逮捕理由はそうなっていたはずだ。わざわざ、戊戌墾断鉱利、庚子盗売倉米、丁未走私遼塩などとみっつも理由をあげる必要はなかった。事実は、そうなっていない。日本人と結託していることは、逮捕理由にならなかった証拠である。

関係5：まとめ

　高子穀、鍾笙叔は、秘密漏洩を自供（とは断定できないと私は考えるが）した。劉鉄雲は、彼らと長年のつきあいがあり、外務部電報、電報案など秘密書類を外国人に洩らしている。これらからして、彼らは明らかに同類である。——まとめであり、くりかえしだ。

　汪叔子論文の論点を紹介し、必要な部分には反論した。

　汪叔子の結論「その判決は、犯罪行為の事実を根拠にしなければならない。外務部の上奏文で指摘する罪状みっつのうち、「戊戌鉱山」と「庚子の米」については、事実ではなく公平ではない。だから問題にしない。みっつめの「丁未の塩」は、確かに証拠があり、日本人と結託して遼寧塩を密輸し、売国奴の罪は確定している。高、鍾の事件が発生した。劉鶚は高、鍾と共謀し機密を盗み出し外国人に与えたのには確かに証拠がある。売国奴の罪を逃れることはできない。逮捕され罰せられたのは、当然の罪なのである（夫判案定讞，終須以罪行事実為根拠。外務部奏章所指罪款三，"戊戌砿"、"庚子米"，此二款不実不公，可不計；其第三款"丁未塩"，則確属有拠，勾結日人，走私遼塩，已可確定漢奸之罪。高、鍾事発。劉鶚之与高、鍾同謀合伙，盗窃機密，輸告外人，并確属有拠，更無逃漢奸之罪。其遭捕受懲，罪有応得也）」（232頁）でいう有罪部分は、まったく成立しないのだ。劉鉄雲は、罪なく逮捕処罰された。これほどの冤罪事件もめずらしい。

　結局のところ、事実のみを書き出せば、第二辰丸事件の余波で、高子穀と鍾笙叔が逮捕された。またその余波で劉鉄雲が逮捕処刑されたというのが、劉鉄

雲逮捕事件の大筋だ。

この大筋を提出した点は、汪叔子論文の評価すべき箇所である。

役所間の電報のやりとりというような閉ざされた資料ではなく、公開性のある資料をつぎに提出する。劉鉄雲逮捕に関する新聞記事だ。

6　劉鶚を厳罰に処するという政府論議──新聞報道

劉鉄雲の逮捕についての公にされた文章が１件だけある。新聞記事だから、これ以上の公表性はないといえよう。

『申報』戊申七月初六日（1908.8.2）
厳懲劉鶚之朝議　北京○外務部片奏略云前准両江督臣端方電称革員劉鶚以浦口開作商埠在本県具禀願将自有地畝報効経該督臣電飭密拿旋即弋獲電詢辦法到部査該革員劣迹不止一端未便任其逍遙法外応如何厳加懲処之処伏候聖裁摺上慈宮曾諭枢堂該革員罪悪満盈応従重治罪某尚書亦云胡聘之撫晋時所辦各事大半誤於該革員之手某中堂亦云非重辦不可遂請旨将劉鶚発往新疆監禁永不釈回一面並電致江督将劉鶚家産一併査抄充作該省公益之用並飭迅速押解起程[27]

外務部から新聞に意図的に流されたニュースであろう。この記事が新聞に掲載されたのは、劉鉄雲が逮捕されてから十五日目のことになる。

片奏とは、正奏に同封する付帯的奏文のこと。追って書きの役割をもつという。その内容は、劉鉄雲の例の浦口開発に関連するものだ。浦口の土地買収について地元の有力者とごたごたが発生していたのは事実だ。しかし、奇妙なのは、劉鉄雲が自ら購入した土地を寄付したいといっているにもかかわらず、それでも劉鉄雲を処罰しようとしたことだ。おまけに、過去をほじくりかえし胡聘之が山西を治めていたときの鉱山開発についても、つごうの悪いことの大半は劉鉄雲が原因だとする。清国政府の高官に、劉鉄雲はよほど反感を持たれて

いた、俗にいえば睨まれていたことが、この新聞記事からもよく理解できる。

当時の中国社会にむけて公表された劉鉄雲逮捕の理由は、以上の新聞記事以外には、私は知らない。浦口土地問題にしても、山西鉱山開発にしても、問題は解決している。それをあらためて逮捕の理由にするのが不思議不可解である。もうひとつ、注目すべき点がある。ここには、太倉米もなければ、韓国への塩輸送も出てこない。

塩の密売は、いうまでもなく中国においては大罪である。韓国への塩密売が事実であれば、劉鉄雲逮捕の理由は、これだけで充分すぎるくらいだ。過去にさかのぼり鉱山開発、太倉米を持ち出す必要は、まったくない。それをいわないのは、劉鉄雲には塩に関する罪状はなかったことを逆に証明していることになろう。ついでにいえば、「国家機密」漏洩についても、一言も触れてはいない。

新聞記事を見ればわかる。外務部、軍機処と端方の間でやりとりされた電報のなかに出てくる劉鉄雲の逮捕理由とも異なっている。複数の逮捕理由が、混在しており、しかも、どれと特定することができない。ならば、結論は、ひとつしかない。罰する側、すなわち清朝外務部にとっては、劉鉄雲を逮捕する理由などどうでもよかった。とにかく逮捕して処罰することが最大の目的だったということだ。『清実録』にその証拠がある。

　　光緒三十四年戊申六月二十二日丙子（1908.7.20）
　　　又諭：外務部奏、已革知府劉鶚貪鄙謬妄不止一端，請旨懲処一片。革員劉鶚違法罔利，怙悪不悛，著発往新疆永遠監禁。該犯所有産業，著両江総督查明充公，辦理地方要政。（巻593葉11）
　　　また諭告：外務部の上奏によれば、すでに知府を免ぜられている劉鶚は、ひどくでたらめなこと一部にとどまらないため、その処罰の勅令を奏請している。免職されている劉鶚は、法律に違反し、利益を根こそぎ取り込み、あやまちを犯したと知りながらも強情を張って改めないので、新疆にやり永遠に監禁を申しつける。犯罪人の有するすべての不動産は、両江

総督に調査させ没収のうえ公有とし、地方政治に役立てることとする。[28]

　驚くべきとは、まさにこのことだ。劉鉄雲の逮捕後に発せられたこの文書は、具体的な理由は何ひとつないにもかかわらず、劉鉄雲を逮捕処罰したことの重要証拠にほかならない。

　劉蕙孫は、劉鉄雲の処遇をめぐってとりかわした当事者の電報という有力な資料を手元においていた。しかし、劉鉄雲逮捕の理由を特定することができなかった。それは当然であった。上に述べたように、劉鉄雲には、逮捕される理由がなかったからである。劉徳隆らが材料を収集して、劉蕙孫と同じ結果になったのも同様の原因による。将来も、劉鉄雲逮捕の理由を明示した資料は出現しないだろう、と私は推測する。

7　劉鉄雲は冤罪である

　汪叔子論文の劉鉄雲売国奴説は、劉鉄雲がかかわった韓国への塩輸送が有罪であると断定したところからはじまる。さらに、第二辰丸事件の際、高子穀と鍾笙叔は、「国家機密」を漏洩したとする伝聞を本当のことだと考える。劉鉄雲は、高子穀と鍾笙叔と深い交遊関係を持ち、同様に「国家機密」を漏洩していた。だから逮捕された。これが、汪叔子が考える、第二辰丸事件から高、鍾逮捕および、劉鉄雲逮捕につながる経過である。

　しかし、汪叔子論文が有罪とする韓国への塩輸送は、合法的なものである。しかも、結果として失敗しており、無罪であることは明らかだ。第二辰丸事件に関係する高子穀と鍾笙叔の「国家機密」漏洩は疑わしいこと、ましてや、劉鉄雲に「国家機密」漏洩の事実はないことも述べた。ゆえに、劉鉄雲は、汪叔子がいうような売国奴ではない。これが、私の結論である。

　汪叔子論文は、一見「堅牢無比」だった。複数の資料を駆使しながら、その論理は緻密である。事実、戊戌（1898）の鉱山開発と庚子（1900）の太倉米を無罪と判定した箇所は、資料の使い方、論理の積み重ねともに完璧であるとい

える。ところが、劉鉄雲と日本および日本人に関する部分になると、とたんに資料の裏付けがあやふやになる。日本側の資料がない、つまり事の是非を判断するための材料を持たないにもかかわらず、告発者側の発言を躊躇することなく一方的に信用するのだ。

調査が不足しているから、遼寧塩、吉林塩、長芦塩、韓国への塩運送などについて、大きな動きがあることを知らない。すべてが劉鉄雲らの個人行動だと誤解したところに、初歩的な誤りが存在している。塩関係で有罪だと決めつけたから、それ以降の交遊関係、情報伝達もすべて有罪に見誤った。劉鉄雲を有罪ときめつける重要な部分での調査不足、それも日本側資料の不足が、汪叔子論文を誤った結論に導いた原因である。

遼寧塩、吉林塩、韓国への塩輸出を含めて、すべての事業で劉鉄雲は、無罪である。第二辰丸事件の処理に屈辱的な敗北をした清国外務部は、みずからの失敗を隠蔽するために、機密漏洩の罪をでっちあげて高子穀と鍾笙叔を逮捕した。劉鉄雲は、まさにその余波をかぶっただけにすぎない[29]。根拠のない、理由のない逮捕処罰であった。だからこそ、逮捕が先行し、その理由が複数あげられるという不明瞭なかたちにならざるをえなかったのだ。冤罪でなくて、何であろうか。

清朝政府に逮捕処罰された劉鉄雲には、逮捕される理由があるはずだ。理由がなければ、逮捕されることもなかったにちがいない。汪叔子を含んですべての研究者が、現在にいたるまで、そう思い込んでいる。しかし、もともと存在しないものを探したところで、ないものはないのだ。今まで、研究者の誰ひとりとして劉鉄雲の逮捕理由を明らかにできなかった理由である。

8　呉振清説——韓国運塩会社をめぐって

私は、劉鉄雲は無実の罪で逮捕され新疆に流された、と主張している。汪叔子が、劉鉄雲逮捕の理由は塩の密売であり、彼は売国奴である、と主張したのに反論したのだ。

ここに紹介する呉振清「劉鶚致禍原因考辨」（『南開学報』2001年第1期）は、汪叔子論文とほとんど同主旨である。

　すなわち、劉鉄雲逮捕の理由は、彼が日本人と一緒になって吉林および韓国国境付近で塩の密売を行なったためで、とくに韓国で塩運会社を設立したのが直接の、また真の原因であるとする。

　呉振清論文の特色は、韓国運塩会社についての資料を発掘したところにある。『清季中日韓関係史料』（台湾・中央研究院近代史研究所1972）から、関係する箇所を引用し、劉鉄雲が塩の密輸を行なっていた証拠とする。

　私の見ていない資料である。台湾から出版された刊行物だから、日本にないはずがない。さがしたが、あいにくと私のまわりには見つからなかった。

　呉振清が劉鉄雲有罪の証拠として引用する資料を、私なりに解読してみたい。

　呉振清は、まず、時代状況を説明する。すなわち、当時、韓国には塩が不足しており、価格も高く、大部分を中国からの輸入に依頼していたことをいう（93頁）。

　そこで劉鉄雲は、鄭永昌と韓国塩運会社を設立した。光緒三十二（1906）年八月のことだ（93頁）。

　資金50万元を集め、韓国国王の弟宗順君を名誉総裁とし、鄭永昌が実権を握った。総局は、漢城〔ママ〕に置く（93頁）。

　皇族を担いでの韓国運塩会社だ、と呉振清は書く。見たところ、正規の会社である。私にいわせれば、塩運会社を設立するのは、違法でもなんでもない。

　中国の塩は管理されているから、問題となるのは、いかに輸出の許可を得るかだ。この許可されるかされないか、が鍵である。許可されれば、その輸出は通常の商取引であり、許可なく運送すれば、密輸となる。あまりにも当たり前すぎる説明にしかならない。だが、この点をおろそかにすると、判断を誤ることになる。注意をしておきたい。（引用箇所は、呉振清論文に書かれているままを示す。一部句点の位置を変更した。（〇頁）は呉振清論文のページ数）

〇（1）光緒三十二（1906）年八月？　第十巻　第4449号　6482頁

"擬以中国遼東半島所産之塩，輸入韓国，平均価値発売"（93頁）

韓国塩運会社設立の主旨である。遼東半島産の塩を韓国に輸入し、普通の値段で発売したい、という目的にどこに不審な箇所があるというのだろうか。あやしいところがないからこそ、該会社は、韓国で設立が認可されたと考えるべきだ。

○（2）光緒三十三（1907）年四月　第十巻　第4423号　6439頁

"拠韓国塩運会社代表、副社長鄭永昌禀称：上年九月，即華歴八月間，禀経韓国政府特准設立韓国塩運会社，運遼東租借界内之塩輸入供韓人日用"。因遼東所産塩不敷用，"聞中国直隷長芦芦台場積塩甚多，懇請転商中国政府，毎年充借二三十万包，由弊会社備価購運，並行咨山東示禁私塩販韓"。函中又称：
"査約章，内地食塩不准販運進出口，而直隷所産之塩，毎年運往俄境海参崴者実属不少"，"則韓国事同一律，似可援例通融辦理"。（93頁）

駐在北京公使林権助が、清国政府外務部へあてた文書だ。

韓国と中国に関係する事柄にもかかわらず、ここになぜ日本の外務省が出てくるかといえば、それには理由がある。1905年の第2次日韓協約により韓国の外交事務が、日本外務省に移管したからである。また、林権助は、1899年に韓国公使をつとめていたから、韓国の事情にもくわしい。

鄭永昌は、日本人だ。かつて日本の外交官であった。1902年、官を辞し、直隷総督袁世凱の嘱託になっていることは、前稿で述べた。直隷産出の塩も、袁世凱（総督在任1901-07）の許可を得ることができれば輸出の可能性もでてくる。

昨年の旧暦八月に、韓国政府の許可を得て韓国塩運会社が設立されたことをいう。その設立主旨も、1で述べたそのままだ。

呉振清の補足説明によると、遼東の産塩が不足しているという。直隷の長芦塩を購入したい、ならびに山東から韓国への密輸を禁止してほしい。規則では内地の食塩を輸出することはできないというが、しかし、毎年、ウラジオストックには運搬している、それと同じに扱ってほしい、ともある。

林権助の外務部にむけての申し入れは、山東塩の韓国輸出禁止を要請する箇

所など、筋の通った文章だと、私は判断する。
　外務部は、ただちに、度支部、すなわち財政部と、駐韓総領事馬廷亮に報告を求めた。

○（3）光緒三十三（1907）年五月十九日　第十巻　第4434号　6463頁
　"並無続准直隷之塩運銷海参崴案拠，自応仍照約章辦理"。(93頁)
　度支部からの回答である。ウラジオストックにむけての塩の輸送販売は、続けては許可しない、というものだった。めんどうなことになるなら、いっそ不許可にしてしまえ、という意味だ。

○（4）光緒三十三（1907）年五月二十二日　第十巻　第4435号　6464頁
　"査中国食塩照約不准販運進出口，且東塩運銷海参崴一案業経議駁，今韓国借運芦塩，事同一律，碍難照准"。(93頁)
　外務部から日本公使館へ、不許可の回答である。
　1905年、日本政府が清国政府に塩の販売を申し込んだ時、清国政府はそれを許したばかりか、代金をとらず贈呈すると答えたことがあった。韓国へむけての塩は、その時とは、あつかいが異なっている。

○（5）光緒三十三（1907）年六月初九日　第十巻　第4439号　6733頁
　"又拠（鄭永昌）禀称，山東私塩運韓者毎年為数甚多，華商向不自居於私，現本会社奉韓国政府曁統監府特准設立，如非設法杜絶私塩之輸入，不能達其目的。……禀請照会転咨山東出示厳禁；並札飭中国駐韓総領事通諭在韓華商，毋再違禁，以致糾葛"。(93頁)
　日本の代理人阿部から外務部へあてた文書だ。
　韓国塩運会社が、韓国政府と統監府（のちの朝鮮総督府）の許可のもとに成立していることが、ここからもわかる。
　山東から韓国に塩を密輸しているものがかなりの数にのぼり、しかも中国人商人には密輸しているという意識がない。中国側に、山東塩の密輸を強く禁止

劉鉄雲は冤罪である　159

するよう申し込む内容になっている。そればかりか、中国の駐韓総領事にも密輸の取り締まりを強化するよう要請する。

　塩を送りだす者がいて、受け取る側がいるから密輸が成立している。駐韓総領事に命じてほしいというのも、そのことを考えたのだろう。

　正規に設立した韓国運塩会社が、山東塩の密輸業者のために仕事ができない、という実態を訴えている。塩の密輸は厳重に禁止されているはずが、山東塩の韓国密輸は野放しになっているのは、誰が見ても奇妙なことである。

　ただ、この正論は、中国と韓国の関係者には受け入れにくかった。上の文章のやりとりを見ても、中国側には、密輸禁止に本腰を入れるつもりがないらしいとわかる。密輸のうらには、関係者の贈収賄があるのは常識だ。その常識に正論が打ち勝つのは、むつかしいだろう。

〇（6）光緒三十三（1907）年六月二十九日　第十巻　第4449号　6482頁
　"該会社固似為韓人所設也，然査該会社発起人則為日本人鄭永昌，曾在天津領事，而其合同内載有華人劉鉄雲、劉大章均為発起人"。
　"緝私裕課，系内地官長之責，迫運至外洋，但使非彼国例禁進口之物，即無稽核禁阻之権"。同時強調指出："塩運会社並非官立，不過為個人壟断之謀，安能禁止華商販運之理！""且華商在韓独擅之利，如綢緞雑貨之類，均為日商夙所垂涎，若此端一開，又設運綢緞、運雑貨会社名目，遂欲禁阻華人販売，則華僑商務何堪設想！"（93-94頁）

　馬廷亮から外務部あての報告書だ。

　呉振清によると、その内容にはふたつある。

　ひとつは、韓国塩運会社が、日本人によって設立され、劉鉄雲らが発起人に名前を連ねている事実だ。

　2に示した文章であきらかなように、北京駐在公使林権助が、すでに登場している。韓国塩運会社に日本人が関係しているのは、秘密ではない。

　当時、日本は、韓国における支配力を強めていた。中国から塩を輸入するとなれば、日中韓に関係する事業にならざるをえない。韓国の皇族を前面に押し

出し、日本人が実権を握り、中国人を発起人に加えて会社を設立するのは、当然のことだ。

　それをいかにも隠蔽しているかのように書く馬廷亮の意図は、はっきりしている。日本人が関係している会社そのものが、うさん臭いものであると言いたいのだ。

　これを引用する呉振清も、馬廷亮と同じ印象をいだいている。鄭永昌が、どこの誰なのか、従来の研究がそれを明らかにしていないという（94頁）。鄭永昌は、日本人だと指摘している日本語の文章が以前からあることを知らず、勝手に謎の人物に仕立てる。その結果は、つぎのような文章となる。

　「その実、鄭永昌は日本人であって、かつて駐天津領事をつとめたことがあり、中国の塩務状況については熟知していた。日本の外交界において、活動能力を持っていたから、日本の統監府、在中国公使館では手段をろうして悪事を働くことができたし、きわめて容易に外交組織を動員して外交手段を使用することにより、中国塩を輸送販売し、韓国における塩の輸入を思いのままに操るという目的を達しようとしたのである」（94頁）

　呉振清は、最初から鄭永昌を罪人だと決めつけている。塩の密輸を行なった劉鉄雲という思いこみがあるから、その関係で出てくる鄭永昌は、呉振清の目には、必然的に最初から犯罪人である。

　馬廷亮報告書のもうひとつの内容は、山東塩の韓国輸送に関係する。

　密輸を取り締まり税金をゆるめるなどは、内地の役人の責任である、いったん外国に出たものは、禁止の品物であっても、それを検査し阻止する権利はない、と馬廷亮はいう。中国で輸出禁止の塩であっても、いったん中国を出てしまったら、韓国でどうあつかおうが勝手であるといっている。おかしな論理だ。

　さらに論理は飛躍する。塩運会社は、（日本人の）個人が（韓国における塩を）独占するためおこしたものである。どうして中国商人が輸送販売することを禁止できようか。これを許せば、韓国でも日本商人にやられてしまいますぞ。

　中国人の便宜をはかるか、それとも日本人に商売を持っていかせるのか、と論点をすり替えるのだ。塩の密輸は、問題ではなくなる。

劉鉄雲は冤罪である　　161

呉振清の補足説明がある。馬廷亮は、山東塩の韓国への輸送状況を説明して、つぎのように報告しているという。

　仁川、甑南浦での中国塩は、税金を納入している。そのほかは、小売り、物々交換、自家用にすぎない。中国塩の多くは、漁民が魚を塩漬けにした残りである。

　馬廷亮は、山東塩の密輸を、税金を払っているから密輸ではないと報告しているらしい。税金を納めている場所が韓国なのだから、中国で輸出を認めたことにはならないではないか。また、中国の漁民が自家用の塩を韓国に持ち込んでいるだけならば、問題は大きくはならない。自家用と称して、大量の塩が動くから問題になっている。すぐにわかるウソを、馬廷亮は、なぜ書くのだろうか。

　大いにあやしい。以上のふたつの報告要旨を見れば、馬廷亮自身が山東塩の密輸に一枚かんでいるのが、あからさまである。

　呉振清は、馬廷亮の文書を検討しない。つまり、批判がないから呉振清は馬廷亮と意見を同じくすると考えられる。

　正規の塩売買を行なおうとする外国人（ここでは日本人）は、日本人であるという理由で、すでに犯罪者である。日本人に協力する劉鉄雲は、それだけで犯罪人となる。密輸を行なっている中国商人は、中国人だから免責されるべきである。韓国における塩は、密輸であろうとも、中国人が主体的に管理して当然なのだ。呉振清は、こう言っているのとかわらない。

〇（7）光緒三十三（1907）年十月初三日　第十巻　第4498号　6609頁
　"嗣有華商高爾伊（高子衡字）同日本人鄭永昌来署，面称在韓国政府禀准設立塩運会社，擬招旅韓華商一並入股合辦。……迭次到署懇商，勢不容已"。同時称山東漁船醃剰塩，"不容載回中国，只有就近在韓報関銷售，歴有年所，並無異詞。今一旦権利為人攘奪，将使数千漁戸生計尽付東流"。因此，華商"合詞籲請，転求政府作主維持，以保生命等情"。（94-95頁）

　馬廷亮から外務部あての文書だ。

鄭永昌と中国商人高子衡は、なんども役所に来ては、塩運会社は、韓国政府が許可して設立されたこと、在韓の中国商人にも投資を呼びかけていることなどをしつこくくりかえす。

　鄭永昌らが、塩輸出の許可を出してほしいと駐韓総領事に日参していることがわかる。つまり、輸出の許可を求めているということは、あくまでも正規の手続きを踏んで塩を中国から韓国に輸送したいという態度をくずしてはいないのだ。密輸をするつもりなら、役所に足を運ぶなどの面倒なことをする必要はない。

　馬廷亮は、つづけておもしろいことを報告している。

　山東の漁民が魚を塩漬けにした残りを、近くの韓国で通関させて売っているだけだ。その権利が奪われたら、数千の漁民の生計は東に流れてしまう（日本にしてやられるという意味）。なんとか、現在のままを維持してほしい、というのだ。

　語るにおちたとはこのことだ。漁民が魚を漬けた残りの塩を、売っているだけ、といいながら、通関をしている。立派な商業行為である。しかも、その漁民の数が半端ではない。数千にのぼるのである。これでは、お目こぼしを要求するような事柄ではなかろう。塩が、山東から組織的に韓国に密輸されていることを、総領事の馬廷亮は認めたうえで、積極的に援護しているのにほかならない。だからこそ、馬廷亮は、塩の密輸に関わっていると私はいうのである。

○（8）光緒三十三（1907）年　？　第十巻　第4499号　6613頁

"初意専運遼塩，藉平全国（指韓国）食塩市価為詞，表面不在専利，固無力禁絶他国運塩入口。復又覬覦長芦之塩，因格於部議，未獲価其欲壑，乃更狡焉思逞，故運動阿部代理（日本駐中国使館代辦）請為禁止東塩来韓。……並屢欲要求各口領事代為緝拿懲究。……倚仗我国禁令，希図挾勢恫嚇，以快彼強攫狡謀。各口華商明知其奸，一経入股，必受牢籠，恐有後患，故始終堅執不允合辦。致高、鄭二人進退維谷，与各商有両不相下之勢，必致仍借力於日使出而干求"

"風聞各該商公議抵制，有如果高、鄭二人必欲借勢相逼，計惟改領威海衛、膠

州等處処船牌，……且慮従此致生交渉而滋事端，辦理転多棘手"。

"俯念沿海漁戸生計，民食攸関，所有漁船酌帯漁塩，与専販塩斤出口者不同，応請照旧免査禁"。(95頁)

駐韓総領事馬廷亮から外務部あての秘密通信だという。

呉振清がまとめる内容のひとつは、鄭永昌らの塩運会社が、韓国の塩を独占しようと意図していることを指摘する (95頁)。上の文面を見ると、(韓国塩運会社は) 韓国の食塩価格を普通にするという理由で、遼東塩を運ぶことを考えており、長芦塩の韓国輸入が彼らの悲願であること、その願望を実現するために、日本の公使の力をかりているという。

日本からの塩を韓国に輸入しようというのではない。日本では、当時、塩不足であった。長芦塩を購入して韓国に輸入することのどこが、いけないのか。長芦塩を販売すれば、清国政府の収入にもなるというものだ。馬廷亮が、韓国塩運会社の活動に反対するのは、韓国の塩市場が荒されるのを危惧しているからだと読める。ということは、馬廷亮にとっては、現状維持が好ましいということだ。塩市場が安値で落着くと困るのならば、密輸による高値によって馬廷亮自身のふところが豊かになるのだろう、と疑われてもしかたがなかろう。

呉振清のまとめその2は、中国漁船はやむをえぬばあい、イギリス、ドイツなどの保護を求めるであろう、そうなると局面はさらに複雑となり、面倒なことになるという (95頁)。

上の引用文でいえば、「威海衛、膠州」などの地名を出している部分がイギリス、ドイツに相当する。ここも馬廷亮が馬脚をあらわした部分だ。残り塩を処分しているだけの漁民が、外国に保護を求めるであろうか。それができるのは、組織された集団である。馬廷亮は、外務部が外国との交渉を好まないのを知って、脅かしているのである。

みっつ目。馬廷亮は、提案する。沿海漁民の生活を考慮して、漁船の塩は輸出業者のものとは区別して今までどおり取り締まりの対象外とする。

馬廷亮の提案は、巧妙である。いかにも筋が通っているように見える。漁民と業者は違うというのだ。業者が密輸をするのは禁じるが、漁民の塩はお目こ

ぼしする。

　だが、どこでその区別をつけるのか。漁船に積んだ塩なら、すべて漁師が生活に使用していると判定するのか。区別のつかないことを区別したかのようにいうのは、サギである。できないことを提案するのは、欺瞞である。ここでも馬廷亮の立場がはっきり表われている。漁民を隠れみのに使った密輸を認めるという現状維持だ。日本人を、なにがなんでも韓国の塩市場には参入させないという固い決意表明なのである。

　外務部は、日本の公使館などの要求を受けて、山東巡撫、駐韓総領事に「禁令を公布」した。だが、十二月中旬、馬廷亮の意見をいれて漁民の塩は禁止せず、大口の密輸のみを禁止した（95頁）。一律禁止ではない。例外をもうけたのは、二重基準である。

○（9）光緒三十三（1907）年十二月十五日　第十巻　第4547号　6699頁
　"現高、鄭二人亦久未来，似東塩既不克攘其権利，而遼東半島之塩又転運価昂，遠莫能致，遂爾計無施"。（95頁）
　馬廷亮の外務部あて手紙のなかで言及しているという。
　鄭永昌らは、山東塩の権利を得ることができず、遼東半島の塩も運送するには高値になるため、計画をあきらめたのか、馬廷亮のもとに姿を見せなくなった。

○（10）光緒三十四（1908）年正月二十二日　第十巻　第4552／4553／4554号　6706／6707頁
外務部答復日使　"本部已将詳細情形函達山東巡撫，転飭出示暁諭，重申禁令矣"。並且又電令馬廷亮：　"此事如何与商情，条約両不相背，応再妥籌辦法"。在咨山東巡撫出函内称：　"聞鄭永昌已来京運動，日本使恐未肯就此作為罷論"。（95頁）
　外務部から日本公使への返答である。
　山東巡撫に命じて「禁止命令」を出した。中国側の回答は、明らかに日本側

の要求とはズレている。日本側は、山東塩の韓国への密輸を全面的に禁止しろと要求している。中国側は、密輸はすでに禁止していると考えている。ただし、漁民の塩は禁止の対象外であることは、日本側に通知していないだろう。日本側は、その漁民のいわゆる「余剰塩」こそ密輸であると考えているのだ。議論がかみあうわけがない。外務部もそれがわかっているから、馬廷亮に相談したり、山東巡撫に手紙をやったりする。

〇（11）光緒三十四（1908）年三月　第十巻　第4579号　6771頁
　"高爾伊、鄭永昌均久未来署，不知潛踪何處也"。（95頁）
　　馬廷亮の外務部あて手紙という。
　　鄭永昌らは、もう馬廷亮を訪問しなくなっていた。

　以上が、呉振清の発掘した韓国運塩会社に関する公文書である。日本、中国、在韓総領事のあいだに複雑な事情があることがわかる。

9　資料の解読

　上の資料を見るかぎり、韓国塩運会社が最終的にどうなったのか、不明だ。日本側の文書では、統監府が反対して中国塩の韓国輸入は失敗したことになっている。そもそも、韓国塩運会社は、統監府の支持のもとに成立したといういきさつがある。これを考えにいれると、統監府が反対したのは不可解であるといわなくてはならない。より一層の資料探索が必要とされる。
　ただ、はっきりいうことができるのは、鄭永昌らの設立した韓国塩運会社は、普通の会社であることだ。普通の会社だから中国から塩を韓国に輸入するために、中国側の許可を求めている。それも公文書に記録されるくらいしつこく運動している。
　なんどでもいうが、密輸を目的としているのであれば、中国側に許可を求めることなどしない。

しかも、韓国塩運会社は、ついに中国からの塩輸入に成功しなかった。大いに努力したにもかかわらず、駐韓総領事馬廷亮の妨害活動によって敗北してしまったのだ。

　この資料のどこにも、鄭永昌、劉鉄雲らが塩の密輸に従事した証拠を見いだすことはできない。

　密輸の証拠などありはしない。あるのは、正規の手続きを踏んで、塩を中国から韓国に輸入したいと活動している鄭永昌らの涙ぐましいほどの行動記録だ。もうひとつは、駐韓総領事馬廷亮の怪しい行動が浮かび上がってくるだけだ。

　呉振清は、鄭永昌と劉鉄雲の海北公司が、日本の塩不足という状況に関係している事実を知らない。日本国政府と清国政府の外交上の問題の一環として、海北公司が動いている。

　それとはまったく別の活動として韓国運塩会社が存在しているのだが、呉振清は、それと海北公司との区別をしないのだ。

　呉振清は、最初から、劉鉄雲には逮捕される理由があるはずだ、という思いこみで資料をさがしている。

　犯罪の証拠を集めているから、劉鉄雲の単なる観光目的である日本訪問も、呉振清の目には塩の密売に関係していると見える（94頁）。

　塩の密輸は、いうまでもなく国家的犯罪である。もし劉鉄雲がそれに関係していたならば、まっさきに逮捕の理由になったはずだ。外国資本で鉱山を開発したこと、庚子（1900年）の太倉米の放出、浦口の土地をめぐる争いなどなど、劉鉄雲の過去にさかのぼらなくてもよい。ほかの理由をさがすまでもないのだ。密輸それだけで逮捕処罰ができる。しかし、密輸を逮捕理由とした文書は、どこにも存在しないのである。塩密輸が逮捕理由にあげてなければ、それは劉鉄雲逮捕の真の理由ではない、という単純な論理を、呉振清も、なぜかしら理解しない。

　呉振清は、汪叔子たちと同じく、劉鉄雲が逮捕されたからには、逮捕された真の理由があるはずだ、との先入観をもつ。逮捕理由をさがして、韓国塩運会社に出会ったから、これこそが逮捕の理由だと早合点してしまったのだ。

上の外交資料は、鄭永昌と劉鉄雲の塩運輸入活動が、密輸とは何の関係もないことを証明している。
　呉振清は、貴重で重要な資料を発掘した。だが、冷静な目で資料を分析することができなかった。
　彼は、劉鉄雲の無罪を証明する資料を目にしながら、最後までそのことに気づかなかったのである。劉鉄雲は有罪だ、とする先入観があったからに違いない。

10　素朴な疑問

　汪叔子と呉振清の論文を読んで、私が抱いた素朴な疑問について書いておく。
　日本と中国の両国にまたがる事件を研究対象とするとき、利用する資料は、漢語文献だけで充分なのだろうか。ことに双方の意見が対立する事件であれば、なおさら双方の資料を収集して分析する必要があると考えるのが研究者として当然ではないのか。
　山西鉱山開発、義和団事件の２件については、汪叔子は、複数の資料を収集参照し、検討したうえで慎重に結論を導き出している。何度でもいうが、この部分の論文の構築は堅牢で、しかも説得力がある。その手腕は、見事だというべきだ。
　しかし、遼寧塩、吉林塩および韓国への塩輸出に関しては、日本側の資料に目もくれない。これはどうしたことだろう。論文を読めば、関連資料のすべてに目を通すのが汪叔子の研究方法だとわかる。しかし、それは漢語文献のみに限られているかのように見える。
　劉鉄雲が日本人とかかわりを持っているにもかかわらず、汪叔子は、日本側の資料を無視する。これでは研究を深めることは困難だろうと危惧する。もし手元に日本の資料がないのであれば、それを断わったうえで、慎重に結論を回避するやり方もあったはずだ。劉鉄雲と日本人の関係について、すでに日本で論文が発表されている。日本と中国の両国に関係する事柄は、中国の資料だけ

では研究が不十分とならざるを得ない事実を知るべきだろう。

　劉鉄雲は、すでに歴史上の人物である。歴史上の人物の有罪をいうときは、とくに慎重にしなければならない。自ら弁明することもできなければ、批判に対して反論することも不可能だからだ。一般にいって、歴史上の人物であろうとなかろうと、個人が有罪か無罪かを判定するときは、資料を集めたうえで充分に吟味して行なう必要がある。

　「文化大革命」時代では、もはや、ない。しかし、劉鉄雲の後裔は、現在も健在だ。歴史研究には、そういう配慮は不要だという見解はあるだろう。だが、無罪の劉鉄雲をつかまえて有罪の、しかもきわめつけの重罪である「売国奴（漢奸）」の烙印を押すのは、いかがなものか。大いに疑問である。歴史研究者には誤審の責任は発生しないのか、と私はいぶかしく思うのだ。

　　注
1）厳一萍選輯「原刻景印叢書集成続編」台湾・芸文印書館　刊年不記。これは「国学叢刊」巻15（1915）の該当部分を影印したもの。魏紹昌編『老残遊記資料』（北京・中華書局1962.4。日本・采華書林の影印本がある）所収による。190頁「数年後柄臣某乃以私售倉粟罪君，致流新疆死矣」

2）胡適「老残遊記序」『老残遊記』上海・亜東図書館1925.12初出未見／1934.10第十版。9‐10頁。「太倉米的案子叫他受充軍到新疆的刑罰，然而知道此事的人都能原諒他，説他無罪。只有山西開鉱造路的一案，当時的人很少了解他的。他的計画是要『厳定其制，令三十年全鉱路帰我。如是則彼之利在一時，而我之利在百世矣』。這種辦法本是很有遠識的。但在那個昏憒的時代，遠見的人都逃不了惑世誤国的罪名，於是劉先生遂被人叫做「漢奸」了。他的老朋友羅振玉先生也不能不説：『君既受廛於欧人，雖顧惜国権，卒不能剖心自明於人，在君烏得無罪？』一個知己的朋友尚且説他烏得無罪，何況一般不相知的衆人呢？」

3）劉大紳「関於老残遊記」（署名は紳）『文苑』第１輯1939.4.15。のち『宇宙風乙刊』第20‐24期1940.1.15‐5.1に再掲。また、魏紹昌編『老残遊記資料』北京・中華書局1962.4（采華書林影印あり）。劉徳隆、朱禧、劉徳平編『劉鶚及老残遊記資料』成都・

四川人民出版社1985.7などに収録される。『老残遊記資料』78頁「翌年夏，袁（世凱）又罪以散太倉粟及浦（口）地事，電端忠愍相緝，端（方）密嘱世丈王孝禹先生左右先君速避，誤於僕人陳貴，先君遂被禍」
4）魏紹昌編『老残遊記資料』北京・中華書局1962.4。采華書林影印本。184-185頁。また、蒋逸雪『劉鶚年譜』済南斉魯書社1980.6
5）劉蕙孫『鉄雲先生年譜長編』済南・斉魯書社1982.8。143頁「六月被袁世凱、世続等挾嫌中傷。由軍機処密令両江総督拘捕，流放新疆」
6）劉厚沢「劉鶚与《老残遊記》」劉徳隆、朱禧、劉徳平編『劉鶚及老残遊記資料』成都・四川人民出版社1985.7。14頁「正在計劃擬訂過程中，当初争買地産的仇家陳瀏密告在北京的御史呉某，指控劉鶚為漢奸，在浦口為外国人買地。当時軍機大臣袁世凱又因和劉鶚於二十年前在山東河工任上素有夙怨，在衆毒斉発的形勢之下，袁世凱就密電当時両江総督端方，在南京寓所将劉鶚逮捕」
7）劉徳隆、朱禧、劉徳平著『劉鶚小伝』天津人民出版社1987.8。59-64頁
8）汪叔子「近代史上一大疑獄──劉鶚被捕流放案試析」『明清小説研究』2000年第4期（発行月日不記）
9）汪叔子論文の注2「台湾省"近代史研究所"編《砇務档》，1960年台北清華印書館影印本，第168至177頁」
10）「劉鉄雲戊申（1908）日記」『資料』277頁。光緒三十四年正月十二日（光緒朝東華録5843頁に掲載される）「（諭）開缺山西巡撫胡□□（聘之）、前在巡撫任内昏謬妄為、貽誤地方、著即行革職。其随同辦事之江蘇候補道賈□□（景仁）、已革職知府劉□（鶚）胆大貪劣、狼狽為奸。賈□□（景仁）著革職永不叙用、劉□（鶚）著一併永不叙用、以示薄懲、／欽此」□は、劉鉄雲日記の記述のママ。（）内に正しい語句を補った。
11）「鄭永寧君、鄭永昌君、鄭永邦君合伝」東亜同文会編『対支回顧録』下巻　原書房影印1968.6.20。36-37頁
12）「鄭永昌」『東亜先覚志士記伝』下巻　原書房影印1966.6.20／1974.10.25。584頁
13）樽本「劉鉄雲の来日」『清末小説論集』所収
　　樽本「晩清小説資料在日本」熊向東、周榕芳、王継権選編『首届中国近代文学国際学術研討会論文集』南昌・百花洲文芸出版社1994.7
　　樽本「日本における清末小説関係資料」『清末小説探索』所収
14）海北公司についての代表的説明を以下にかかげる。

劉大紳「関於老残遊記」『老残遊記資料』86頁「至天津与鄭永昌先生創設海北公司，製煉精塩，運銷朝鮮」

蒋逸雪「劉鉄雲年譜」『老残遊記資料』180頁「(一九〇五)九月，与鄭永昌合設海北公司於天津，製造精塩」

劉蕙孫『年譜長編』125頁「秋与鄭永昌在天津設立"海北塩公司"」

劉厚沢「劉鶚与《老残遊記》」劉徳隆ら『劉鶚及老残遊記資料』13頁「同時又和友人鄭永昌創設"海北精塩公司"、計劃在山東沿海購入粗塩運到青泥窪、貔子窩製成精塩後再運銷朝鮮、日本。在創辦這些企業的過程中，劉鶚終年奔走於北京、天津、東北各地，甚至遠到朝鮮、日本」

　名称には、ほかに海北塩公司、海北精塩公司などがある。名前を特定するための資料を持たない。以下、海北公司と呼んでおく。

15) 主として樽本「劉鉄雲と日本人」(『清末小説論集』所収)による。

「鄭永昌」『東亜先覚志士記伝』下巻　原書房影印1966.6.20／1974.10.25。583-584頁

「鄭永寧君、鄭永昌君、鄭永邦君合伝」東亜同文会編『対支回顧録』下巻　原書房影印1968.6.20。32-39頁

宮田安『唐通事家系論攷』(長崎文献社1979.12.10)も見たが、本稿に必要な情報は記されていなかった。

16) 『東亜先覚志士記伝』下巻。584頁

17) 『対支回顧録』下巻。36頁

18) 阿部聡「劉鉄雲日記中の日本人（3）」『清末小説から』第23号1991.10.1「直隷省長芦塩の輸出が駄目なら、吉林塩の販売をというわけである。そして、日露戦争後の軍政下では商業活動にも規制が加えられており、そのうえ中国人だけによる塩輸送では日本軍に接収されてしまう危険があったため、日本人に手助けしてもらうのが安全であった。そこで鉄雲は軍に顔の利く中島を訪ね、日本人を紹介してもらおうと考えたのである」

19) 以下に引用する電報などすべては、明治三十八年十一月「清国塩輸出一件　付西太后陛下ヘ大蔵省ヨリ遊船一隻贈呈之件」という外交史料である。

20) 長芦塩無償提供について、わずかに触れる文章がある。関文斌著、張栄明主訳『文明初曙——近代天津塩商与社会』天津人民出版社1999.4。160頁「長芦塩業還跨出国門，走向了国外。1904年，在日本政府的請求下，袁世凱同意向日本和朝鮮出口2000

万斤長芦塩。然而，売塩所得的12万銀両却被免収。為促進外交関係，清廷決定将這些塩作為礼物贈予日本。其他在外交上不太重要的国家和地区，如沙俄和香港，則無此優待，1905～1908年刊他們従長芦購塩4.7万頓」

21）菅野正「辰丸事件と在日中国人の動向」『奈良大学紀要』第11号1982.12.27
  松本武彦「対日ボイコットと在日華僑——第二辰丸事件をめぐって——」『中国近現代史論集——菊池貴晴先生追悼論集』汲古書院1985.9
22）孫宝瑄『忘山廬日記』上下　上海古籍出版社1983.4。1157頁
23）劉徳隆ら『劉鶚及老残遊記資料』208頁注11。ただし、劉鉄雲の正室王氏からはじまり、側室は、衡氏、茅氏、鄭安香（継室）、郭氏などがあげられる。このうちの誰に該当するのか、それとも関係はないのか、不明。
24）引用が正確ではない。ここの原文は、「昨晩接笙叔来電，知沢道事已経外部核准，電致駐比使臣」（『劉鶚及老残遊記資料』219頁）である。
25）劉蕙孫『鉄雲先生年譜長編』146頁
26）劉徳隆『《劉観察上政務処書》簡介』『劉鶚散論』昆明・雲南人民出版社1998.3
27）荘月江「八十一年前的一条電訊——関於劉鶚被捕和流放的新聞報道」『衢州報』1990.5.10。樽本「研究結石」『清末小説から』第18号1990.7.1。3，4頁
28）馬泰来「《清実録》中的劉鶚」『清末小説研究』第7号中文版1983.12.1。28頁／沢本香子訳「『清実録』の中の劉鶚」『野草』第33号1984.2.10。59頁より孫引き。
29）劉蕙孫が『劉鶚及老残遊記資料』146頁で、劉鉄雲逮捕に前後して、高子穀、高子衡、鍾笙叔などが逮捕され流刑に処されている、これらの人々は李鴻章、王文韶が外務部を掌握していた頃に活動していた人物だ、一網打尽にされたのには、派閥抗争の意味があった、という。興味深い指摘である。ただし、劉徳隆ら「劉鶚的被捕与流放」『劉鶚小伝』61頁には、逮捕された人々は李鴻章集団の中核人物ではなかったし、重用されたこともなかった。だから、派閥を形成したとは考えにくい、とある。重用されていなくても、上からすれば派閥を形成していたように見えたこともあったのではないか、と思うが、それを裏付ける資料はない。

『官場現形記』の版本をめぐって

『清末小説』第24号（2001.12.1）に掲載。関連する大塚秀高氏の文章は、文中に掲げたもののほかに、「関於《官場現形記》的海盗版」（柯凌旭訳　『明清小説研究』2001年第3期（総第61期）2001。月日不記）、「内輪話はどこまで読み込んでよいのか──「「老残遊記」の「虎」問題」再商榷──」（『清末小説』第24号2001.12.1）、「イカロスの翼──再び『官場現形記』の海賊版をめぐって──」（『中国古典小説研究』第7号2002.3.31）がある。また、樽本「大塚秀高氏の文章2篇──「老残遊記」と「官場現形記」に関連して」（『清末小説』第25号2002.12.1）を参照のこと。

1　はじめに

　南亭著「官場現形記」は、あまりにも有名な作品である。だが、細部にわたってすべてが解明されているというわけでもない。
　たとえば、『世界繁華報』に連載されていた時期が、そもそも不明なのだ。信じられないかもしれないが、これが事実だ。いつ連載がはじまり、いつ完結したのか。現在に至るまで、その正確な年月日が確定されていない。
　簡単なことだ、掲載紙『世界繁華報』を見ればわかる、と言われるだろう。だが、中国において『世界繁華報』の原物の全揃いが存在しないことは、『天津日日新聞』の全揃いが存在しないことと同じなのである。原物がないのだから、確認しようにもできない。だからこそ、憶測があたかも事実のように伝えられてきた。
　胡適、魯迅、阿英らが、連載時期は1901-1906年だと書いた。根拠がないに

もかかわらず、これが中国の学界では定説になっていた。長らく、そう信じられていたのだ。反論したのが、魏紹昌である。

魏紹昌は「《官場現形記》的写作与刊行問題」と題してこの問題に取り組んだ[1]。現存するわずかな『世界繁華報』をてがかりとした。「官場現形記」の連載情況を部分的に確認し、かなり確実性の高い推測を加えて、1903年四月にはじまり1905年六月に終了したと結論する（四月六月は旧暦）。資料がないのだから、いまのところ、これ以上の解答を出しようがない。

私が、「「官場現形記」の初期版本」[2]を書いた目的は、世界繁華報館が出版した『官場現形記』と、欧陽鉅源がそれに注をほどこした増注本という大きな二系統があることを明らかにするためだった。

魏紹昌は、多数発行されている「官場現形記」の版本について、その系統を問題にしなかった。だから、私の論文は、一定の意味を持っていたといえる。

中国において、このふたつの系統に注目する研究者は、ほとんどいない。増注本は、ややもすれば添え物風に扱われる傾向がある。そこには、版本の系統についての無理解、無関心しか存在しない。

世界繁華報館本の『官場現形記』は、柱に「上海世界繁華報館校刊」と印刷してある。原本というべき版本だ。小型ながら活版印刷だからか、整然かつ権威あるような印象を受ける。一方、増注絵図と称する版本は、石版印刷であり、縮小された手書きの文字は、一見いかにも頼りない。出版社も、粤東書局とか崇本堂とかあまり聞いたことがない。なにやらうさん臭いのである。研究者から軽く扱われる、言及されることが少ないのも理解できそうな気もする。

私が、軽視されていた増注本になぜ注目したかといえば、世界繁華報館が出版した増注本の端本を日本の書店で発掘したからだ。ほかならぬ世界繁華報館が刊行している活版線装本だ。ゆえに、増注本は南亭すなわち李伯元の認可、承諾、合意をえて刊行されていたと考えられる。同じ出版社が、みずから海賊版を作るとも思えない。この場合は、海賊版ではなく、正規に出版された増注本というわけだ。

ゆえに、世界繁華報館の活版増注本にもとづいて作成された石印の増注絵図

本は、海賊版の問題は別にして、本文については、まことに由緒正しい出版物になるのである。

　現在でも、増注本に注目する研究者は、多くない。それよりも、世界繁華報館が発行した増注本の存在に言及する文献を、私は見たことがない。中国の複数の研究者に、直接、質問したことがある。しかし、その返答は、資料がない、というものだった。

　王学鈞は、博捜した資料を駆使して「李伯元年譜」[3]を書いた。有用な資料であれば、中国国内に限らず、日本の印刷物からも引用している。おどろくべき資料の多さで研究者を圧倒し、空前の年譜だということができる。私が高く評価する理由である。

　『官場現形記』についても、多数の版本を調査したと私は推測する。しかし、世界繁華報館が出した増注本は、目にしていないようなのだ（「李伯元年譜」211頁）。

　私が日本で入手できた世界繁華報館発行の増注本である。中国にないわけがない。考えるに、中国の図書館で所蔵されていたとしても、それは、単なる世界繁華報館本として扱われているのではないか。増注本と区別をしていない可能性がある。こればかりは、実際に調査してみないことには、なんとも言えない。

　「官場現形記」の版本について、以前とは、私の考えに変化が生じている。特に「配本」に関しての見方が決定的に異なってしまっている。大塚秀高氏の「『官場現形記』の海賊版をめぐって」（『清末小説』第23号2000.12.1）が発表されたのがいい機会だ。説明をしながら、「官場現形記」の版本について再度述べることにする。

　順序として、まず、「官場現形記」の連載状況から、単行本の発行、版本の系列などについてひとまとめに説明する。出版の事実を固めておけば、版本に関する裁判問題、李伯元の死後に発生したゴタゴタ、いわゆる談合などを考える際にも、公平で合理的な結論に到達しやすくなると思うからだ。

2　「官場現形記」の発表状況

　大筋をのべれば、「官場現形記」は、最初、日刊紙『世界繁華報』に連載された。新聞連載をしながら、12回でまとまると、文章に手を入れたあとに単行本で出版する。新聞連載と単行本化を並行して同時に実行していた。さらに、時を同じくして海賊版が出てもいる。

　一方で欧陽鉅源による増注本が作成される。これも世界繁華報館より発行された。

　この世界繁華報館版増注本をもとにして絵図を加えた石印本が発行される。絵図をつけたのは、別の出版社の工夫だ。

　それぞれの関係を明らかにするためにも、発表時間に従って説明する必要がある。

2-1　『世界繁華報』連載

　前述のように『世界繁華報』そのものの全部は、確認できない。

　私が、上海図書館所蔵のマイクロフィルムを調査し、「官場現形記」の掲載を以下のように確かめた。

　　光緒二十九（1903）年七月二十日　11回七／九月初三日　14回四
　　光緒三十（1904）年　正月初八日　23回五／四月初五日　29巻八／四月初七日　29巻十／四月初十日　第29巻十三／四月十一日　第29巻十四／十一月初十日　44巻三
　　光緒三十一（1905）年二月初三日　49巻十七

　「11回七」というのは、「官場現形記」第11回七を意味する（七は丁数。本稿では、巻ではなく回を使用する）。魏紹昌の計算によると、1回の連載は平均13日を要するという。それから推測すると、連載開始は、1903年四月となり、1905年

六月に終了する。

2-2 単行本の発行

　新聞連載が12回でまとまると、それを推敲したうえで活版線装本にして発行した。初編、続編、三編、四編、五編の合計60回である。注意をしなければならないのは、連載を完了したあと5編全部をまとめて単行本化したわけではないことだ。12回分がまとまれば、それを1編とする。これをくりかえす。新聞連載を継続しながら、一方で単行本を発行する。

　今でいう奥付は、世界繁華報館版『官場現形記』にはつけられていない。発行年月日も記載があったりなかったり、で一定していない。『官場現形記』の場合、初編には、扉に年月日が明記してあっても、続編以後は、その表示がないのがほとんだ。現在のように、分冊のつど年月日を印刷するということではない。

　だから、年月日を印刷した初編に、あとから発行した続編をくっつけて発売しても、続編には発行年月日はないのだから、セット全体がいつごろの刊行物であるかは不明となる。少なくとも、初編以後のもの、という漠然とした表現にならざるをえない。

　私が、「増田渉文庫に、光緒二九年（一九〇三）八月一六日発行の二四巻一二冊が所蔵されている。初編にあとから続編をくっつけたわけで、これがはじめの形態であろう。また、同年月日の日付をもつ六〇巻二〇分冊というのもある（東洋文庫）」と書いたことに対して、大塚氏は、「矛盾する記述もあり、不明な点がないわけではない」（97頁）という。増田渉文庫所蔵本は、初編に続編だけを組み合わせたもの。東洋文庫所蔵本は、同じ初編に残りの続編から五編までを組み合わせたものである。「これがはじめの形態であ」るのだから、「矛盾する記述」ではありえない。

　各編の発行（推定）年月日を示す。

　〇初編　第1-12回　光緒二十九年八月十六日
　東洋文庫所蔵本には、「光緒癸卯八月既望」と扉にある。八月十六日という

日付は、この扉の表記による。ただし、茂苑惜秋生（欧陽鉅源）の序には、「光緒癸卯中秋後五日」とあって八月二十日になる。扉の日付よりも序のほうが遅れている。

○続編　第13-24回　光緒三十年二月（推定）

王学鈞は、魏紹昌の資料から引用する。それによると、五月初四日の『世界繁華報』に「《官場現形記》初編於癸卯九月出版，二編次年二月出版」（資料119頁、李伯元年譜196頁）とあるという。だから、二月だ。

この広告は、初編については不正確ではないか。初編の原本には、たしかに「光緒癸卯八月既望」とあるのだから、「九月」ではない。

私が見た四月初五日付『世界繁華報』の広告には、「南亭新著官場現形記初続両編」とある。四月の広告だから、続編は四月以前に発行されていればいいわけで、二月でかまわない。正月初八日には、「官場現形記」の第23回の途中までが『世界繁華報』に掲載されている。二月に24回までをまとめて続編にすることは、時間的にみても間に合う。

○三編　第25-36回　光緒三十年七月（推定）

李伯元の劉聚卿あての六月の手紙に、『官場現形記』三編は印刷中で、七月中旬には出版されるとある（『資料』111頁。「李伯元年譜」198頁）

十一月初十日付『世界繁華報』の広告に、官場現形記初二三編を出したと見える。広告より前の七月に出ているから矛盾しない。

○四編　第37-48回　光緒三十一年二月（推定）

二月初三日の『世界繁華報』の「特別告白」に、『官場現形記』四編は、修正の後に出版する、とある（「李伯元年譜」207頁）。

三月初二日付『中外日報』の広告に「官場現形記四編出版」と見える。二月発行であるので矛盾しない。

○五編　第49-60回　光緒三十二年正月（推定）

世界繁華報館発行の『官場現形記』全60回に、扉に「光緒丙午正月五版」と印刷するものがある。

前述したように、初編にのみ発行年月が印刷されている。だから、「光緒丙

午正月五版」も初編の発行年月だ（『資料』118頁。「李伯元年譜」209頁）。

だが、初編のもともとの「光緒癸卯八月既望」ではないのが気になる。なぜ、わざわざ「光緒丙午正月五版」と表記したのか。そちらのほうが不思議だろう。これこそ手掛かりだ。

「五版」の表示に目が引かれる。初編が一版とすると、続編をくっつけて二版となる。このように１編ごとに数えていけば、五編を印刷したときは五版になるではないか。

『世界繁華報』での連載が終了したのが、光緒三十一年六月だと予測される。新聞連載が終了して、翌年光緒三十二年正月に単行本が刊行されるのは、矛盾しない。

正月に全60回が発行されたという確率は、かなり高いように思う。

3　増注本２系統

欧陽鉅源が注を書いた増注本は１種類だが、印刷物は２系統がある。

ひとつは、世界繁華報館が発行した活版線装本。もうひとつは、世界繁華報館増注本を元本とし、それに絵図を付加した石印線装本である。こちらの出版社は、粤東書局と崇本堂のふたつが存在している。

3-1 世界繁華報館増注本

刊年不記。活版線装本。37-42回、46-60回、７冊。絵図は、ない。

すでに述べたように、世界繁華報館が発行しているからこそ重要な意味を持っている。

後述する粤東書局本が光緒甲辰（三十年）冬月（十一月）発行だから、36回より前の部分は、それ以前に出版されていたと考えられる。

粤東書局本は、この世界繁華報館増注本にもとづいて作成された。

私の予測では、「官場現形記」の単行本化とほぼ並行して、この世界繁華報館増注本は作成刊行されていた。

手元にあるのは、一部分だ。

現在、私がいうことができるのは、以上につきる。

3-2 「配本」の謎

世界繁華報館増注本と区別するため、石印本の増注本には絵図がついているから増注絵図本とよぶことにする。

増注絵図本は、既述のとおり基本的に粤東書局と崇本堂の2出版社より発行されている。出版社名を記さない版本も多い。出版社名がなくても、このふたつの出版社の印刷物である。

この2系統の関係を考えるまえに、「配本」の問題がある。

私が、1980年代に『官場現形記』の版本を調査したとき、太田辰夫氏の助言が大きなヒントとなったことを今でも思いだす。

調査した石印本のいくつかが、粤東書局本と崇本堂本をまぜあわせたものであることがわかった。それについて、太田氏から「複数の版本を配合したものを配本という」とハガキによるご教示をいただいた。活版洋装本しか触れていない頃のことで、そういうものがあるのか、と私は線装本の奥深さに感心したのだった。だから、論文を『清末小説閑談』に収録したとき、わざわざそのことを論文前書きにつけくわえている（240頁）。それほど印象深かった。

粤東書局が出版した増注絵図本の一部と、崇本堂が別に刊行した増注絵図本の一部を配合してセットにしている。私は、長くそう信じて疑わなかった。

だが、その「配本」状態を見るたびに、どこか奇妙だと思うようになった。

「配本」とは「欠けた冊を別に伝来した冊で補った本」（長澤規矩也『図書学辞典』三省堂1979.1.20）という説明がある。実際には、いくつかの例が考えられる。

『官場現形記』の場合、たとえば初編の第5-8回の1冊が欠けていれば、その1冊を同じ出版社発行の同じ版本、あるいは刷りの違うものから補うのが通常だろう。ちょっと見ただけでは、それが「配本」であるとは見分けがつかない。

もうひとつ考えられるのは、同じく初編の第5-8回の1冊が欠けているとすれば、その1冊を別の出版社の別の版本から抜き出して「配本」にする。この場合、大塚氏がいうように「配本とするには外見のみならず版形も同一でなければならない」（100頁）。同じ線装本で同じ大きさであることが必要だ。さらには、欠けた部分の回数も同じである必要もある。活版洋装本で補うことはできないだろう。その時、別の出版社の似たような冊で補ったとして、それも「配本」というのだろうか。大きく見れば、それも可能か。

　粵東書局本と崇本堂本をまぜあわせたものは、まさに同じ石印線装本で同じ大きさなのである。1冊や2冊ならまだ理解できる。だが、前半と後半に大きく分かれる、という形態であっても「配本」ということは可能か。

　見ればみるほど、奇妙なのだ。どこが奇妙なのか。

　ふたつの出版社が、印刷所も違えば、印刷時期も異なってそれぞれに発行した本にしては、両者の状態が酷似している。

　出版社には、個性というものがある。個性の違う編集者が出版を手掛けるのだから、刊行された書籍は、装丁にしても組版にしても独特の色合いが自然とにじみ出てくるものなのだ。だからこそ書籍出版はおもしろい。

　だが、粵東書局と崇本堂の増注絵図本は、その違いが、ほとんど、ない。見分けがつかないほどだ。目を凝らせば、絵図のタッチの違い、部分の相異、本文の手書き文字の違いなどに気づくくらいだ。（大塚氏は、「ただし筆者の見解では両者の絵図は明白に異なるのだが」（102頁）とある。見解の相違である）

　だから、私は「粵東書局本と崇本堂本は、筆耕者が異なるためか、絵図の部分が微妙にちがっている。しかし、一見しただけでは区別がつか」ないと書いた（この部分について、大塚氏は、「絵図を描いた人物を筆耕者とはいうまい」（100頁）と指摘された。その通りだ。絵師と訂正する）。

　大塚氏は、上につづけて「樽本氏は絵図の微妙な相違のみをいい、実際には存する本文のそれに言及しないが、本文は絵図以上に酷似していた」（同上）という。私が、本文についての比較対照を行なっていないように考えている。私は、「「官場現形記」の真偽問題」において、両者を照らし合わせて異同があ

ることを指摘している（235頁）。

　それはそれとして、両版本間には、本文の異同がいくつかあるが、これはあって当然なのだ。というよりも、本文には異同がなければならない（後述）。ただし、本文に一部の違いがあっても、また、字体の相違は見られても両者が似ているという印象を打ち壊すことはできない。

　増注本については、もうすこし比較検討する必要がある。結論は、それからでいい。検討すれば、おのずと「配本」の真相にたどりつくはずだ。

3-3 増注絵図本2種の関係

　別にかかげた「増注本系一覧」は、私が日本で確認した版本にもとづいて作成した。

●増注本系一覧（原本系は除く）
+　粤東書局
−　崇本堂
//　目次あり
＊　絵図「＊初」は、絵図がまとめて配置されていることを表わす。「＊37」は、その巻頭に絵図が配置されていることを表わす。

```
                                      333 444     444   455 555 555 556
                                 //／四789/012/　/678//五901/234/567/890
G0381 官場現形記
　　南亭新著　世界繁華報館　／刊年不記
　　巻37-42,46-60　7冊　活版線装本（13.5cm×10cm）
　　★樽本所蔵。書影を『清末小説』第21号の40-42頁に掲載。『増注官場現形記』として刊行（2002）

        +++ +++++ ++++    ++++ ++++ ++++    ++++ ++++ ++++    ++++ ++++ ++++
                111  1111 1112 222    2222 2333 3333      3334 4444 4444
        //＊初123/45678/9012/＊続3456/7890/1234//三5678/9012/3456/＊四7890/1234/5678
G0382 官場現形記　（増注絵図）
　　粤東書局　光緒甲辰冬月(1904)
　　4編48巻12冊　石印線装本
　　★拓殖大学佐藤文庫所蔵（13.4cm×8.0cm）

        ---- ---- ----    ---- ---- ----    ---- ---- ----    ++++ ++++ ++++    ++++ ++++ ++++
                                                              ****  **** ****   **** **** ****
                111  1111 1112 2222    2222 2333 3333      3334 4444 4444   5555 5555 5556
        //＊初1234/5678/9012/＊続3456/7890/1234//三5678/9012/3456//四7890/2345/5678//五9012/3456/7890
G0383 官場現形記　（増補絵図）
　　扉　武進李伯元著　欧陽鉅元増註　崇本堂　／宣統1(1909)二月訂正初版
　　5編60巻15冊　石印線装本　「賞格」あり
　　巻1-28（崇本堂本）、巻37-60（粤東書局本）
　　★東京大学所蔵（大塚16.3cm×9.6cm）
```

```
                                                    ++  ++++  +++  +++     +++  +++ +++ +++
              ----  ---- ----    ---- ---- ----     ***  ****  ***  ***     *** *** *** ***
                    111   1111 1112 2222     2222 2333 3333     33  3444  444  444     555 555 555 556
//*初1234/5678/9012/*続3456/7890/1234/*三5678/9012/3456/*四78/9012/345/678//五901/234/567/890
    官場現形記    （増注絵図）
    5編60巻17冊　石印線装本　発行所，刊年不記
    巻1-28（崇本堂本13.4cm×7.8cm)、巻37-60（粤東書局本13.5cm×8.0cm)
    ★東京大学東洋文化研究所仁井田文庫所蔵（東京外国語大学諸岡文庫とほぼ同じ）
```

```
              ----                ---- ---- ----                  ++            +++     +++ +++ +++
                                                                  ***           ***     *** *** ***
                    1111 1112 2222     2222                       33           444      555 555 556
//*初1234/     /*続3456/7890/1234/*三5678/     /    //*四78/  /  /678/(五)    /234/567/890
G0384　官場現形記    （増注絵図）
    5編60巻17冊　石印線装本　発行所，刊年不記
    巻1-28（崇本堂本13.5cm×7.9cm)、巻37-60（粤東書局本13.5cm×8.0cm)
    ★東京外国語大学諸岡文庫所蔵
```

```
              ----  ---- ----    ---- ---- ----     ++++ ++++ ++++    ++++ ++++ ++++
                    111   11  1111 122  222      222  223  333  333     ****  ****  ****    ****  ****  ****
                                                          3334 4444 4444    4555 5555 5556
//*初1234/5678/9012/*続34/5678/901/234/*三567/890/123/456//四7890/1234/5678//五9012/3456/7890
G0385　官場現形記    （増注絵図）
    扉　武進李伯元著　欧陽鉅元増註　崇本堂　／刊年不記
    5編60巻17冊　石印線装本
    巻1-36（崇本堂本13.9cm×8.3cm)、巻37-60（粤東書局本13.8cm×8.3cm)
    ★樽本所蔵
```

```
              ----  ---- ----    ---- ---- ----
                    111   1111 1112 2222     2222 2333 3333
//*初1234/5678/9012/*続3456/7890/1234/*三5678/9012/3456
G0387　官場現形記    （滬游臠記）
    発行所，刊年不記
    3編36巻9冊　石印線装本
    ★巻36まで。山口大学所蔵。崇本堂本と同じ（13.5cm×7.9cm)
```

```
          6666  6666  6777  7777
//*六1234/*5678/*9012/*3456
G0389　官場現形記    （増注絵図）
    （粤東書局）
    6編巻61-76　4冊　石印線装本
    ★樽本所蔵、東大東洋文化研究所仁井田文庫（青色表紙　13.7-9cm×8.3-4cm)
```

```
G0390　官場現形記    （最新増注絵図）
    7編巻77-92　4冊　石印　庚戌春仲月湖漁隠題。(大塚秀高)
    ★未見
```

　絵図の有無、その位置、冊数、出版社、所蔵、版の大きさなどなど、できるだけ詳細に記録しておいた。

　大きさでいえば、増注絵図本は、ミリ単位の違いはあるにしても、ほとんど同じ大きさであるといってもいい。だからこそ「配本」にすることができた。

ただし、例外が1種類ある。崇本堂宣統元年二月訂正初版（東京大学所蔵）だ（後述）。

記号＋は、粤東書局本を表わし、記号－は崇本堂本を示す。

記号＋－を見れば、その分布がきれいに分かれていることが理解できる。

粤東書局が光緒甲辰（1904）冬月に発行した版本（拓殖大学所蔵）のみ、初編から四編まで、全部が粤東書局本である。

妙な書き方になってしまった。ひとつの出版社が、全部をまとめて発行するのが、当然であり普通の状態だと誰しもが考える。ゆえに、粤東書局が増注絵図本を出版して、全部が粤東書局本である、というのは当たり前すぎてかえって不思議な説明になる。

だが、増注絵図本についてのみ、常識が通じないのだ。全部まるまる粤東書局の増注絵図本は、私の見た限りにおいて、この拓殖大学所蔵の1種類だけなのである（他に所蔵されている可能性を否定しない）。

それでは、ほかの増注絵図本は、何なのか。

説明するのも躊躇するくらい奇妙なのだが、残りのすべては、崇本堂本と粤東書局本の「配本」だ。

くりかえすと、初編続編三編が、崇本堂が版下をあらたに作成し石版印刷で出版するもの。ここまでは理解してもらえるだろう。次が問題だが、四編五編が粤東書局本だ。この組み合わせのみがあり、拓殖大学所蔵本以外に例外はない。初編から五編まで、全冊が崇本堂の出版物ではあるのだが、そのなかに粤東書局本が混入しているのである。

たとえ、出版社名が崇本堂と明記してあっても、四編五編は、実質のところ粤東書局本なのだ。

不思議な状態であることが、理解いただけたであろうか。また、あとで説明する。

ここで、大塚氏の記述（103頁）を見てみたい。

「そもそもこれまでの筆者の調査によれば、石印本『官場現形記』の第四編ならびに第五編については、第三編までと異なり、版面の大小をのぞき、絵図

を含めすべて同一の版下によるとおぼしく、異版は存在しない」→正しい判断だ。私と同じ見解である。

「これを樽本氏は④の粤東書局本によるとみた。しからば崇本堂は自らの手では第一編から第三編までしか出版しなかったことになろう」→正しい。私の考えを大塚氏がまとめたのだから、当然だ。

「しかし現存する石印本『官場現形記』の第一編から第三編までは④の粤東書局本以外同一の版下、言い換えれば⑤の崇本堂本と同じ版下によっている」→初編から三編までは、ここに書かれているように、粤東書局本以外は、崇本堂本であることにかわりはない。

「一方、崇本堂には宣統元年に活動していた証拠があるが、粤東書局のそれは光緒甲辰三十年に遡る」→崇本堂が宣統元年に活動していたのは、増注絵図本を出版していることからわかる。ここは、正しい。ただし、一方の粤東書局については、光緒甲辰三十年しかいわないのは、不十分である。なぜなら、1909年の出版物1点が『新編清末民初小説目録』に収録されているからだ。

　　Q0065　七載繁華夢　蘇大闊　広州・粤東書局1909夏　　［景深335］

渡辺浩司氏のご教示によると「蘇大闊は作者ではなく、作中人物の綽名」という。［景深335］は、復旦大学図書館、復旦大学古籍整理研究所編『趙景深先生贈書目録（下冊）』（孔版1988.12。渡辺浩司氏に感謝）を指す。

孫楷第の『中国通俗小説書目』（人民文学出版社1982）には、「七載繁華夢　宣統三年広東刊本。南海梁紀佩撰」（237頁）と記載がある。のちの宣統三（1911）年版からは、粤東書局の名前がはずれているらしい。

粤東書局とは、名前からして広州の出版社だとわかる。また、それを裏付けているのが上の作品なのだ。1909年に出版をしているのだから、増注絵図本を出したあとも活動を続けていたことが理解できる。

粤東書局が出版活動を終えたあと、崇本堂が出現したかのように大塚氏は考えているが、これは正しくない。崇本堂が増注絵図本の訂正初版を刊行したの

が宣統元年二月だから、そのあとも、粤東書局は、引き続き出版活動を行なっている。

「崇本堂の活動が粤東書局のそれ以後に及ぶ可能性が高いなら、石印本『官場現形記』第四編ならびに第五編の版下を作成したのは唯一崇本堂のみであって、粤東書局は第一編から第三編を出版したのちその活動を停止したとみることも出来なくはあるまい（たとえば『新笑史』が言及する訴訟事件によって）」→上の段階で、大塚氏の推測が正しくないことが判明している。また、各種版本を調査した結果、「第四編ならびに第五編の版下を作成したのは唯一崇本堂のみであって」は間違い。四編五編の版下を作成したのは唯一粤東書局のみである。ゆえに、そのあとにくる「粤東書局が第三編を出版したのちその活動を停止したとみること」はできない。

「④の第一編封面に見える「光緒甲辰冬月」「粤東書局石印」の文字にしても一括出版された第一編から第三編に関わるものであって、第四編に関わるものではなかろう」→正しい。刊行年月は、三編までに関してである。なぜならば、光緒三十年十一月といえば、『世界繁華報』に「官場現形記」44回を連載中であって、まだ48回までは掲載されていないからだ。粤東書局は、あとから自社の四編をくっつけたのである。

「以上の推測の通りなら、これまで配本とみなされてきたテクストは配本ではなく、④の粤東書局本こそが配本だったということになろう」→正しくない。粤東書局本の四編は、あとからそれをくっつけただけだ。そもそも、本文、絵図を見ても崇本堂本との「配本」ではありえない。

どうやら、増注絵図本における「配本」の真相を明らかにする段階になったようだ。

3-4 「配本」の真相

事実を確認することからはじめよう。

私が見た限りにおいて、という限定になるのはご了承いただきたい。以下の4つにまとめる。

（1）拓殖大学所蔵　粤東書局　光緒甲辰冬月　初編から四編まですべて粤東書局本。

（2）東京大学所蔵　上海・崇本堂　宣統元年二月訂正初版（大型本）　初編から三編までは崇本堂本、四五編は粤東書局本を元本とする。

（3）樽本照雄所蔵　崇本堂　刊年不記（小型本）　初編から三編まで崇本堂本、四五編は粤東書局本を元本とする。

（4）仁井田文庫、諸岡文庫、山口大学各所蔵　発行所刊年ともに不記　初編から三編まで崇本堂本、四五編は粤東書局本を元本とする。山口大学本は、三編までのみ。

拓殖大学所蔵の粤東書局本以外は、崇本堂本と粤東書局本のいわゆる「配本」である。

おかしなことに、あとから出現したはずの崇本堂が、前にしゃしゃり出てきて初編から三編を刊行している。以前から活動している粤東書局の方が、うしろの四五編を印刷出版している（ように見える）。逆転しているのではないかと感じる人もいよう。たしかに逆転している。だが、これが事実なのだ。

たびたびくりかえして申し訳ない。粤東書局本と崇本堂本を見て、その違いのなさに、驚く。ウリふたつとは、まさにこのことをいう。その奇妙さを説明するためには、くりかえす以外に方法がない。

ふたつの出版社が、それぞれ独自に刊行したものだと思うから、なおさら区別のつかないありさまにとまどう。絵図はおろか、1丁の字数、行数ともに、まったく同じなのだ。おまけに文字を囲った花罫にいたるまで、同じなのである。つけくわえれば、紙質もまったく同一で、両者に区別をつけることはできない。別々に刊行して、こうまで類似するだろうか。

ここまで材料をそろえれば、これが偶然の一致ではありえないことに容易に気づく。

真相は、ひとつである。

崇本堂本は、崇本堂が粤東書局本にもとづいて、そっくりそのまま模倣して作成したのだ。

確かに「配本」だが、別々に刊行したものをたまたま配合したのではない。一方の形態に合わせた、正確にいえば、字数、行数、花罫にいたるまで忠実に模倣して作成したものだ。だから、絵図までも絵柄がそっくりそのままなのである。
　（２）の東京大学所蔵の上海・崇本堂本が「宣統元年二月訂正初版」とうたうのは、粤東書局本を、それも初編から三編までの本文を「訂正」して初版という意味だ。
　崇本堂は、粤東書局本の初編から三編の本文の誤りを訂正した。訂正箇所に紙でも貼って書きなおすという小細工はしなかった。ゆえに、粤東書局本と崇本堂本の初編から三編の本文に文字の異同が若干あるのは当然なのである。なにしろ「訂正」したのだから、異同がないほうがおかしい。もし、これがまったく同一文であれば、「訂正」の看板に偽りありということになろう。新しく版下を作成しなおした。筆耕が異なるから、字体は、同じということにはならない。しかし、字数、行数、花罫を粤東書局本とまったく同じになるように模倣した。ただ、理解できないのは、絵図だ。本文とは異なり、別に訂正する必要はないのだから、そのまま版下にすればいい。ところが、絵師を変えて同じく模写させた。印刷状態が悪く、擦れなどが生じており、版下として利用できなかったのが原因かと考えてもみる。
　四編と五編は、粤東書局がすでに刊行したものを版下として、あらためて石版印刷すればよい。大塚氏が書くように「縮印本の作成には版下や「膠紙」があれば好都合だが、それらがなくとも、原本が一部あれば可能なのである」（100頁）。
　縮小率を同じにして、同時に印刷製本したから、用紙は同じ紙質になるはずだ。
　東京大学所蔵の宣統元年二月訂正初版上海・崇本堂本のみが、ほかと比較して大型である。
　このことから、現在は見つかっていない大型の粤東書局本が存在していることを予測させる[4]。

小型の崇本堂本、あるいは出版社名、刊年を記載しない版本は、すべて宣統元年二月訂正初版上海・崇本堂本を縮小印刷したものだと考える。
　以上が、『官場現形記』増注絵図本の「配本」の真相である。
　大塚氏は、該論文において、粤東書局と崇本堂の関係について二つの可能性を述べる。裁判がらみなのだが、ここで紹介しておく。
　いわく、粤東書局は裁判に負けて、賠償金とともに在庫の初編から三編を崇本堂に引き渡した。崇本堂は自身版下の作成にあたった四編、五編とあわせて販売した。これが、ひとつ。
　別の想定。粤東書局は、五編セットを一手販売していたが、なんらかの理由で版権と在庫を崇本堂に譲渡した。崇本堂は初編から三編を新しくしたセットを作り、修正本として出版した。崇本堂は、四編以下を新作しなかった。大塚氏は、「筆者としてはむしろこちらの想定の方に魅力を感ずる」(104頁) という。
　前者は、成立しない。崇本堂は、四編五編の版下を筆耕を変えて作り直していないからだ。元本は、粤東書局本である。
　後者は、「配本」の真相でのべた私の結論と一致する。
　大塚氏は、崇本堂は、四編以下を作成した、と四編以下を新作しなかった、とふたつの見方を並列する。可能性を述べるだけだから、著者の自由である。ただし、各版本の系統を無視し、それまでの記述と矛盾することを並列して、「筆者としてはむしろこちらの想定の方に魅力を感ずる」などというにいたっては、かえすがえすも残念だった。「魅力を感ずる」方に論を一本にしぼって論述されたほうが、よかった。立論がすっきりするうえに説得力が増していたはずだ。
　つぎに増注絵図本六編と七編について考えてみる。

3-5 増注絵図本六編と七編

　増注絵図本六編（七編は未見）には、出版社名、刊行年月の記載がない。
　私は、「絵柄などから推測するに、粤東書局の出版らしい。増注本は、李伯元の存命中から出ていて、これに欧陽鉅源が関係しているから、この続作は欧

陽鉅源の作品である可能性が高い。欧陽鉅源と李伯元の関係は、極めて密接である。ほとんど共同執筆者といっていいのではないか。この「官場現形記」続作を偽作と呼ぶのは、ためらわれる」5)と書いたことがある。

大塚氏は、「(樽本は)「絵柄などから推測するに、粤東書局の出版らしい」とされたが、『新編清末民初小説目録』ではその点に言及しない」(102頁)と非難する。わが目を疑うとはこのことだ。『新編清末民初小説目録』184頁左には「G0389／官場現形記（増注絵図）／（南亭　李伯元）／（粤東書局）／6編巻61-76　4冊　石印　偽作」と書いているからだ。

増注絵図本六編が、粤東書局の出版になると考えるのは、私だけではない。

孫楷第『中国通俗小説書目』6)には、「光緒甲辰（三十年）粤東書局石印本，有注，六編七十六回。末回結云，尚有続編」とある。

孫楷第は、光緒甲辰刊行の粤東書局本に、六編が一緒になっているものを見たらしい。全部を粤東書局本だと断定している。

六編、七編の作者は、欧陽鉅源だろうと私は今でも考えている。『新編清末民初小説目録』に「偽作」と注した。ここでいう「偽作」の意味は、李伯元の作品ではないという意味だ。

大塚氏によると「第七編には「庚戌春仲月湖漁隠題」の文字があり、宣統二年二月に出版されたとみられる」(102頁)という。私は、一貫して粤東書局の出版だと見ている。光緒三十三（1907）年冬に死去した欧陽鉅源の著作が、約二年後の宣統二（1910）年にようやく出版されるのも奇妙だという意見もあろう。だが、欧陽鉅源は、『世界繁華報』に六七編を連載していたかもしれない。一年あれば、六編と七編は連載を終了することができる。

六編と七編が粤東書局によって出版されたという可能性は、大いにある。『七載繁華夢』が広州・粤東書局より発行されたのが、1909年夏という。1910年まで存続していても不思議はない。

六編、七編の出版状況について、資料がない現在では、これ以上述べてもしかたがない。いっそうの資料発掘を待たなければならないだろう。

以上、「官場現形記」の版本の系統を押さえたうえで、裁判、談合問題に入

ることにしよう。

4 「官場現形記」裁判

「官場現形記」をめぐる事件は、2回発生している。

1回目は、光緒三十一（1905）年ころに行なわれた裁判、もう1回は、光緒三十二（1906）年の李伯元の死後にもたれた談合だった。

この裁判と談合についても、確かな資料は、ほとんど、存在しない。裁判については、笑い話のたぐいに引用されるだけだし、談合を証言するのは、李錫奇ひとりだけなのだ。

4-1 裁　　判

『新小説』第2年第8号に掲載された「新笑史」のなかの「法廷での自供（堂上親供）」が材料だ。

概略を示す。

上海で出版された『官場現形記』が、ちかごろ他人によって海賊版が作られた。著者は裁判所に訴えた。『中外日報』の記事によると、該書は絵に書いたようにありありとしていると審問官が判定した。つまり法廷で官が自供したことになる。

これだけのことだ。笑い話だから、たわいがない。

多くの資料は、この「官場現形記」裁判を光緒三十一（1905）年八月のことだとする。その理由は、『新小説』第2年第8号の発行が同月だからだ。でたらめである。『新小説』の該号には、刊年は記載されていない。八月は、推定の年月だ。事実、該号に掲載されている知新室主人（周桂笙）訳述「知新室新訳叢」の弁言の日付は「乙巳仲冬」だ。すなわち光緒三十一年十一月になる。「官場現形記」裁判が八月に行なわれた保証は、ない。少なくとも同年十一月以前のことだということができるだけだ。

『中外日報』の記事を調査しなければ話にならない。いま、それができない

のだから、あとは推測にならざるをえない。

　まず気づくことは、この裁判の詳細が不明である。かろうじて『官場現形記』の海賊版を著者が訴えたとわかるだけだ。その海賊版には、絵図がついているかどうかも明らかではない。ということは、この時の海賊版の可能性は、原本系と増注絵図本系のふたつともにあるということだ。さらに、判決はどうなったのか。重要事項が、書かれていない。謎だらけの文章だといってもいい。笑い話だもの。

　海賊版といわれるのは、どの版本か。どの書店が発行したものか。

　著者とは、誰か。李伯元でいいか。

　裁判の結論は、いくつかが予測できよう。原告の勝利、原告の敗北、和解、門前払い。

　いくつもの予想が可能であるということは、確実なことを述べるのがむつかしいと同義である。

　まず、海賊版はどれか。原本系と増注絵図本系のふたつを対象として、いくつかの可能性について、私はすでに提出している。5種類を挙げるのは、変わらない。しかし、時間が経過すれば、考えが違ってくる箇所もでてくる。

　　　①G0381世界繁華報館増注本　発行年不記
　　　②G0388出版元不記本　光緒三十年（1904）四月再版
　　　③G0376日本知新社本　日本吉田太郎著　光緒三十年六月
　　　④G0382粤東書局増注絵図本　光緒三十年十一月
　　　⑤G0383崇本堂増注絵図本　宣統元（1909）年二月訂正初版

　①の世界繁華報館増注本は、原本とおなじ発行所だから海賊版ではありえない。この考えは、現在でも揺るがない。

　以前は、被告の可能性があるものとして④の粤東書局本と⑤の崇本堂本を残した。ただし、そのどちらかを特定できず、結論は保留した。

　その理由は、崇本堂が宣統元年に訂正初版を刊行しているのならば、訂正し

ていないものをそれ以前に出版していただろうと考えたからだ。そうならば、粤東書局本と崇本堂本が同時期に共存していたはずだ。そのどちらかを判断する材料がない以上、結論を保留せざるをえない。

　だが、今は違う。

　上に掲げたように、崇本堂本に限っていえば、宣統元（1909）年二月訂正初版以外に発行年月を明記したものを確認できていない。扉に崇本堂とうたった刊年不記の版本は、ある。だが、宣統元年以前に発行された保証はない。大塚氏が指摘するように崇本堂本の「賞格」に版権を譲られたとあるのだから、小型石印本は、宣統元年以後に縮小作成刊行されたと考えるほうが合理的だ。

　ということは、光緒三十一年の裁判当時には、⑤の宣統元年崇本堂本は、存在していなかった。被告の対象からはずれる。

　残るは、②③④の３種類だ。

　②は出版元不記本の活版線装本である。出版元が不明だから訴えようがない、と以前は考えた。

　しかし、不明だろうがなんだろうが、訴えて、しかも告訴が受理されたとして、販売禁止命令でも出れば、書店への圧力には少しはなるだろう。被告となった可能性は、まったくなくなったわけではない。

　③は、活版洋装本の日本知新社本だ。12回１冊で、その奥付には、「光緒三十年五月印刷／光緒三十年六月発行／著者　日本吉田太郎／発行所　印刷所　日本知新社」と記載がある。笑ってしまうのは、大きく「不許翻刻」と印刷していることだ。海賊版を許さん、と海賊版がうたうのだから、自然と頬がゆるんでしまう。日本を強調しているが、「光緒」を使用して中国で出版されたことを示す。以前は、告訴のしようがない、と考えた。

　しかし、②と同じ理由で、販売禁止令を期待するのであれば、被告となる可能性もあろう。大塚氏は、「さらに原本系に海賊版が存在した事実は確認されていない」（103頁）というが、③の日本知新社本は、原本系の海賊版である。

　④の粤東書局増注絵図本が、被告の有力候補となる。

　粤東書局は、広州の出版社だ。支店とか販売所が上海にあったかどうかもわ

からない。

　1905年の上海は、反美華工禁約運動で燃え上がっていた。各種業界でアメリカ製品の不買運動がくりひろげられている。書業界も運動に賛同しアメリカ製品ボイコットを呼びかける集会を開催した。

　光緒三十一年七月五日（1905.8.5）付『申報』には「書業簽允不売買美貨」と題して、文明小学堂での集会模様を報道する。文明書局の社長が開会を宣言し、呉趼人に演説を依頼している。「呉君謂此事宜堅持到底万不可稍懈初心致為環球各国所笑□日後愈加軽侮吾国」世界各国の物笑いにならぬよう徹底してやりぬけと演説したらしい。この集会に参加した書店（出版社を兼ねている）の名前が約80もあがっている。古香閣、文宜書局、広智書局、文明書局、商務印書館、美華書館、開明書店、申昌、点石斎恒記老局、点石恒記分局などなど。約80の書店は、少なくない数だ。しかし、この中には粤東書局の名前は見えない。私が言いたいのは、粤東書局は上海には店を構えていなかったのではないか、ということだ。（同時に崇本堂の名前も、ない。その活動は、ずっと遅れた宣統元年だから、ないのも当然だろう）

　というわけで、本体が広州に置かれていては、はたして被告になりうるだろうか。疑問が残らないではない。ただし、のちに増注絵図本六編七編を出版している関係からいえば、裁判の被告から、一転して協力者になる可能性が大である。

　予測できる判決についてふれておく。

　原告の勝利か。──被告を特定して、罰金と出版差止めを命じる。しかし、被告が、誰かわからないのだから、原告の勝利になりようがない。せいぜいが、販売禁止命令でも出てくれば、原告の勝利を意味するくらいだ。

　原告の敗北か。──被告が特定できないから、告訴は棄却されてしまう。海賊版は作成しほうだい、売り放題となる。訴える相手がはっきりしないのに、あえて告訴するのは不当である、と門前払いされたのと同じ結果となろう。しかし、海賊版を野放しにしておくとは考えにくい。

　和解か。──作成された海賊版は、そのまま販売を許可する。ただし、慰謝

料と印刷数に応じた歩合を受け取る。版権は、依然として世界繁華報館が所有している。この点が重要だ。粤東書局にとっては、いわば依託制作販売となる。この条件ならば、遠く広州にある粤東書局でも、和解に応じることができるのではないか。絵図という付加価値をつけているから、売れるものなら歩合を取ったほうが、世界繁華報館にとっても都合がよい。和解が成立すれば、その後の増注絵図本の販売を一手に握ることもできる。その時点で、粤東書局は、裁判の被告という地位から、世界繁華報館にとっての協力者の地位に横滑りすることになる。協力者ならば、李伯元の死後をついだ欧陽鉅源の増注絵図本六編七編を発行しても不思議ではない。

　いくつかある判決の可能性のうち、私は、和解というのが、いちばんありそうな気がする。

　粤東書局が裁判の被告であり、判決は和解だと私が考える根拠は、李伯元死後に行なわれた談合（推定1906年）と関係している。

　あとで詳しく述べるが、談合の席上に出席していたのは、増注絵図本を作成販売していた書店である。当時、増注絵図本を作成販売していたのは、粤東書局しか存在していない。崇本堂は、影も形もない。ずっとあとの宣統元（1909）年に出現する。

　くりかえす。粤東書局は、増注絵図本を継続して作成販売していたからこそ談合の席上に呼ばれていた。注意してほしいのは、その時点では、増注絵図本は海賊版ではありえない。裁判による和解で、すでに正式の発行元に変化している。正式の発行元だから、欧陽鉅源の六編七編も出版することができる。また、談合の席上でも、再度、正式の発行元に認定された（後述）。だから、崇本堂に版権をゆずることができ、崇本堂の宣統元（1909）年二月訂正初版の増注絵図本が出版されるにいたるのだ。

　さて、つぎは談合問題について述べよう。

4-2 談　　合

　李伯元の死後にもたれた談合について、李錫奇が文章を発表したのは、1950

年代である。しかも、ひとり李錫奇しか、その模様を詳細に書いてはいない。李伯元の親戚だからこそ内部事情を知っていたということもできる。しかし、李伯元とその家族を擁護する立場で文章を書いていることを研究者は視野にいれておく必要がある。李錫奇が書いていることを、すべて事実だと受け取るのは、危険だといいたいのだ。親族には親族の立場があり、それは客観的に見れば、偏向している可能性が高い。

　李錫奇が「李伯元生平事跡大略」[7]で明らかにした談合の骨子は、以下のようになる。

　李伯元の死後のことである。病気の母親、妻と側室が残されていた。子供はいない。李伯元を故郷に葬る必要もある。『世界繁華報』は独立経営で、早急に責任者を決めなければならない。李伯元が世界繁華報館の助手に雇っていた欧陽鉅源が、館内外の事情を熟知していることをかさにきて、ほしいままに不法に占有しようとした（意図把持侵占）。李伯元夫人はそれを知り、親族を故郷から呼び寄せるが、上海の事情には疎い。後に、孫菊仙に調停を依頼することにした。顔の広い孫は、約百十名の人を西洋料理店（一品香）に集め、裁判官の関炯之と欧陽鉅源を招いて列席させる。孫は、状況を説明し、『世界繁華報』を停刊するか人を招いて継続発行するかの選択をせまる。参加者は一致して続刊を主張する。欧陽鉅源に編集を主宰してもらうように依頼し、欧陽鉅源も承諾する。

　もうひとつの『官場現形記』については、こうだ。李伯元が死去して、海賊版を作成し版権を犯しているものがいる。判型は縮小し、絵図を加え、定価は「原書」よりも安く、李伯元がもともと印刷した書籍の販路に大きな影響を与えている。裁判官に、この状況についてどのような規定があるかと質問すると、罰金などについて回答があった。その時、海賊版を作成していた「某書館」の社長も同座しており、大いに窮した。孫は調停して版権と李伯元の原書（原印成書）を三千元で該書館に購入させた。該書館の社長も感激し、多くの問題が同時に解決したのだった。

　当時、問題はふたつあった。『世界繁華報』の後継者を決定すること、およ

び『官場現形記』海賊版問題を処理することだ。

　ふたつの問題を考えるまえに、疑問をひとつ提出しておく。

　李錫奇の文章によると、上海の西洋料理店に約百十名の人々を集めて談合が行なわれたのは、李伯元の死後、だいぶ時間が経過しているように読める。夫人が親戚を呼び寄せたりしているからだ。はたしてそのような悠長なことでよかったのだろうか。

　『世界繁華報』は、日刊紙である。李伯元の死後も毎日発行する必要がある。後継者を指名するにしても、のんびりしてはいられない。李伯元死去の直後に、後継者問題を処理してしまわなければ、新聞は停刊してしまう。

　おまけに、たったふたつの問題を解決するために、わざわざ約百十名という多数の人々を西洋料理店に招待する必要があったのだろうか。大いに疑問である。

　大塚氏は、「この件に関してはおそらく孫菊仙・関炯之・欧陽鉅源の三人に李伯元未亡人を含む李家側が一卓を囲んだ席で密かに交渉されたのであろう」（106頁）と考える。しごく妥当な意見である。ふたつの問題を解決するだけなのだから、当事者だけで密かに談合したほうが、はるかに話がまとまりやすい。それを、わざわざ約百十名もの人々を一品香に集める必要があるとは、とうてい思われない。

　この談合は、李伯元の葬儀の過程でもたれたものではなかったか。一番好都合なのは、大勢の人々が李伯元の葬儀に集まった機会をとらえて、問題を一挙に解決してしまうことだ。葬儀そのものでなくとも、西洋料理店だから葬儀直後の宴会でもかまわない。と、このように李錫奇の記述には、こちらがよほど補足して考えなければ、そのままでは納得のいかない不審な点が複数ある。

○『世界繁華報』の後継者

　李錫奇は、欧陽鉅源に対してきわめて厳しい見方をしている。「ほしいままに不法に占有しようとした（意図把持侵占）」と表現している。わざわざ孫菊仙をたよって調停を依頼しているのだから、李伯元夫人も同様の見方をしていた

のだろう。

　欧陽鉅源が、李伯元夫人を含めた親族にそれほどよい印象を持たれていなかったのは、事実だとしよう。では、李伯元夫人は、『世界繁華報』の後継者として誰を指名したかったのか。子供はおらず、李伯元の兄弟といっても上海の事情には詳しくない。まず、李伯元夫人の意図が不明である。

　唯一考えられるのは、『世界繁華報』を欧陽鉅源に渡したくなかったというところか。ただし、『世界繁華報』からあがる利益を李伯元夫人自らが相続したかったとは考えられない。李伯元の死後、遺族は生活に窮したと一般に伝えられている。これはデマである[8]。だいいち、李錫奇も夫人は金を必要としていたとは書いていない。

　孫菊仙の調停の結果は、夫人の希望を裏切るものだった。欧陽鉅源が後継者として参会者に認められた。そのかわり『官場現形記』の版権が売却されて予期せぬ「三千元」を入手した。

○『官場現形記』の版権

　李錫奇がのべる『官場現形記』の海賊版は、「判型は縮小し、絵図を加え」とあるから、増注絵図本に違いはない。しかし、奇妙な箇所がある。李錫奇は、海賊版の出版元は「某書館」だというのだ。書館といえば、商務印書館をすぐ連想する。事実、李錫奇は、別の文章で、あからさまに商務印書館が海賊版を作成したと書いている。だが、商務印書館は、『官場現形記』を出版したことなどなかった。

　『世界繁華報』と『官場現形記』の問題だけで、わざわざ百十名もの人を招待するだろうか。すでにそのことに対して、私は疑問を呈しておいた。そのうえに、海賊版を作成販売している、つまり、これから糾弾しようという某書館の社長まで、どういう口実で会合に招待したというのだろうか。某書館の社長が参加できる条件は、海賊版を作成販売していなかったことでなければならない。

　では、某書館が商務印書館でなければ、どこの書店になるか。当時、増注絵

図本を出版していたのは、粤東書局だけだった。だが、注意してほしい。李伯元、欧陽鉅源らと粤東書局は、前の裁判ですでに和解している。最初は、海賊出版であったかもしれないが、裁判後は正式な発行元なのだ。正式な発行元であれば、社長も堂々と李伯元の葬儀に参加することができる。談合の席にいたとしても、なんの不思議もない。海賊版うんぬんは、李錫奇の勘違いである。

もうひとつ、李錫奇の記述によると、その某書局の社長に、『官場現形記』の版権と在庫本を「三千元」で買い取らせたという。奇妙なのは、まさにこのことだ。ひとつの謎を解決しても、次々と謎が出てくる。

なぜ奇妙かといえば、粤東書局は、光緒三十一年の裁判で世界繁華報館とすでに和解している。増注絵図本を正式に、つまり歩合を支払って刊行していると考えられる。その上に、再度、版権と在庫本を「三千元」で購入しろというのだろうか。充分金は支払っているうえに、また「三千元」も出せといわれれば、粤東書局の社長が「大いに窮し」てあたりまえだ。

この一見欲深い孫菊仙の調停案を合理的に理解する方法は、ひとつしかない。

すなわち、世界繁華報館は、粤東書局とそれまで取り交わしていた歩合制を放棄するという意味だ。裁判による和解によって取り交わした約束は、発行数による歩合制にすぎなかった。『官場現形記』の版権は、まだ世界繁華報館が所有している。その証拠に、談合前の光緒三十二年正月に世界繁華報館は『官場現形記』五版を出版している。

この談合により、世界繁華報館は、『官場現形記』全５編の版権を粤東書局に譲り渡し、以後、『官場現形記』の刊行からは一切の手を引く。在庫本もすべて引き渡す。世界繁華報館が、発行歩合による将来の収益よりも、一時の利益を優先させたとすれば、矛盾ではなくなる。こう考えることによってのみ、のちの崇本堂が版権を自分のものにしたと公言する事情を説明できる。

版権に注目しておく。ここでいう版権とは、原本の『官場現形記』全５編、増注本全５編、および増注絵図本全５編の３種類を含んでいる。

『官場現形記』の版権についていえば、裁判後に、世界繁華報館がまだ所有していた。光緒三十二年の談合で世界繁華報館から粤東書局に正式に売り渡さ

れた。それがさらに宣統元年、崇本堂に移ったと考える。

さて版権と在庫本で「三千元」と書いているが、この数字が、また、あやしい。

だいいち、李錫奇のみが「三千元」と書いている。李錫奇よりはるか以前に、版権委譲について言及する文章がある。顧頡剛だ。

> 宝嘉（李伯元）の死後、家ははなはだ貧しく生計の道なく、「官場現形記」の版権を譲ることにより数千元の金を得て、ようやく持ちこたえることができた。[9]

李伯元の死後、家計が苦しかったというのは、李伯元落魄伝説のひとつである。信用できない。

ここには、「数千元」としか書かれていない。

李錫奇自身の別の文章を見れば、その「三千元」についてのアイマイさがよりはっきりするだろう。

> 又因伯元所著的官場現形記，為商務印書館増図，縮小，削価，翻印，非特侵犯版権，且影響伯元原有存書的出售，當交渉由該書館連存書及版権出価収買。[10]

商務印書館は、当時、増注絵図本はおろか、『官場現形記』そのものを出版したことがない。李錫奇は、自分の誤りに気づかないほどに思い込んでしまっている。ここには在庫本と版権を買収させたとあるだけで、その金額がいくらであったかなど、書かれていない。

また、同主旨のことを同書の「李伯元先生年表」（45頁）にも書いている。ここにも「三千元」などどこにもない。

「三千元」に妙にこだわるようだが、理由がある。大塚氏が、「三千元という数字の一致が妙に気になるゆえんである」（107頁）と述べられ、「三千元」にま

つわって李伯元の遺族がそれを孫菊仙に返金したと書かれているからだ。私は、「三千元」そのものが、あやふやな数字だと指摘しておく。

「按ずるに、この某書館経理とはすでに繁華報館の編務を正式に引き継いだ欧陽鉅源だったのではあるまいか」（105頁）とか、「粤東書局こそは欧陽鉅源が海賊版出版の際ダミーとしてもちいた書肆名であったろう」（106頁）と大塚氏がいうにいたっては、その発想の奇抜さ大胆さにまず感心する。魅力的な仮説ということができよう。

増注本に絵図を加えた縮小石印本が、欧陽鉅源に関係なく粤東書局から出版されてこそ裁判沙汰に発展するのだ。ただし、裁判の途中で、和解が成立すれば、大塚氏のいうように、粤東書局が欧陽鉅源のダミーであったというのは、はずれではなくなる。ただし、ダミーというのは、言いすぎだ。というのは、欧陽鉅源の死後も、粤東書局は広州で出版活動を継続していた事実がある。まるまるのダミーではない。最初は、増注絵図本についてのみ発売権を認めていただけ。のちには版権と在庫本を売り渡したのだと考える。

私は、疑問に思うことがある。

大塚氏は、粤東書局と崇本堂の活動時期について区別をしているだろうか。

両者の出版活動時期は、重なる時期があるにしても、長くはない。まず粤東書局が光緒三十年に出てきて、崇本堂は、ずっと遅れて宣統元年に出現するという時間的なズレが存在する。これが前提である。（この時、刊行年月を明記しない版本は、考慮の対象にしないことが重要だ。あくまでも、印刷された刊行年月を手掛かりにしなければならない）

「両者は当初いずれも『官場現形記』の海賊版出版元であった。この時期の両者の関係は、競争意識とともに仲間意識の働く奇妙なものだったろう」（104頁）大塚氏がここでいう「両者」とは、粤東書局と崇本堂だ。つづいて「そこへ先に紹介した孫菊仙の調停事件がおこった」とあるから、あたかも光緒三十二年段階で、両書店が併存しているかのようだ。しかし、崇本堂が出てくるのは、宣統元年であって、光緒三十二年には、影も形もない。当時、増注絵図本を刊行していたのは、粤東書局しかなかったのだ。

もうひとつ、大塚氏は、裁判と談合の区別をしているだろうか。両者は、時間的にも前後しているし、内容も異なる。
　上の「そこへ先に紹介した孫菊仙の調停事件がおこった」（104頁）から、3行あとに「かくて訴訟がなされ、敗訴した粤東書局は賠償金とともに在庫の第一編から第三編を崇本堂に引き渡すことになった」とある。こちらの「訴訟」とは、なにか。大塚氏の考えでは、知られている裁判と談合のほかに、もうひとつ崇本堂が粤東書局を告訴した「訴訟」があるらしい。私は、第3の「訴訟」に言及する中国の文献を知らない。
　粤東書局と崇本堂の活動時期を区別し、裁判と談合を区別して、大塚氏の粤東書局の欧陽鉅源ダミー説を検討しよう。
　裁判の時、訴えられたのが粤東書局とする。大塚氏によれば、粤東書局は欧陽鉅源が海賊版出版をするためのダミーだという。では、欧陽鉅源は、自分で自分を告訴したことになる。変ではないか。
　増注本は、世界繁華報館から出版されていた。当然、李伯元の承認がある。「この非常識な行為が繁華報館の経営を少なからず圧迫したことは間違いあるまい」（106頁）と大塚氏はいうが、もしそうであれば、李伯元が許すはずがなかろう。
　李伯元の遺族は、欧陽鉅源のことを助手であるとか、その地位を低くみておきたいらしい。だからこそ、欧陽鉅源が『世界繁華報』を乗っ取ると警戒心をあらわにする。
　大塚氏も、「それまで繁華報館（から上がる利益）を私物化していた欧陽鉅源」（105頁）、「経営私物化で得ていた従前の利益」（105頁）、「経営を把持侵占していた繁華報館の資金を流用し、絵図を加えた石印本を李伯元に断りなしに出版し、それによって得られた利益を自家のものとし、李伯元（と李家）が本来得るべき利益を目減りさせ、詐取していたに相違ない」（106頁）と書いて、欧陽鉅源悪者説を強調する。
　しかし、事実は、李伯元と欧陽鉅源は、創作作品の共同執筆者といってもいい間柄だった。欧陽鉅源を知る包天笑の証言がある。李伯元の小説の多くは、

欧陽鉅源が書いていたというのだ。

「絵図を加えた石印本を李伯元に断りなしに出版し」に至っては、冤罪としかいいようがない。増注絵図本は、粤東書局が勝手に作成販売したものだ。だからこそ裁判になった。「繁華報館の資金を流用し」たというのなら、その証拠があるのだろうか。

欧陽鉅源は、当初は、助手として雇用されたかもしれない。しかし、のちの李伯元と欧陽鉅源は、きわめて緊密な関係を保っていた。作品執筆と『世界繁華報』の発行およびその経営、あるいは商務印書館から編集を請け負っていた『繡像小説』への執筆などなど、ふたりの協力なくしては、どれも動かなかった。

李錫奇は、1901年に上海の世界繁華報館を訪問したことがあった。階上は、李伯元の住居となっており、階下が世界繁華報館だった。左が編集室、その向かいが「助手」欧陽鉅源の寝室、中間が印刷室で、印刷機と植字部だという[11]。

欧陽鉅源は、世界繁華報館に寝室をもっていた事実がここにある。李伯元は階上、欧陽鉅源は階下と別はあるにしても、同じ場所に寝泊まりして原稿執筆、編集を行なっていたことが李錫奇の証言から理解できる。単なる社員ではない。

「官場現形記」は、李伯元と欧陽鉅源の共同作品であったと私は見ている。なにより、李伯元の死後に、『繡像小説』第53期より発行を再開できたのは欧陽鉅源が編集したからだ。第53-72期の全20期、ほとんど1年分の『繡像小説』を光緒三十二年年末までに出版しきった。ゆえに、李伯元の作品とされる「文明小史」「活地獄」「醒世縁弾詞」の最後部分は、欧陽鉅源の筆になる。

南亭、南亭亭長は、李伯元と欧陽鉅源の共同筆名であったと私がいうのは、以上のような事情があるからだ。

それだけ親密な間柄であれば、欧陽鉅源が「官場現形記」の増注本を作るのも、李伯元が許可したであろうことは容易に理解できる。自由にやらせるばかりか、世界繁華報館からも活版線装本で出版させてもいるのだ。

その収入にしても、両者が厳密に分配していたとも思われない。どこからが李伯元の筆であり、どこまでが欧陽鉅源の執筆か、区別することができないの

だ。増注本にしても、その売り上げは、ドンブリ勘定で世界繁華報館に収められたと想像するほうが事実に近い感じがする。

　植字工印刷工、事務員には給料が支払われていたとして、編集費と原稿料については、会計は別になっていたのではないか。『官場現形記』、その増注本、『世界繁華報』などの売り上げ、商務印書館から支払われる『繡像小説』編集費から、ある程度のものが、置いてある金櫃（あったと仮定して）に常に投入されており、李伯元あるいは欧陽鉅源が必要なだけ、そのなかに手をつっこんで取りだしている姿を想像したりする。

　以上のような状態が想像できるにもかかわらず、「経営私物化」「資金を流用」「詐取していた」などといわれても、ピンとこないのだ。

　李伯元の遺族がもった色メガネをのちの研究者が同じようにかける必要はないだろう。

5　おわりに

　いろいろと書き連ねてきた。よるべき資料が少ないと、想像の翼がはばたくのである。

　これだけは、確実だといえる談合の結果を、3者それぞれについてまとめておきたい。

○欧陽鉅源の場合

　『世界繁華報』の主編を継続することが公認された。李伯元の生前から続けてきたことを、これからもやってよい、と許可されたことになる。それまで住んでいた世界繁華報館を追い出されなかっただけまし、という考えもあるだろう。だが、欧陽鉅源にしてみれば、大いに不満であったのではないか。李伯元との共同事業の結果が『世界繁華報』だけなのだ。自分も関係していた『官場現形記』の版権を取り上げられた。おまけに、それは、自分の収入にはならず、李伯元夫人に渡したのである。つまり、共同作品である「官場現形記」ばかりか、自分が注も書いた増注絵図本の歩合も切り離されることになった。かろう

じて、『世界繁華報』の売り上げと、商務印書館から支払われる『繡像小説』の編集費用は、自分の収入とすることができるくらいだ。わしゃ知らん、と放り出してもよかった。ほかの新聞雑誌に原稿を売ってもいい。作家として充分に独立できる力量を持っていた。しかし、欧陽鉅源は、放り出さなかった。律儀に『世界繁華報』を発行し、『繡像小説』を編集したのだ。

○李伯元夫人の場合

　『世界繁華報』は、なんとしても欧陽鉅源へだけは渡したくなかった。しかし、それには失敗してしまった。かわって、『官場現形記』の版権と在庫本の譲渡により数千元の代金を得ることができた。

○粤東書局の場合

　前の裁判で増注絵図本を歩合制で販売する許可を得た。その時、賠償金を支払ったかどうかはわからない。いくらかは出したのではないか。順調な売り上げがあったと思われる。海賊版の制作販売出版社から、正規の出版活動と認められたからこそ、李伯元死後の談合の席にも社長は正式に招かれている。今回の談合では、歩合制を終了しそのかわりに版権と在庫本をコミで数千元にて譲渡することになった。買い切りだから、自由に増注絵図本を印刷し販売することができる。将来の収入が見込める。悪くはない条件だろう。このとき数千元を支払って正式に『官場現形記』の版権を入手したから、のちの宣統元年に崇本堂に版権を譲渡することができたのである。

　４番目の人物がいる。孫菊仙だ。

　大塚氏は、遺族は、版権と在庫本の数千元（一説に「三千元」）をそのまま懐には入れなかった、葬儀費用を用立ててくれた孫菊仙に返金を申し出たに相違ないといわれる。談合のあとの話だ。私は、まったく、それには気がつかなかった。孫菊仙が自分の出した「三千元」を取り返すための芝居だと考えられなくもない、といわれれば、美談が一気に色あせてしまう。だが、大塚氏の考え方は、私には大いに好都合だ。なぜなら、私が主張している李伯元落魄伝説のインチキ性に側面から光を当ててくれるからだ。遺族は、「三千元」を孫菊仙に返却しても生活には、困らなかった。ならば、李伯元の死後、遺族は貧困に

苦しんだという落魄伝説は成立しえない。

注

1）魏紹昌編『李伯元研究資料』上海古籍出版社1980.12所収。113-120頁。以下、『資料』と略称する。
2）樽本「「官場現形記」の初期版本」『清末小説閑談』所収
3）王学鈞編著「李伯元年譜」薛正興主編『李伯元全集』第5巻　南京・江蘇古籍出版社1997.12
4）粤東書局の光緒三十二年石印《官場現形記》60回が記録されている（韓錫鐸、王清原編纂『小説書坊録』瀋陽・春風文芸出版社1987.11。114頁）。
5）樽本「贋作の本棚」『清末小説論集』386頁
6）孫楷第『中国通俗小説書目』北平・中国大辞典編纂処、国立北平図書館1933.3（289頁）／北京・作家出版社1957.7北京第1版未見、1958.1北京第2次印刷／北京・人民文学出版社1982.12訂正重版。231頁
7）李錫奇「李伯元生平事跡大略」『雨花』1957年4月号（1957.4.1）初出。『資料』29-35頁。資料本には、編者魏紹昌による書き換えがある。
8）樽本「清末小説家の落魄伝説」『清末小説探索』所収
9）顧頡剛「官場現形記之作者」『小説月報』第15巻第6号1924.6.10。『資料』16-17頁所収
10）李錫奇『南亭回憶録』上下冊　私家版1998。81頁
11）李錫奇『南亭回憶録』上冊59、141頁

『増注官場現形記』について

　樽本照雄編『増注官場現形記』（清末小説研究会2002.6.1　清末小説研究資料叢書２）に掲載。通称『増注官場現形記』は、日本で発掘した。研究資料として重要である。資料保存のためと研究者が広く利用できるように少部数を影印刊行した。その解説として書いたもの。

1　ふたつの系列──原本系と増注本系

　南亭新著『官場現形記』巻37-42、46-60、各冊３回（本稿では巻ではなく回を使用する）で全７冊、上海・世界繁華報館発行の版本がある。刊行年月は記載されていない。
　活版線装本、印刷題簽で柱に「官場現形記／巻○／○／上海世界繁華報館校刊」（○は数字）と印刷する。
　本文は、12行×23字で、世界繁華報館が出版した原本とまったく同じ組版だ。印刷は鮮明である。初版である可能性が高い。
　『官場現形記』の原本だと考える人がいても不思議ではない。だが、原本によく似てはいるが、違う。
　原本と異なるのは、原本にはない句点を使用し、しかも割注をほどこしている点である。ゆえに原本と区別して『増注官場現形記』と呼ぶ。
　『増注官場現形記』について、中国での所蔵を聞かない。
　『官場現形記』は、もともと全60回で構成される。『増注官場現形記』は、完揃いではないとはいえ、のちに述べる理由により重要な版本なのだ。
　該書の意味を理解するためには、『官場現形記』がどのように出版されたか、

その流れを説明することが必要になる[1]。

　約20年前、『官場現形記』の版本を説明して「原本系」と「増注本系」のふたつを命名したのは、樽本である。

　現在、中国の学界でこの区別と名称が普及しているとは思えない[2]。2系統の区別が必要だという認識がないのだ。

　そもそも、研究者は、従来より増注本系の版本を軽視、あるいは無視してきた。

　軽視しているその情況は、出版された諸版を、時間順にならべるだけだったり、増注本の作成過程を考慮の外に置いたり、はなはだしくは増注本の存在さえ知らずに論文を専門研究誌に発表している例などに見ることができる[3]。掲載にあたって論文審査した研究者に、増注本があるという知識がないのだから、根が深い。

　中国において『官場現形記』の版本研究そのものが重視されていないといわざるをえないのは、残念なことだ。

　版本研究が深まっていない原因のひとつは、鍵となる重要版本の存在が知られていないからだ、と私は判断する。

　鍵となる重要版本の存在が知られていない。失われた環が、失われているという認識すらもない。

　だが、現状とは無関係に、失われた環そのものこそ『増注官場現形記』であるという事実がある。

　『官場現形記』のふたつの系列を説明し、『増注官場現形記』の位置づけをしておきたい。

2　増注本系版本に対する疑惑、あるいは軽視

　南亭新著『官場現形記』全5編60回は、最初、李伯元が上海で発行する『世界繁華報』に連載発表された。

　南亭とは、李伯元の筆名でもある。ついでにいえば、『官場現形記』の署名

は南亭亭長だと記述している文章がある。魏紹昌をはじめとして、多くの研究者がそう書く。しかし、私の知るかぎり、世界繁華報館発行の『官場現形記』のばあい、署名は南亭亭長ではなく、南亭である。逆にいえば、南亭亭長と書く研究者は、原本を確認していないのではなかろうか。

　新聞『世界繁華報』の詳細は、不明のままだ。全揃いは中国では存在しないからである。部分的に残されたものを根拠にすれば、連載の時期は、1903年旧暦四月から1905年六月だと推測される（魏紹昌による）。

　連載が12回分まとまると１編とし、単行本にしてつぎつぎと刊行した。新聞連載と単行本化が並行して行なわれている。

　活版線装本、12行×23字。柱には、上から「官場現形記／巻〇／〇／上海世界繁華報館校刊」と表示される。新聞社が、単行本も出版していることがわかる。

　『世界繁華報』連載にもとづいて刊行された単行本を、私は、原本系と呼ぶ。

　原本系という呼称を使用するのは、先にのべた注釈をほどこす版本（増注本という）が別に存在しており、それと区別するためだ。

　中国では、この原本系と増注本系の関係を明確に説明した文章が、ない。

〇魏紹昌のばあい

　魏紹昌は、いくつかの版本を解説してつぎのように書く。李伯元研究の基礎文献だから、研究者は、例外なく依拠しているといってもいい。それくらい専門論文として価値をもつ。

> 比較的早い復刻本には、粤東書局石印本と吉田太郎に仮託した日本知新社本がある。この２種類は、刊行年をふたつともに光緒三十年（1904）とする。すなわち世界繁華報館の初編12回が出版された翌年だ。その時、全部はまだ出そろってはおらず、この日付はおそらく正確ではない。実際に出版されたのは、1905年よりあとのはずだ。後の主要な復刻本は、以下の４種類がある。（１）崇文[本]堂石印本、書名は『増注絵図官場現形記』、宣

統元年（1919[1909]）二月改訂[訂正]初版。増注者は、欧陽鉅源で、毎回の本文のなかに2行の割注をほどこす。欧陽は1907年暮冬［注：陰暦十二月］に死去しており、この注がニセモノかどうかわからない。扉に「滬遊雑記」と4文字を書いているのは、その意味がわからない。86幅の挿絵がついている。[4]（後略）

「ママ」と注した誤記以外にも、誤解、あるいは説明不足がある。

誤解その1：粵東書局石印本は、1905年以降の発行だとする。

私が見ている粵東書局本は、「光緒甲辰冬月」の記載がある48回までの本だ。1904年発行である。

石印本の単行本が出版される経過について、魏紹昌の説明が不足している。

彼は、『官場現形記』の成立過程を説明して「一九〇三年九月から一九〇五年年末まで続いて刊行した」（『李伯元研究資料』72頁）と書いた。世界繁華報館本のことをいっている。はじめから60回をまとめて発行したわけではない、と正しく理解している。ところが、粵東書局石印本については、世界繁華報館本とは異なり、60回が完結してからまとめて単行本にしたと考える。だから、完結前の年月を記した版本がおかしい、とした。

事実は、ちがう。粵東書局本も世界繁華報館本と同じく、いくつかの部分に分けて出版しており、そのいちいちに出版年月を記載していないだけだ。

三編までをまとめて出版するとき、「光緒甲辰冬月」と記述した。だが、四編を刊行するときには、出版年月は印刷していないと考えれば矛盾は生じない。

誤解その2：日本・知新社本の発行も、1905年以降だとする。

魏紹昌は、日本・知新社本を見ていないらしい。だから、60回を収録していると誤解した。架蔵の日本・知新社本は、初編12回を収めているだけだ。初編の『世界繁華報』連載は、魏紹昌によると1903年らしいから、1904年発行の単行本は問題を発生させない。版本について未見既見を明記しないのは、魏紹昌の不注意である。見ていないものをあたかも見たかのように書いて結果として誤った。

誤解その３：増注系の崇本堂石印本は1909年に発行された。だが、増注者の欧陽鉅源は、それ以前の1907年に死去している。ゆえに、増注はニセモノではないか、と疑う。

崇本堂本に「訂正初版」とあるのならば、訂正前の版本があるかもしれない、と魏紹昌は想像しなかった。想像しなかったというよりも、それを証明する版本の存在に気づかなかったから、誤解したのだ。

短い文章であるにもかかわらず誤解と誤植が少なくない。

上の文章を読めば、魏紹昌が、増注本について疑惑を強く感じていることがわかる。それもかなり大きな疑惑だ。つまり、欧陽鉅源の死後に発行された『増注絵図官場現形記』は、出版社が勝手に欧陽鉅源の名前を使用して刊行した「海賊版」ではないかと疑っているのである。「海賊版」であるならば、版本としては無視するのが無難だ。

魏紹昌が増注本に疑惑を感じたのも無理はない側面があった。なぜなら、原本と増注本を積極的にむすびつける何ものもないからだ。増注本が単なる「海賊版」に見えたとしても、おかしくはない。

魏紹昌以外の中国の研究者も、同じように考えた。原本と並列して増注本を位置づけるなど、論外ということになる。

過去の研究をにらんでいる魏紹昌だから、増注本を疑問視する。

魏紹昌以前の版本研究はどうなっているのか、参考までにいくつかをあげよう。

〇汪原放のばあい

胡適の「序」がある上海・亜東図書館本（1927.11初出未見／1932.7三版）に掲げられた汪原放「校読後記」は、拠った版本について説明する。作品を復刻するのだから、底本を明らかにしなければならない。

ところが、わずかに３種類しかあげていないのには、すこし驚く。

世界繁華報館の活版本「光緒乙巳（1905）正月三版」（甲本と称する）。「滬遊雑誌（記）」と記した石印本（乙本と称する）。標点活版の新本（丙本と称する）。

甲本は、世界繁華報館の原本だ。しかし、汪原放が底本にしたのは、第48回までしかなかった。残りは、乙本によったという。乙本が欧陽鉅源の増注本なのだが、欧陽鉅源の名前を出していない。どうやら汪原放が見たのは、欧陽鉅源の名前が記載されていない石印本であったらしい。
　この乙本（私のいう増注本）について、汪原放は、誤字が多いことを特に指摘する。暗に信頼できない版本だと強調するのだ。
　汪原放の増注本に対する評価が低いとなれば、のちの研究者がそれに影響されるのも理由のあることになる。

○阿英のばあい
　阿英は『晩清小説史』（上海・商務印書館1937.5）において、『官場現形記』の版本が多いと説明しながら、実際に彼が示している書籍は、多くない。
　（世界）繁華報館本をとりあげ、また絵図批点石印本について「繁華本よりもっと美しい」（198頁）というだけだ。絵図を話題にしながら、増注があることに言及しない。さらに、日本・知新社本は「活版本、ただ著者の名前をかえて日本吉田太郎とする。その考えがどこにあるのか知らない」（198頁）と説明する。この初版の字句は、改訂版で「活版本、ただ著者の名前をかえて日本吉田太郎とする。明らかに偽作である」（北京・作家出版社1955.8。129頁）と書き換える。
　清末小説研究の権威である阿英に「偽作」であると断定されたのだから、のちの研究者は、知新社本にたいしてしらずと悪いあつかいをしてしまう。
　増注本系の版本も、それと一緒にされてニセモノよばわりされるようになる伏線が、阿英によってしかれた。
　さらに、阿英「晩清小説目」（『晩清戯曲小説目』上海文芸聯合出版社1954.8／増補版　上海・古典文学出版社1957.9、北京・中華書局1959.5）では、

　　官場現形記　南亭亭長（李伯元）著。六十回。光緒癸卯（一九〇三）世界繁
　　華報館刊。線裝三十冊。又光緒三十年（一九〇四）翻本。托日本知新社版，

吉田太郎著。

と書くのみ。
　著者を南亭亭長とするのは、あやしい。前述したように、世界繁華報館の原本は、南亭新著と表記するからだ。
　増注本は、影も形もない。専門の小説目録に収録される価値さえない、無視してもいい、と誤解される書き方である。阿英の執筆姿勢は、やや軽率であった。

○人民文学出版社のばあい
　解放後に出版された張友鶴校注『官場現形記』（北京・人民文学出版社1957.6）の「出版説明」を見てみよう。
　「本書は光緒二十九年（一九〇三年）繁華報本を底本とし、光緒三十年粤東書局石印本、および宣統元年（一九〇九年）崇本堂石印本を参考にして校訂した」（3頁）と簡単にいう。主要な版本は、あくまでも世界繁華報館本、つまり原本であって、それ以外はせいぜいが参考の位置にあるにすぎない。
　増注本という説明もなければ、欧陽鉅源の名前もない。それらの区別はどうでもよさそうに見える。だからこそ魏紹昌の説明につながる。

○『中国通俗小説総目提要』のばあい
　江蘇省社会科学院明清小説研究中心編『中国通俗小説総目提要』（北京・中国文聯出版公司1990.2／1991.9再版）は、いくつかの版本を列挙するだけ。それぞれの関係については無頓着だ。

○『中国文学大辞典』のばあい
　馬良春、李福田総主編『中国文学大辞典』第6巻（天津人民出版社1991.10）には、『世界繁華報』に連載されたのち世界繁華報館より線装3冊〔ママ〕（30冊の誤りだろう）で単行本化されたことを述べる（裴効維執筆）。あとは1957年の人民文

学出版社本をあげるのみ。ほかは無視する。

○『中国古代小説百科全書』のばあい

　『中国古代小説百科全書』（北京・中国大百科全書出版社1993.4）の「官場現形記」の項目（林薇執筆）は、世界繁華報館本をあげるだけ。増注本は眼中にない。

　以上、中国におけるいくつかの版本説明を概観して得られる印象は、以下のようになる。

　『官場現形記』の成立過程から考えて、世界繁華報館の原本が版本としての信頼度が高いのは当然である。それ以外の増注本系石印本は、増注者が欧陽鉅源であるかどうか不確定だし、海賊版の可能性もあり、信頼するに足りない。

　増注本系石印本に対する不信感が、汪原放、阿英たちにより表明されているのも同然なのだから、魏紹昌がそれを継承してもおかしくはない。だから、上に見たような版本説明になるのも当然だ。研究には長年の蓄積がものをいう。

　しかしながら、長年の研究成果も、原物の出現により一瞬にして崩壊することがある。

　それまでうさんくさいものとして考えられてきた増注本系石印本の信頼性を一挙に回復する版本が発掘された。

　『増注官場現形記』にほかならない。

3　『増注官場現形記』——失われた環として

　『増注官場現形記』7冊は、樽本が日本京都の書店でみつけた。山積みになったまま未整理の古書を1冊1冊点検していて文字通り発掘したのだ。

　該本にしてみれば、見いだされるまで、明治大正昭和の3代を書店のなかで埋もれてすごしたことになる。ひとつは、基本的に戦災にあわなかった京都だから残ったものだろう。ふたつは、多くの客が訪れたはずであるのにその眼を引かなかった。信じられない気がする。

日本に運ばれて、すくなくとも70年以上は経過していると思う。全冊揃いではないのは、途中で、誰かに抜かれたか、別の場所に紛れ込んでしまったか。ぬけている部分をさがしたが、みつからなかった。そのかわり、世界繁華報館本『官場現形記』第9、10回の1冊と木刻本第21、22回、第23、24回の2冊、合わせて3冊を同時に見いだしたのを書いておきたい。

前者は、端本とはいえ世界繁華報館が出版した原本である。印刷が鮮明であるところから初版、あるいはそれに近い版本であることがわかる。私が見た現存するどの原本系版本よりも印刷がきれいだ。さらに、後者の木刻本『官場現形記』は、中国の研究者が誰ひとりとして言及していない珍しいもの。日本に残っていようとは、想像もしていなかった。

『増注官場現形記』がもつ意味について、当時発行していたハガキ通信で報告したことがある。

1981年という時点ですでに増注本の価値を評価していた証拠として、以下に関係部分を再録する。

　　『清末小説研究会通信』第12号（1981.11.1）『官場現形記』増注本の系統
　　　李伯元『官場現形記』全60巻は、上海『世界繁華報』に1903年四月より1905年六月まで連載発表された（従来，その発表時期は魯迅などにより1901-1905年といわれていたが、魏紹昌は上記のように訂正した）。初編6冊12巻、続編6冊12巻、三編6冊12巻というように全5編60巻が順次世界繁華報館より活版印刷、線装本で出版されたらしい。これを原本系の版本とすれば、一方でこれらに注を施した増注本系の版本がある。
　　　「崇文〈本〉堂石印本，書名は《増注絵図官場現形記》、宣統元年（一九一九〈1909の誤り〉）二月改訂初版。増注者は欧陽鉅源、毎回本文に割注を施す。欧陽は一九〇七年晩冬に死去しており、この注がニセモノかどうかわからない。扉に「滬遊雑記」の四文字を記しているがどういう意味か解せず。86葉の挿絵を付す」（魏紹昌『李伯元研究資料』上海古籍出版社1980.12。72頁）と魏氏は疑問を呈している。ところが、これと基本的に同文の粤東

書局石印本1904年十一月、4編48巻12分冊がある。それより何より、端本ではあるが世界繁華報館活版本の増注本（巻37-42、46-60、7冊）を入手した。これこそ粤東書局、崇本堂本の原本なのだ。刊行年は不明だが、世界繁華報館本であるから欧陽の注に違いはないと断言できる。[5]

当時、魏紹昌をはじめとして、増注本系石印本に対する研究者の評価は、ほとんどないに等しいものであった。

増注者である欧陽鉅源の死後に発行された増注石印本であるとか、欧陽の名前を明記しない石印本があったり、発行年もはっきりしないし、と負の評価ばかりが先行していたのである。だから、版本としては、ほとんど無視されていた情況が長く続いたのも理解できないわけではない。

ところが、本文に注をともなった版本で、活版線装の柱に「上海世界繁華報館校刊」と明記し、組版も原本とまったく同じものが日本で出現した。

増注本を出版したのは、ほかでもない、原本と同じ版元である世界繁華報館である。

世界繁華報館が刊行した増注本は、李伯元の了解のもとに作成されていることを意味する。李伯元と親密な関係のあった欧陽鉅源であるから、注をほどこした人物としても十分に納得できる。

世界繁華報館が原本を刊行していたと同時に、欧陽鉅源による増注本が作成され刊行されていたことを証明する版本なのだ。

重要だからくりかえす。世界繁華報館が版元だから、李伯元の了承のもとに発行されていることがわかる。つまり、原本と増注本は同等の価値を持つ。この増注本に絵図を添えたのが、石印本の増注絵図本になる。

それまで、増注本系石印本は、原本とはまったく関係のないものとしてあつかわれてきた。欧陽鉅源の名前を勝手に使用し、無断で原本を写して出版した海賊版だと考えられてきたのである。

しかし、ここにおいて原本と増注本系石印本をつなぐ、失われた環として世界繁華報館の増注本が存在していることが判明した。

それまでうさん臭いと見られていた増注本系石印本は、にわかに原本と同じく重要な価値をもつことになったのだ。それまでの評価をくつがえす画期的な発見であるといってもいい。

　世界繁華報館の増注本の発見について、中国でどのような反響があったのか、なかったのか、表面的にはなにも伝わってこない。はるかのちの1997年に、王学鈞が「李伯元年譜」のなかで紹介したのを知るくらいだ。

　思いおこす。増注本を発掘した当時、私は、中国の複数の研究者にそれについての意見を求めて手紙を書いたことがある。いずれも専門家であったが、返答は、資料が不足していて何もいうことができない、というものだった。

　資料が不足していて、というセリフの本当の意味は、ひとつは、中国では世界繁華報館の増注本が存在しているとは明らかになっていないということ。もうひとつは、それまで誰も問題にしてこなかったから、問題そのものが成立しないと判断する、ということだ。

　中国の研究者たちは、ほとんど思考停止の状態にあったと考えられる。1981年といえば、「文革」が終了してまだ時間も経過していない時期だ。無理もない。

　ところが、そのご、実は、増注本についての扱いに変化が起こっている。密かに表立たず明言もされない形でだ。

　おおかたの辞書項目、あるいは概説の説明と異なるあつかいをするのは、大系と称する2種類の復刻本である。これらを見れば、増注本を無視することから重視する姿勢へと変化していることがあきらかになる。

　この変化が生じているのは、世界繁華報館の増注本が発見されたあとであることを強調しておきたい。

　まず「中国近代小説大系」から紹介する。

○「中国近代小説大系」のばあい
　『官場現形記』上下（南昌・江西人民出版社1989.12）である。
　巻頭に李伯元の肖像を掲載する。つづいて、写真版でまず崇本堂本の扉をし

めし、そのあとで世界繁華報館本の表紙題簽、世界繁華報館本（光緒癸卯八月既望）の扉をかかげる。さらに、世界繁華報館本第1回の本文、李伯元の手紙、増注絵図本の挿絵などをおさめている。下巻も李伯元の肖像、また書、手紙、『世界繁華報』の紙面をかかげる。それらの多くは、魏紹昌編『李伯元研究資料』から複写したもの。また、増注絵図本の残りの挿絵も収録する。

　説明によると、世界繁華報館の初版本を底本にし、その他の版本を参考にしたという。増注本の注を取り入れているから、その他の版本とは、粤東書局石印本、あるいは崇本堂石印本（『増注絵図官場現形記』）をさす。事実、本文に違いのある箇所には校訂者の注釈をつけている。詳細な注釈だから、参考にする価値のある版本だ（校点者：王継権）。

　それまで無視されていた増注本から注を本文に移入させているから、大きな変化だといえよう。

　ただし、原本と増注本の関係を説明していない。また、なぜ、増注本から注を採用するのかの理由説明もない。

　根拠をしめさないから、増注本の価値をなしくずし的に認めたとしか思えない。

○『中国近代文学大系』のばあい

　『中国近代文学大系』第2集第4巻小説集2（呉組緗、端木蕻良、時萌主編　上海書店1995.11）に収録された「官場現形記」は、崇本堂本を底本とする。口絵に崇本堂本の扉を示し、すべての挿絵を縮小して収録している。ただし、刊年を記したページはかかげない。

　もとづいた版本を説明して「本篇拠崇本堂宣統二年（1910）本、増注者為欧陽鉅元」と書く。^{ママ}

　しかし、文学大系本が示すような「宣統二年」という版本を、私は見たことがない。

　崇本堂の訂正初版本が「宣統元（1909）年二月」の奥付をもっているのは、事実だ。また、刊年を示さない、つまり奥付のない崇本堂本も、別に存在して

いる。

　文学大系本の説明は、誤植ではないかと考える（本当に宣統二年版があるのだったらご教示ねがいたい）。

　文学大系は、原本ではなく増注本そのものを底本にした。だがその理由を説明しない。ここでも、なしくずしの増注本重視というわけである。

　両種大系本の一方が増注本を参照し、注を取り入れ、もう一方が全面的に本文として採用する。あきらかに、増注本を再評価した結果であることがわかる。

　参照するのも、採用するのも編集方針だからかまわない。だが、原本との関係を説明していないのは、不可解である。参照する価値があり、本文として採用することができるほどならば、増注本としての存在価値は、以前ほど軽いものではなくなったという意味をもってくるからだ。

　原本と増注本の区別に気づかないはずがない。もし、区別に無頓着ならば、うかつなことだ。

　また、区別をする必要がない、というのであれば、増注者の欧陽鉅源と李伯元の関係を説明しなければならなくなる。

　原本、増注本ともに、作者名は、南亭を記録するだけだ。欧陽鉅源の名前はない。増注絵図本になってから、それも特別な版本ではじめて李伯元と欧陽鉅源の名前が並列されて出てくる。

　問題は、原本に注をつけた版本が刊行されたというだけにとどまらない。

　増注者は欧陽鉅源であるのに、作者名が南亭としか示されていないのは、なぜか。

　疑問のはてには、南亭という筆名の実態がはたして李伯元のみであるのかという重要な問題が生じてくる。

　李伯元の死後も、彼が主編をつとめていた『繡像小説』が発行されつづけていた。しかも、該誌上には、南亭の名前で、依然として作品が発表されてもいる。李伯元死後の南亭とは、誰なのか[6]。

　これらの謎は、『増注官場現形記』が世に出てくる段階で、すでに生成され

ていたということができる。

　今、この謎についての私の見解をくりかえすことはしない。問題が存在することを指摘しておく。

　どのみち復刻本に活用することにより、増注系本の重要性を実質的に認定したという事実にかわりはない。

　以上、増注本をめぐって、ほとんど海賊版として無視ないし軽視されていた過去から、重視される現在へと変化していることを検証した。

　その転換点に、世界繁華報館が刊行する『増注官場現形記』の発見があったことを、ここに書き留めておく。

　　注
1）本稿は、樽本「「官場現形記」の初期版本」（『清末小説閑談』所収）で述べたことと重なる部分がある。増注本系については、「『官場現形記』の版本をめぐって」（本書所収）を参照してほしい。
2）王学鈞が「李伯元年譜」（薛正興主編『李伯元全集』第5巻南京・江蘇古籍出版社1997.12。211-212頁）において樽本の主張を紹介している。
3）蘇鉄戈"辛亥年"（北京）《愛国報》所載晩清小説三種述略」『明清小説研究』2001年第3期（総第61期）2001年月日不記。樽本「忘れられた増注本系『官場現形記』」『清末小説から』第65号2002.4.1
4）魏紹昌編『李伯元研究資料』上海古籍出版社1980.12。72頁
5）のち『清末小説きまぐれ通信』清末小説研究会1986.8.1所収。『樽本照雄著作目録1』所収
6）樽本「李伯元は死後も『繡像小説』を編集したか」本書所収

『繡像小説』編者問題の結末

　『清末小説から』第62号（2001.7.1）に掲載。学界の定説を資料をもって証明するために、17年もの時間がかかるとは想像もしなかった。定説を肯定するにしろ、否定するにしろ、どのみち資料が必要であることに変わりはないということだ。文中に見える武禧とは、劉徳隆氏の筆名である。商務印書館の広告複写は、劉徳隆氏のご提供による。ご多忙にもかかわらず、資料をお送りくださった。お礼を申し上げます。

　商務印書館が発行する小説専門雑誌『繡像小説』の主編は、李伯元であるか否か。1984年以来続いている学術論争である[1]。
　実をいえば、『繡像小説』の主編は李伯元であるという資料が、論争開始後の1985年にすでに発見されている。決着は、ほとんどついているといってもいい。「ほとんど」というのは、この問題について、資料の信憑性を、大多数の研究者が認めているにもかかわらず、ごく少数の人が認めないからだ。納得しない人がいるから、ゆえに「ほとんど」と表現した。異常な事では、ない。ひとつの問題について、意見が別れるのは、普通に見られる。研究は、多数決ではない。だから、いくら大勢の人たちが意見をひとつにしていても、それが間違っていることは珍しくない。通説を疑え、という。納得できない人がいれば、徹底的に疑問を追求する以外に方法はない。動かすことのできない決定的な資料を発掘するまでは、事実の可能性はいくつも存在する。

1　論争の経過

　論争の経過を、簡単に説明しておく。
　『繡像小説』の主編は、李伯元である。これが、従来、一般に認められた説であった。いわば研究者の常識になっていた。1980年代まで、疑問を提出した研究者は、いない。
　たしかに、『繡像小説』そのものに、主編者の名前は記載されていない。主編は李伯元であるとも、ないとも書かれていないのだ。
　李伯元自身が、『繡像小説』の主編をつとめていたと書き残していない。
　呉趼人は、李伯元を追悼して小伝を書いている。その彼が李伯元を紹介して『繡像小説』に言及しないのは、確かに不思議ということができる。つまり、李伯元が『繡像小説』を主編していた、と証言する知人もいない。
　この事実に注目し、通説に対して異議をとなえたのは、汪家熔である。彼は、商務印書館に勤務していた。商務印書館が所蔵する内部資料を利用できるという点においては、ほかの研究者の誰よりも有利な立場にあるということができる。いわば商務印書館内部から、商務印書館が発行していた『繡像小説』の主編は李伯元ではない、と異説が提起されたのである。従来の定説を真っ向から否定する。研究者から注目されたのは、当然だ。
　汪家熔は、通説を否定するにあたり、新しい資料を探し出したわけではない。状況証拠によっている。李伯元の友人呉趼人たちが、李伯元と『繡像小説』の関係について言及していないとか、商務印書館の首脳であった張元済らが「評判の悪い」李伯元をわざわざ招いて『繡像小説』の主編にするはずがない、というだけなのだ。当時、決定的な資料がなかったのだから、状況証拠しかありえない。李伯元編者説を否定し、そのかわりに夏穂卿（曾佑）を持ちだした。
　くりかえすが、汪家熔は、『繡像小説』の主編が李伯元ではない資料を具体的に提出することができなかった。商務印書館には、『繡像小説』の主編が誰であったのかを記録した資料が、保存されていないことがこれでわかる。もし

有力な資料が商務印書館に所蔵されていれば、汪家熔が提示しないはずがない。

汪家熔説に反論したのは、樽本照雄だ。樽本は、『繡像小説』を舞台にしてくりひろげられた奇妙な事実──「老残遊記」の突然の連載中止、「文明小史」と「老残遊記」の盗用問題などから、李伯元が該誌の主編でなければ起こりえない事柄であることを説明した。いわば2次資料を使用して反論したのだ。1次資料がないのだから、状況証拠にならざるをえないのは、汪家熔と同様だ。

だが、樽本がいくら説明しても、汪家熔は納得しない。汪家熔は、論争の過程で、「老残遊記」のほうが「文明小史」を盗用したのだ、と事実とはかけはなれたまったく反対の異説を提出するなどして、混乱ぶりを露呈した。しかし、混乱しているとは本人は認識していない。

編者問題は、それのみにとどまらなかった。盗用問題に並行して、『繡像小説』発行遅延問題が浮上してくる。その結果、従来、李伯元の作品であると考えられてきた「文明小史」は、その最終部分が李伯元の作品ではないという別の問題も発生している。別問題だから、今、これには触れない。

一度は持ち出した夏曾佑だが、証拠がないと反論されると、汪家熔は、再び夏曾佑の名前を筆にすることはなかった。

論争は、最初、『光明日報』の「文学遺産」欄で展開された。全国紙だから、研究者の注目を集めたのは自然の流れだ。しかし、『光明日報』では、編集者によって論争中断声明が出される。一方で『繡像小説』の主編は李伯元だとする資料が、発見される。だが、汪家熔は納得せず、論争は、継続された。樽本照雄と汪家熔が、日本の研究誌『中国文芸研究会会報』において討論を行なったのがそれだ。また、雑誌『出版史料』第5輯（1986.6）でも特集が組まれた。

新しく発見された資料が出されたし、また、樽本の反論に答えなくなったから、汪家熔は、自らの誤りを認めて引き下がったように見えた。しかし、事実は、そうではなかった。彼が沈黙したのは、資料を自分の目で確認するのに時間が必要だったからだ。

汪家熔が資料を確認して下した結論は、その資料そのものが信用できない、と否定することだった。否定することによって、自らの立論が強固なものだと

印象づけようとした。

2　発見された資料（1985）

　新発見の資料とは、1905年の上海郵政司の記録である。方山「李伯元確曾編輯《繡像小説》」（「文学遺産」第692期『光明日報』1985.10.22）から主要部分をそのまま示す。

　　1905年4月上海郵政司関於上海各報刊的調査摘要
　　繡像小説
　　報紙名目　　　繡像小説
　　号数　　　　　二十号
　　司事人姓名　　李伯元
　　出印地方　　　上海北河南路
　　毎次出印張数　毎次発行三千本
　　掛号日期　　　二月初十日

　ここには、あきらかに李伯元の名前がある。しかし、汪家熔は、新聞紙上に示された文面を信用することができなかった。実物を確認するために南京の第二歴史档案館まで足を運んだ。疑問を感じれば、自分の目で確認する。他人の言説を鵜呑みにしない。これこそが、研究者のあるべき姿だ。だからこそ通説に対して疑義を提出することができたのだ。汪家熔の取った行動は、まったく正しいものだった。

　彼は、『繡像小説』とあわせて『外交報』と『東方雑誌』についても関係書類を調査した。その結果を「《繡像小説》編者等問題仍須探索」[2]にまとめ、以下のような疑問を提出する。

　　1．申請単位あるいは法人代表の印章がない。ゆえに権威に欠ける。

2．登録（掛号）は，編訳所事務部が一括処理をするもので，3回（『外交報』は二月初八日，『東方雑誌』は二月十七日）にわけて行なう必要はない。
 3．「出印地方」は発行機構の住所を示す。商務印書館では「棋盤街中市」という俗称を使用しており，河南路とは言わない。
 4．李伯元という字は，自称ではない。この種の登記には本名を使わなければならない。『東方雑誌』の主編には「陶翰卿」とあるが，そういう人物は存在しない。「高翰卿」の誤りであるし，商務内部の人間はそのような間違いを犯さない。
 5．方山は，『游戯報』と『世界繁華報』の登記表にも李伯元の名前があるという。しかし，李伯元が両紙を同時に編集していた事実はない。

　汪家熔が、こまごまと反論を加えて結局のところなにを強調したいのかといえば、上の資料は、李伯元本人あるいは商務印書館の関係者が、直接、書き込んだものではないということだ。つまり、「郵便局の調査員が記入したもの」にすぎない。ゆえに、権威が揺らぐという。聞き書きで登記表を作成した。だから、商務の人間が3回にわけて登記する、自分の会社の住所がどこか知らない、李伯元（宝嘉）がすでに編集していない新聞の登記をする、などなどの怪奇現象が発生しているという。
　汪家熔が慎重に文章を綴っていることが、わかる。この登記表が、李伯元あるいは商務印書館の人間によって書かれたものではないことを問題にしている。だから、権威が揺らぐ（這5頁登記表的権威性就動揺了）とだけ述べる。資料そのものがニセモノだとは言っていない。ここがミソなのだ。
　資料は、非公開とはいえ資料として存在している。李伯元あるいは商務印書館の人間が書いたのではない、というのはそうだろう。だから、汪家熔の指摘するような間違いが生じたのも理解できる。
　だが、「高翰卿」を「陶翰卿」と聞き違えることはあっても、まったく関係のない人物の名前を勝手に記入することがあるだろうか。また、そのようなことができるだろうか。聞き書きを記入したとして、当時、『繡像小説』の主編

という事実があったからこそ、李伯元の名前を記入したのではないのか、と容易に推測できる。

　よく考えてほしい。研究者の努力によって、現在でこそ李伯元という名前は知れわたっている。だが、李伯元の創作作品は、李伯元あるいは李宝嘉の名前で発表されたわけではない。当時、南亭、南亭亭長などの筆名を使用していたのが事実だ。李伯元の名前など、どこを見ても出てきはしないのだ。同時代の人々が、南亭および南亭亭長が李伯元であることを知るようになるのは、彼の死後──1906年以後だ。周知のことになったのは、ようやく1907年のころである。

　ゆえに、1905年当時、『繡像小説』と李伯元の関係を、「郵便局の調査員」を含んで、当時の一般の人々が知っているはずがない。1905年の登記表に、誰も知らないはずの李伯元の名前が、なぜ記入されているのか。こちらの方が、よほど不思議だろう。不思議というよりも、これこそが重要なのだ。『繡像小説』の主編は李伯元だということを知っている人物から、そう聞かされた。それをそのまま記録したと思われる。だからこそ、資料としての信頼性は高いといわねばならない。

　根拠のある登記表である、というのが私の判断である。

　反論にもならない汪家熔の文章だと私は考えるが、『出版史料』誌の編集者はそう判断しなかった。発表する価値があると思ったから掲載したのだろう。また、汪家熔は、自分の立論に自信があった。だから、自著『商務印書館史及其他──汪家熔出版史研究文集』（北京・中国書籍出版社1998.10）に全文を収録して自分の考えが変わっていないことを強調している。

　方山が発見した資料も、汪家熔を納得させることができない。資料としての信頼性が低い、と否定される。

　新しい資料でもだめなのだ。また、自らが状況証拠によっていながら、他人がいくら反論しても状況証拠であるかぎり、汪家熔はそれを認めようとしない。矛盾といわねばならない。

　『繡像小説』を編集したことがある、と李伯元自身が書いている文書がない

から、問題が発生している。

　問題を根本的に解決する方法は、ひとつしか残されていない。すなわち、商務印書館が、李伯元を『繡像小説』の主編として招聘した、と書いた資料を探しだすことだ。だが、商務印書館に勤務していた汪家熔は、それを見つけだすことができなかった。だからこそ、通説を否定したのだが。

　こうなれば、もう私の出番はないといってよい。資料についていえば、日本において調査することは、根本的に無理だからだ。日本に清末関係の資料は、所蔵されていない。資料の発掘は、基本的に中国で行なわれるべきものだろう。中国の研究者が、幅広く、かつ詳細な調査を実施して新しい資料を発見するのを、私は、遠い日本から見守るほかなかった。

　待つこと11年、論争がはじまって17年にして、ようやく別の資料が発表された。

3　発見された決定的資料（2001）

　武禧が「一九〇七年小説略説（中）」（『清末小説から』第61号2001.4.1）のなかで、さりげなく提出している。

　1907年10月9日および12日付『時報』は、以下のような商務印書館の広告を掲載した。

「商務印書館／南亭亭長／繡像小説」（『時報』丁未九月初三日1907.10.9）
　　本館前刊繡像小説特延南亭亭長李君伯元総司編著。遠撫泰東之良規，近挹海東之余韻，或手著，或訳本，随時甄録，月出両期。出版以来，頗蒙歓迎，銷流至広。現已出至七十二期。因存書無多，特行減価零售。毎冊二角。全部七十二冊精装六函，実洋七元二角。（注：上海図書館所蔵のマイクロフィルムで確認した。表題は新聞に掲載されているままを私が補った。原文は句読点なし。武禧がほどこした句読点を生かし、『清末小説から』掲載時の誤字を正した）

『繡像小説』編者問題の結末　227

上の広告は、『時報』にのみ掲載されたのだろうか。同時に別の新聞へ同じ広告を出したのではないか、と考えるのが普通の感覚であろう。

　10月9日付『中外日報』には、『時報』と同文の広告があることを指摘しておきたい。『申報』と『同文滬報』には、掲載がなかった。

　「本館（注：商務印書館）は、以前『繡像小説』を刊行するため、特に南亭亭長李君伯元を招聘し編著を主宰してもらいました」と見える。

　この広告には、重要な意味がふたつ含まれている。

　ひとつは、いうまでもなく、『繡像小説』の編集が李伯元によって行なわれていたことを述べている。商務印書館が出した広告である。商務印書館自身が、李伯元が『繡像小説』の主編であったことを認めている第一級資料にほかならない。

　もうひとつは、南亭亭長が李伯元であることを明記していることだ。重ねて言うが、いまでこそこの事実は周知のことである。しかし、1906年末、呉趼人が「李伯元伝」で明らかにするまでは南亭亭長とだけあって、それが李伯元の筆名であることなど、どこにも書かれていなかった。

　武禧は、この広告について何の解説もしていない。しかし、これこそが李伯元の『繡像小説』主編説を証明する重要資料だと理解している。だから、わざわざ広告の全文を引用したのだ。武禧の慧眼は、賞賛されるべきである。

　上海郵政司の記録は、いわば内部資料であった。

図：『時報』1907.10.12

しかし、『時報』および『中外日報』の文章は、商務印書館が社会にむけて発信した文字通りの広告なのだ。『繡像小説』の主編が李伯元であったことを証明する決定的な資料であるということができる。

　1907年の段階で、『繡像小説』の主編者が南亭亭長李伯元であることが商務印書館自身によって公にされている。複数の新聞に掲げられたものだから、それ以後は、周知の事実として認識されたはずだ。いくら呉趼人をはじめとする李伯元の友人が、李伯元と『繡像小説』の関係について言及していない、といっても事実なのだからしかたがない。周知のことだから、友人たちはあえて述べなかったという見方も成り立つ。ゆえに、『繡像小説』の主編が李伯元であったことについては、わざわざ証拠を提出する必要もない事柄のひとつに属していたと考えられる。

　最後に言っておきたいのは、だからといって汪家熔が提起した問題が、まったくのムダであったなどというつもりは、私には、まったくない。通説に疑問を感じることは、なによりも重要なことだと私自身が考えているからだ。資料に拠って立論する汪家熔の研究姿勢は、私自身がそうありたいと考えている類いのものであることはいくら強調してもしすぎることはない。『繡像小説』の編者問題についてはたまたま、結果として、正しくなかった。それだけのことだ。問題提起があったからこそ、周辺の資料発掘が進んだ。しかも、清末の小説専門雑誌について問題が存在していることを世界の研究者に知らしめたことは、まさに汪家熔の功績にほかならない。

　注
1）論争の詳細は、以下の文章を参照されたい。
　樽本「『繡像小説』編者疑案」台北『中央日報』1991.8.20
　樽本「南亭亭長の正体――『繡像小説』編者論争から始まる――」『清末小説探索』所収
　　なお、最近の文章で詳しくこの学術論争について触れているものに郭浩帆「中国

近代四大小説雑誌研究」（2000.4.28山東大学博士学位論文）がある。
２）『出版史料』1990年第４期（総22期）1990.12。また、汪家熔『商務印書館史及其他
　　――汪家熔出版史研究文集』（北京・中国書籍出版社1998.10）所収。

李伯元は死後も『繡像小説』を編集したか

　『清末小説から』第64号（2002.1.1）に掲載。『繡像小説』の刊行時期についての調査を継続している。以前は見ることのできなかった当時の新聞が、上海図書館においてマイクロフィルムで読むことが可能となった。日本でもマイクロフィルムを購入することができる。これらの新聞には、商務印書館の出版広告が掲載されている。日付のついた資料そのものなのである。『繡像小説』の刊行時期をより詳細に追跡したのが本稿だ。作品の著者にかかわる重大問題だ、と重ねて強調しておく。本書収録に際して、いくつか文献を追加した。

　南亭亭長李伯元は、商務印書館から特に招かれて『繡像小説』の編集をまかされていた[1]。
　半月刊の雑誌を編集し、同時に作品を長期間にわたって連載しつづける。全72冊を単純計算してもまる三カ年の長きにわたる。知力体力の双方が要求される苛酷な作業だ。健康な人間でさえ、維持するのは並大抵のことではなかろう。李伯元は、肺を病んでいたといわれる。期日を守って雑誌の発行を継続することは、むつかしかったに違いない。
　さらに問題を複雑にしているのは、李伯元の死去がからんでくるからだ。しかし、学界では『繡像小説』の発行については、なんの問題もないかのように扱われている。
　さて、そこで表題である。李伯元は死後も『繡像小説』を編集したか。表題への解答は、決まりきっている。死者が『繡像小説』を編集することなど、できはしない。
　死者が雑誌の編集をすることができないならば、李伯元が死去した時点で

『繡像小説』は停刊したに違いない。普通は、こう考える。

1　李伯元死去＝『繡像小説』停刊説

　李伯元が上海で客死したのは、光緒三十二年三月十四日（1906.4.7）であった。

　『繡像小説』が光緒二十九年五月初一日（1903.5.27）に創刊して、半月刊を守って全72冊を出したとすれば、計算上、その終刊は光緒三十二年三月十五日（1906.4.8）となる。一日のずれがあるだけで、まさに、李伯元の死去と『繡像小説』の終刊は重なる。これほど見事な一致はない。

　ゆえに、阿英が『晩清文藝報刊述略』（上海・古典文学出版社1958.3）において「始刊於光緒癸卯（一九〇三）年五月，至丙午（一九〇六），因伯元逝世休刊，共行七十二期」（17頁）と書けば、誰でもそれが事実だと思う。李伯元が死去したため『繡像小説』は停刊した。これが定説だ。

　たとえ、『繡像小説』が第13期より発行年月日を記載しなくなったとはいえ、月2冊の発行は守られた。阿英は清末小説研究の権威であるから、間違えるはずがない。ゆえに、研究者は、信じた。ほとんど信仰になってしまう。私自身、昔、そう信じて疑わなかった。

　のちの専門書も、それを認めている。

　魏紹昌編『李伯元研究資料』（上海古籍出版社1980.12）において、「《繡像小説》半月刊，癸卯（一九〇三）年五月創刊，至丙午（一九〇六）四月停刊，共出七十二期」（17頁）と阿英の言葉をくりかえす。新旧暦の混同もそのままにまねをする。

　それどころか、『繡像小説』終刊の時期について、該書に収録した畢樹棠「繡像小説」の文中の語句を、魏紹昌は書き換える。原文は、「停刊年月不明、約在光緒三十二三年之間（停刊の年月は不明。たぶん光緒三十二年から三十三年の間だろう）」となっている。学術的態度というのは、このように正確に記述することだ。だが、魏紹昌は、これを「停刊於光緒三十二年（丙午）三月（光緒三十

二年（丙午）三月に停刊した）」に変更した。魏紹昌に悪意はなかったのだろう。「丙午停刊」だと阿英が書いているのだから、三月停刊に間違いはない。畢樹棠は、停刊について「勘違いしている」から、正しておこう、というくらいの気持ちだったと善意に解釈できる。だが、それは、余計なお世話であった。資料集に収録した文章に、注記をせずに編者が勝手に手を入れる行為は、研究の世界では許されない。

　以後、『繡像小説』の停刊時期について、光緒三十二（1906）年三月説は、ゆるぎないものとして中国の学界では共通の認識になっている。

　辞典類は、研究成果を抽出したものだから、ひとつの例外も、ない。羅列すれば、以下のようになる。

陳旭麓、方詩銘、魏建猷主編『中国近代史詞典』上海辞書出版社1982.10。607頁

『中国現代文学詞典』上海辞書出版社1990.12。761頁

史和、姚福申、葉翠娣編『中国近代報刊名録』福州・福建人民出版社1991.2。300頁

祝均宙「繡像小説」馬良春、李福田総主編『中国文学大辞典』天津人民出版社1991.10。5182頁

秦亢宗主編『二十世紀中華文学辞典』北京・中国国際広播出版社1992.1。827頁。「1906年停刊」として月を示さない。

魏紹昌、管林、劉済献、鄭方沢主編『中国近代文学辞典』河南教育出版社1993.8。402頁

祝均宙執筆「繡像小説」孫文光主編『中国近代文学大辞典』合肥・黄山書社1995.12。848頁

銭仲聯、傅璇琮、王運熙、章培恒、陳伯海、鮑克怡総主編『中国文学大辞典』上海辞書出版社1997.7。1525頁

熊月之主編『老上海名人名事名物大観』上海人民出版社1997.12。490頁

王広西、周観武編撰『中国近現代文学芸術辞典』鄭州・中州古籍出版社1998.5。922頁

李瑞山「繡像小説」劉葉秋、朱一玄、張守謙、姜東賦主編『中国古典小説大辞
　典』石家荘・河北人民出版社1998.7。141頁
伍杰編『中文期刊大詞典』北京大学出版社2000.3。1909頁

　月を示さない１例を除いて、以上のすべては、光緒三十二年三月あるいは1906年４月を停刊の時期とする。
　罪深いのは、祝均宙、黄培瑋輯録「中国近代文藝報刊概覧（一）」（魏紹昌主編『中国近代文学大系』第12集第29巻史料索引集１　上海書店1996.3。248-274頁）に収録された「繡像小説」の総目録だ。
　まず、解説欄に「1906年４月停刊，共出72期」と書く。そればかりか、第72期の箇所には、ごていねいに「1906年４月〔丙午三月〕」と明記する。あたかも、発行年月が記載されているかのように見える。
　第12期までは刊行年月日が記載されているから「1903年11月３日（癸卯九月十五日）」のように、カッコを使って正確に記録している。ここまでは、よい。編者は、発行年月が記載されていない第13期からは、カッコの形を変えて〔　〕によって推測であることを示したつもりだ。だが、その違いをどこにも説明していない。利用する読者は、発行年月が記載されていると誤解するのである。
　誤解を助長するものとして、同書に収録されている管林、鍾賢培、陳永標、謝飄方、汪松濤「中国近代文学大事記」（1840-1919）をあげよう。1903年５月の項目で『繡像小説』が上海で創刊されたことをいう。ついでに「1906年４月停刊，共出72期」（64頁）と書く。かさねて、1906年４月７日の李伯元死去の箇所でも、「由他主編的《繡像小説》也因此停刊，共出72期」（70頁）と念おしする。
　専門の資料集、主要工具書が、全部こうなのだ。ある意味では、見事というよりほかない。全員が、すべて同じ方向を向いている。研究者の誰でもが、例外なくそうだと考えるのも無理はなかろう。
　学界が一致して、李伯元の死去＝『繡像小説』の停刊だと認めている。だが、新説が提出されていることを見逃すことはできない。当然のように、この新説

は、学界では、ほとんど無視される。

2　新説＝『繡像小説』発行遅延説

　新説とは、李伯元の死後も『繡像小説』は出されていた、予定よりも発行が遅れていたという主張だ。

　『繡像小説』発行遅延説は、今にはじまったものではない。指摘されてから長い時間が経過している。しかるに、学界では、あまり話題にならない。なぜか。

　研究者が、新説の存在に単に気づいていない、定説と異なるから取り上げる気にならない、資料が手元にないから通説を信じている、「文明小史」の著者が別人になる新説など、とても信じるに足るとは思われない、何も知らない外国人が主張しているだけ、たとえ雑誌の発行時期が遅れていたとしても、小さい問題にすぎない、などなどの理由が考えられる。

　しかし、事実だとしかいいようがない。『繡像小説』発行遅延説を無視する研究者は、ことの重大性に気づいていないことを指摘しておく。

　1980年代に、張純が『繡像小説』発行遅延問題をはじめて指摘し、樽本照雄がそれを追認した。

　樽本は、一歩進めて、全体の遅延状況を推測している。全72期は、光緒三十二年年末ころには完結していると具体的に指摘する。さらに、その延長線上に、いままで李伯元の作品だと考えられてきた「文明小史」の一部分は、欧陽鉅源が書いたものだとも問題提起したのだ。

　のちには、王学鈞が「李伯元年譜」（薛正興主編『李伯元全集』第5巻　南京・江蘇古籍出版社1997.12）において、樽本が示す発行遅延説の大筋を認めた[2]。

　さらに、郭浩帆は、「《繡像小説》創辦、刊行歴史追溯」（『清末小説』第23号2000.12.1）において、発行遅延問題を追求し、樽本説と同じ結論に到達している。

　まとめてみれば、『繡像小説』の停刊時期について、現在は、見解がふたつ

にわかれている。

ひとつは、学界の大多数の認識である。李伯元の死去と同時に『繡像小説』は停刊したというもの。一点の疑いもなく、これ以外に事実はない、というように各種の論文にくりかえし記述されている。学界の権威の意見を引用しつづけるのだ。

もうひとつは、ごく少数の研究者がとなえている新説だ。李伯元が死去したあとも、『繡像小説』は発行されつづけていたというもの。

3　『繡像小説』発行遅延の証拠

『繡像小説』創刊号は、光緒二十九年五月初一日の日付をもって発行された。

雑誌に記載された期日通りに、ほぼ創刊されたと考えるのは、光緒二十九年五月初七日（1903.6.2）付『同文滬報』に商務印書館より贈られた『繡像小説』創刊号を受領した、という記事が掲載されているからだ。創刊より一週間後の新聞記事だ。

年	光緒31												光緒32						閏					
月	1	2	3	4	5	6	7	8	9	10	11	12	1	2	3	4	5	6	7	8	9	10	11	12
日															14									
															李伯元死去									
繡像小説		25	32	34		35	39	41	43	44	45	49	52			53 54			55	58	60	62	65	69 72
文明小史		29	36	38		39	43	45	47	48*49	53	56				57 58		*59 60						
活地獄		14				15 16		17	18	19	23	26				27 28			29	32	33	35 37		39 43
醒世縁		7							8	9						10 11				12				14

*49『繡像小説』第45期「文明小史」第49回←「老残遊記」第12回恃強拒捕的肘子、臣心如水的湯
*59『繡像小説』第55期「文明小史」第59回←「老残遊記」第11回原稿／第10回月の満ち欠け

『繡像小説』第13期より、発行年月日が記載されなくなった。しかし、なか

には、それがただちに発行遅延とは結びつかない、と考える人もいよう。

だが、最初からその発行は順調ではなかった。ずるずると遅れはじめる。

3-1 第1年分——第1-24期

九月初三日『世界繁華報』には、商務印書館の広告で『繡像小説』第7期が発行されたこと、第1期が再版されたことが告知される。九月初一日といえば、雑誌の記載年月日によれば第11期が出ていなければならない。予定よりも二ヵ月も遅れている。一方で、第7期が出るという初期の段階で、早くも創刊号が再版されるということは、よほど好評を博したとわかる。

遅れていることに加えて、発行元の商務印書館は、日本の金港堂と合弁会社になる大事件があった。十月初一日のことだ。予定通りならば、ちょうど発行年月日不記の『繡像小説』第13期が出るころだ。外国資本との合弁で商務印書館は、ごたごたしていた。それがはたして李伯元に影響をおよぼしたのかどうかはわからない。だが、事実として、そのころから『繡像小説』の発行は、ますます遅れてくる。

光緒三十年四月初五日付『世界繁華報』は、『繡像小説』が第15期までを発行したことを広告する。予定より五ヵ月遅れだ。

十一月初十日付『世界繁華報』では、『繡像小説』第23期までを発行したという。八ヵ月も遅れている。

十二月初四日付『中外日報』に、『繡像小説』第24期を発行したと広告が出る。本来ならば、第1年の24冊をとっくに発行しおわり、第2年の終わり、冊数でいえば第41期を出していてもいい。ところが、第1年分は、遅れて光緒三十年年末にようやく出そろった。

新聞に掲載された商務印書館の広告によって『繡像小説』の発行状況を推測することは、有効な手段だと考える。しかし、それは間接資料にすぎない、決定的な証拠が必要だと主張する研究者もいるだろう。

ならば、商務印書館が出した出版遅延広告であれば、証拠として充分ではなかろうか。それを示そう。

八ヵ月もの発行遅延が生じると、さすがの商務印書館も、事情を説明する広告を出さざるをえなくなった。

　光緒三十一年二月初六日（1905.3.11）付『中外日報』
　上海商務印書館繡像小説第廿五九期至止均出版
　本館第一年繡像小説全份二十四冊去夏即応出斉嗣以作者因事耽閣兼之此項小説皆憑空結撰非俟有興会断無佳文有此原因故直至去冬始行竣事致令閲者多延数月之久本館不能無歉於心今接出第念五号至四十八号是為第二年全份幸積稿已多加工排印念五念六念七念八念九等五期均已一律出版即日発売各埠預定処均五冊全寄以慰先観為快之心以後蟬聯而下決無愆期凡購一冊価洋二角預定全年二十四冊者価洋四元外埠另加郵費五角代定五份九折十份八折価帰一律空函不覆有欲補購第一年全份者仍售洋四元外埠郵費照加零售仍每冊二角特此布告惟希　雅鑑

　　　　　　　　　　　　　　　　　　　　上海棋盤街北首商務印書館啓

　説明にあるように、第1年分の全24冊は、月2回の発行を守っていたならば、本来、光緒三十（1904）年三月には出ていたはずだ。だが、作者に事情があって、昨年は雑誌の発行が遅れた。二月の段階で、『繡像小説』第25-29期の合計5冊をまとめて発行してしまう。
　5冊同時発行というのも、いってみれば乱暴なやり方だと思う。定期雑誌は、期日通りに発行してこそ意味がある。商務印書館の首脳陣から注意はなかったものか。そのあたりの状況は、はっきりしない。
　引用した広告文で興味深いのは、文中にでてくる「作者」である。『繡像小説』の発行遅延について説明しているのだから、この「作者」は李伯元にほかならない。李伯元が書いた広告文ということになる。
　光緒三十年四月に第15期が発行されたとして、第24期までの全10冊を九ヵ月かけて出した計算になる。作者の事情で発行が遅れたというのだ。そのころの李伯元の行動を見れば、二月に『官場現形記』続編12回の単行本を出版してい

る。四月から『時報』に「中国現在記」を連載しはじめる。七月に『官場現形記』第三編の単行本を出す。『世界繁華報』に「官場現形記」を連載しながらのことだから、忙しかったのは確かだろう。

　多忙のほかに、李伯元が引き起こしたトラブルで私が思いつくのは、劉鉄雲の「老残遊記」をめぐってのものがある。

　劉鉄雲「老残遊記」は、『繡像小説』第9期から掲載がはじまり、第18期で連載が中断している。その理由は、文章の改竄と没書である。

　『繡像小説』第15期に掲載された「老残遊記」第10回の終り部分が、著者に断わりなく書き改められた。つづく第16期では、わたしていた原稿第11回が没にされた。劉鉄雲と商務印書館の間に立って原稿を届けていた連夢青が、商務印書館に抗議する。商務印書館は、原稿の内容が迷信打破の方針にあわなかったからだと説明した。その処置に怒った劉鉄雲と連夢青は、執筆を中断した。連夢青の作品は、「鄰女語」だ。

　このゴタゴタが発生したのが、ちょうど『繡像小説』の発行が遅れていた時期に当たる。なんらかの影響を与えたのかもしれない。

　しかし、広告主の名義は「商務印書館」だ。李伯元は、当然ながら商務印書館の責任ある地位にはいない。しかし、『繡像小説』の発行については責任を持っていた。その発行遅延についての弁明であるから、内容は李伯元の筆になるものであってもその名義は商務印書館となる。

3-2　第2年分——第25-48期

　『中外日報』と『申報』に掲載された商務印書館の出版広告を拾う。発行状況がわかる。25-29期の数字が表わしているのは、すでに発行された号数である。

	『中外日報』	『申報』
光緒三十一年		
二月初六日	25-29期	
二月十八日	30, 31期	
三月初九日	32期	
四月十七日	34期	
六月初五日	35期	
六月初十日		35期
六月二十一日	36-38期	
七月初八日	39, 40期	
八月十一日	41, 42期	
八月十二日		41, 42期
九月二十七日		43期
九月二十八日	43期	
十月初七日	44期	
十月初九日		44期
十一月初五日	45, 46期	45, 46期
十二月十五日		49, 50期
十二月十九日	49, 50期	

　『中外日報』と『申報』の広告は、期日が一致する場合もあるし、一致しないものもある。だが、ほぼ、おなじ時期に同じ広告を掲載していることが見て取れる。上を見れば、第2年分の全48冊は、光緒三十一年十二月には発行されたことがわかるだろう。

　商務印書館自身が、ふたたび発行遅延を認める広告を出しているから紹介しよう。

光緒三十一年十二月初一日（1905.12.26）付『中外日報』
商務印書館繡像小説両年全份出斉第三年続辦広告
本館所出之繡像小説趣味穰　詞旨顕豁両年以来極為社会所歡迎自第二十五号起至四十八号止第二年全份今已一律出斉以後接印第四十九期至七十二期共念四冊是為第三年全份　如預定全份者本埠照旧四元外埠加郵費五角外洋加郵費一元零售照旧毎冊大洋弐角批発另有章程所有各省代派処積次以前報資務望即日数付清以便續定再此第三年凡前両年編撰未完者皆依次逐漸結束成書並増添新著多種搜羅東西洋新奇小説延聘通人翻訳以餉閲者尚祈　大雅速臨購閲為幸

上海棋盤街商務印書館謹啓

　予定を大幅に遅れて第2年全48冊を発行するから、第3年もよろしく、という広告である。
　遅れるたびに、商務印書館は、広告を打っている。
　第2年分は、光緒三十一年年末に発行しおわったとわかる。
　問題は、第3年分だ。やっかいなことに、李伯元の死去がからんでくる。

3-3　第3年分——第49-72期

　注目点は、ふたつある。
　大きな注目点は、李伯元が死去したのち『繡像小説』の第何期より発行が再開されたかというもの。べつの言い方をすれば、李伯元が死去する前は、『繡像小説』は第何期まで発行されていたか、だ。
　もうひとつの注目点は、『繡像小説』第72期は、いつ発行されたか。終刊時期については、意見が分かれているから、ここで決着がつくものならば、解決したい。
　ひきつづき『中外日報』と『申報』に掲載された商務印書館の出版広告を見る。李伯元の死去が問題となるから★印をつけておく。

	『中外日報』	『申報』
光緒三十二年		
正月二十九日		49-52期
二月初二日	49-52期	
★三月十四日	李伯元死去	
三月二十五日	53,54期	
三月二十八日		53,54期
六月初二日	55,56期	
六月初八日	57,58期	
六月初十日		57期
七月二十二日	58,59期	
八月初二日	60,61期	
八月二十日	62-64期	
九月初一日		62-64期
十月二十六日	65-67期	
十月二十七日		65-67期
十二月初二日	69期	
十二月初六日		69期
十二月十八日	72期	
十二月二十一日		72期

　李伯元死去の前後が、重要である。すなわち、李伯元が死去する前の約一ヵ月以上は、52期を出したまま動きが明らかに止まっている。李伯元の死後十一日たって、『繡像小説』第53期が発行された。

　くりかえす。死去する前は、『繡像小説』第52期までが出ていた。分かれ目は、第53期なのだ。

　李伯元死後の『繡像小説』に注目していた人物がいる。呉趼人である。

呉趼人は、『繡像小説』の主編であった李伯元が死去したからには、雑誌そのものも停刊するものだと考えていた（と推測する）。李伯元死去の十一日後に発行された第53、54期を見て、疑問を感じただろう。
　その後、しばらく空白時間がある。これで、予想通りに李伯元の死をもって『繡像小説』が停刊した、と呉趼人は思ったはずだ。
　ところが、四月、閏四月、五月と三ヵ月と少し経過したところで、突然、第55期が出てくる。それ以後、不定期に発行されはじめたのを見て呉趼人は驚いたに違いない。李伯元の筆名である南亭亭長、謳歌変俗人名義の作品が、なんの注釈もなく知らぬ顔をして、まるで李伯元が生存しているかのように連載を続けているからだ。
　呉趼人は、怒った。だからこそ彼は、いわゆる「李伯元伝」のなかで言及したのだ。『月月小説』第1年第3号（光緒三十二年十一月望日）に李伯元の写真を掲げ、その裏に書かれている。写真をのせるばかりか伝記を書いているくらいだから、李伯元と呉趼人の親密さも理解できようというものだ。
　呉趼人の文章のなかに「町の商人のなかには、他人の書いた小説を君の名前で出版するものさえいる。社会で重要視されていることが想像できる（坊賈甚有以他人所撰之小説，仮君名以出版者，其見重於社会可想矣）」とある。なにげない表現だ。しかし、李伯元が死去して九ヵ月後に発表されたこの追悼文と、彼の死後もまだ発行されつづけている『繡像小説』を重ねてみた時、呉趼人の言葉は重要な意味を持つ。
　文中の「町の商人」とは、商務印書館の人間を指していると考えられる。李伯元の死後も、あたかも李伯元が執筆しているかのように筆名を使用した作品を発表しつづけていることを非難したのである。李伯元の死亡の事実と彼の筆名での作品の関係を知っていなければ書けない内容だといえよう[3]。
　光緒三十二年十二月中旬に第72期を発行し、「来年の大改良」を予告する。

光緒三十二年十二月十八日（1907.1.31）付『中外日報』
商務印書館繡像小説第七十二期　毎冊大洋二角是書三年届満現擬停刊明歳

大加改良届期再行布告
　　　　　　　　　　　　　　　　　上海棋盤街商務印書館

　李伯元の死後も、十ヵ月にわたって全20冊の『繡像小説』が発行されつづけていた事実がここにある。20冊といえば、ほとんど1年分の冊数だといってもいい。
　『中外日報』には、その後、同じ広告が継続して掲載された。誌面改良を予定しています、またお知らせします、とくりかえしながら、それが実現されることはなかった。

　　　丁未正月十一日（1907.2.23）付『中外日報』
　　　繡像小説　零售毎冊大洋二角／全年廿四冊洋四元／外埠另加郵費五角／存書不多幸速購取／現満三年七十二期／以後改良再行布告

　これと同じ広告が、新聞の広告欄にこのあとも延々と掲載されつづけるのだ。『繡像小説』の改良復刊計画は、自然に消滅してしまったのである。

4　李伯元の死後

　李伯元が死去したのちも『繡像小説』は発行されていた。
　すると、研究者の誰も考えなかった、想像もできなかった新しい問題が発生する。
　『繡像小説』に連載していた南亭亭長名義の作品「文明小史」「活地獄」あるいは謳歌変俗人名義の作品「醒世縁弾詞」は、その一部が李伯元の作品ではなくなる。

4-1　「文明小史」の場合
　『繡像小説』第53期が分かれ目となる。「文明小史」第57回が掲載されている

から、この第57回より第60回（『繡像小説』第56期掲載）までの4回分が李伯元の執筆ではなくなる。

「文明小史」の一部分でも、李伯元の死後に発表されているのならば、それを書いた人物は誰なのか。李伯元の親密な協力者だった欧陽鉅源しか可能性は残らない。

「老残遊記」と「文明小史」には、盗用関係があった。「老残遊記」のなかから一部の表現を「文明小史」が盗用したのだ。それも2回ある。

「文明小史」第49回（『繡像小説』第45期）が、「老残遊記」第12回（『繡像小説』第17期）から「恃強拒捕的肘子、臣心如水的湯」を無断使用する。これは、李伯元が生きていた時だから、李伯元自身がやった。

もうひとつは、「文明小史」第59回（『繡像小説』第55期）が、「老残遊記」第10回（『繡像小説』第15期）の月の満ち欠け部分と、「老残遊記」の原稿第11回から大幅に「北拳南革」部分を盗用する。こちらは、李伯元の死後だから、李伯元ではありえない。欧陽鉅源だ。

『文明小史』は、連載終了後、単行本になって商務印書館から発行された。奥付には、「丙午年九月十三日印刷／十月九日初版」とある。「文明小史」の連載終了が、『繡像小説』第56期で、おそくとも六月には該号が発行されている。六月に連載が終了し、九月に単行本の印刷がなされるならば、時間的につじつまがあう。矛盾したところはない。

4-2 「活地獄」の場合

「活地獄」は、最後の4回が、呉趼人と欧陽鉅源によって書き継がれている。つまり補作ということだ。

第70、71期掲載の「活地獄」第40-42回が繭叟、すなわち呉趼人によって、第72期掲載の第43回が茂苑惜秋生、すなわち欧陽鉅源によって書かれた。

「文明小史」では、南亭亭長のままで、最後の4回は、実質、欧陽鉅源の執筆であった。同じ南亭亭長名義の「活地獄」では、なぜ、同様なことにならなかったのか。

考えるに、呉趼人を補作者に引っ張り込んだから南亭亭長の看板を掲げることができなくなったのだ。

そもそも南亭亭長、南亭というのが、李伯元と欧陽鉅源の共同筆名であったというのが私の持論だ。呉趼人を加えると、共同筆名を使うわけにはいかない。とてもではないが、南亭亭長の幽霊執筆者になってくれませんか、とあの有名な呉趼人に頼む度胸は欧陽鉅源にはなかっただろう。

案の定、呉趼人は、その間の事情をにおわせる文章を発表した。それも李伯元の追悼文においてである。ここでは、くりかえさない。

欧陽鉅源から、李伯元の「活地獄」を補作するよう呉趼人は依頼された。その際、当然のことながら自分の筆名である繭叟を使うことを要求する。それと同時に、李伯元の死後も「文明小史」が南亭亭長という筆名で発表されている事実をにらんでいる。南亭亭長が李伯元と欧陽鉅源の共同筆名だとは知らなかった呉趼人は、南亭亭長＝李伯元の名前をかたって発表していると商務印書館を批判したわけだ。

呉趼人の記述は、李伯元の死後も『繡像小説』が発行されている事実を反映しているとわかる。

「活地獄」がいったん繭叟名で発表されてしまうと、それを継続させてもとの南亭亭長名をふたたび使うわけにはいかない。しかたなく茂苑惜秋生＝欧陽鉅源名をあらわにしたということだ。

4-3 「醒世縁弾詞」の場合

第10-14回が、李伯元の執筆ではないことになる。

さて、以上の問題提起に対して、研究者は、どう答えるのだろうか。

いままで長年にわたり無視してきたのだから、急に返答ができるとも思えない。期待しないで待っている。

注

1）樽本「『繡像小説』編者問題の結末」本書所収
2）216頁でつぎのように書いている。「本月（注：光緒三十二（1906）年三月）、李伯元は逝去したため『繡像小説』は停刊し、第72期を出してとまった。第72期は丙午三月と書いている。しかし、書かれた日付はかならずしも『繡像小説』が停刊した本当の日付とはかぎらない。事実上は、出版が遅れていた可能性がある」。王学鈞は、なにか勘違いしている。『繡像小説』の原物には、「丙午三月」などという記載はない。ないからこそ論争になっているのだ。
3）樽本「『繡像小説』の刊行時期」『清末小説論集』所収

李伯元の肺病宣言——『繡像小説』発行遅延に関連して

『清末小説から』第69号（2003.4.1）に掲載。『世界繁華報』の一部は、昔、原物を見たことがある。移転する前の上海図書館においてだった。国際学会に参加した機会を利用したのだ。しかし、手に取れば今にもボロボロと破れそうで肝を冷やし、じっくり閲覧するどころではない。新築移転した上海図書館では、マイクロフィルムになっている。容易に読むことができるようになったのはうれしかった。一度は、私も通覧した。現存している部分は少なく、それほど時間もかからない。しかし、その時は、李伯元の肺病宣言が掲載されていることには気づかなかった。該紙は、多くの中国の研究者が見ているはずだが、だれも報告をしていない。見逃したのだろう。私が見つけたのは、該紙のマイクロフィルムを日本で購入してからだ。念のためもういちど機械にかけてみると、それがあることを発見したというわけ。ちいさな記事だが、その示している内容は豊富だということができる。

1　李伯元の死因

　李伯元の死因は、肺病すなわち肺結核であった。
　これは、周知のことだ。あらためて証明を必要としないようだから、定説であるといっていい。
　現在にいたるまで、この定説にたいして、疑問、異議が提出されたとは聞いていない。
　文学史的事実を探るうえで証拠とされるもののひとつは、本人の記述、友人、親戚の証言などである。
　李伯元の死因について、本人が書き残した文章の存在が明らかにされたこと

はない。それどころか、客観的に証明する資料が提出されたこともない。

　李伯元の死因が肺病であったことについては、友人たちの証言が有力証拠となっている。

　ただし、それに触れない重要資料もある。李伯元の友人であった呉趼人の証言が、それに該当する。李伯元の死後、彼を追悼して書かれた短いものだ[1]。

　呉趼人は、李伯元の死因について何ものべていない。

　触れていないといえば、李伯元が『繡像小説』を編集したことにも言及しない。ゆえに、親しい友人である呉趼人が李伯元の『繡像小説』主編をいわないのだから、李伯元は該誌の主編ではなかった、と立論する研究者も出てくる。

　あらかじめ断わっておく。私は、本稿において李伯元の死因が肺病であったことを否定するつもりはない。ご安心いただきたい。

　私が言いたいのは、次のことだ。

　すなわち、定説になっている事柄について、あらためて万人を納得させる具体的な証拠――物的資料を提出しようとすれば、そこには大きな困難が存在する。

　さきほどあげた李伯元の『繡像小説』主編問題が、よい例だ。

　定説であった李伯元『繡像小説』主編説を、物的資料を示してあらためて証明するために、約17年の時間が必要だった。

　『繡像小説』の編集に李伯元を招聘した、という商務印書館自身が新聞に掲載した広告こそが、決定的な証拠となる。

　この資料が出てくるまでに、それくらい長い期間を待たなければならなかったということだ。

　まず、李伯元のわずらった肺病について、呉趼人以外の同時代人がどのように証言しているのかを見ておきたい。

1-1　同時代人たちの証言

　李伯元の死後に書かれた追悼の対聯集が、『李伯元研究資料』に収録されている。写しのようで、これらがいつ、どこに発表されたのか、細部にわたる説

明はない。

　これらの対聯を書いた人々は、全員が李伯元と面識があったと考えていいだろう。

　そのなかのひとり文廷華（文芸閣の弟）は、対聯の語句に「数月間労瘵以死」と織り込んだ。「瘵瘵」は肺病のことだから、これが死因となる。

　肺病は、長期間にわたって病状が徐々に悪化する。「数月間」というのは、病床に臥して身動きが取れなくなった期間のことを表現しているのだろう、と私は考える。

　死後、約九ヵ月後に、先にあげた呉趼人の「李伯元伝」が公表された。ただし、前述のように死因までは言及がない。

　すこし時間がくだり、1924年以降に、李伯元に言及する文章が重なって発表された。

　魯迅は、『中国小説史略』の「第二十八篇　清末之譴責小説」において、「三十三年三月以瘵卒，年四十（一八六七－一九〇六）」[2]と記述している。

　魯迅の記述に見える光緒「三十三年」は、「三十二年」の誤植だ。魯迅は、李伯元の死因が病とだけ書いている。肺病であったと知っていたかどうかはわからない。

　顧頡剛が李伯元の親族に聞き取りをしたのは、胡適の依頼をうけたからだ。

　『小説月報』に発表した文章の中で、「宝嘉以瘵瘵卒。時光緒三十二年丙午，年方四十」[3]と記録した。親族の証言でも、死因は肺病になっている。

　孫玉声も李伯元の友人のひとりだから、彼の証言も信用することができる。李伯元を思い出して、「無何，李患瘵疾，卒於億鑫里旅邸，時年猶未四十」[4]と書く。死去した場所を特定して詳しい。

　李伯元の死因が肺病であることについて、友人、同時代人の証言は一致しており例外がない。

　以上のようなわけで、李伯元の肺病死因説は、定説となった。

1-2　魏紹昌の文章

阿英も、以上の記述をもとにして李伯元が肺病で死去したことをのべる。
　魏紹昌は、さらに、李伯元をとりまく当時の情況について彼自身の考察をつけくわえた。
　李伯元の病状と当時の執筆情況をからめて、魏紹昌は詳細に記述していて他の追従を許さない。
　原文のままを引用する。

〔(注)一七〕李伯元卒於光緒三十二年丙午三月十四日，当年二月初一出版的第六十九期《繡像小説》半月刊上，還在連載他的長篇小説《活地獄》第三十九回，至二月十五日出版的第七十期上，才改由呉趼人続写第四十回，可見李伯元當年正月間尚在動筆，他得病至故世不過一個半月光景。李伯元原来患的是慢性癆瘵症，因長期積労成疾，便一発不可収拾，只活了四十歳。……（李伯元は、光緒三十二年丙午三月十四日に死去した。その年の二月初一日に出版された『繡像小説』第69期誌上では、まだ彼の「活地獄」第39回を連載しており、二月十五日出版の第70期で、ようやく呉趼人がかわって第40回を続作した。李伯元は、その年の正月までなお執筆していたことが理解できる。彼が病気になって逝去するまで一ヵ月半にすぎない。李伯元は、もともと慢性の肺病をわずらっていた。長年にわたる過労のために病気になり、発病するとなおすことができず、四十歳を生きただけだった。……）5)

　『繡像小説』は光緒二十九（1903）年に創刊して、月2回の刊行を維持していれば、3年全72期を出すのが、ちょうど光緒三十二年三月になる。しかも李伯元の死去は、同年同月なのだ。
　李伯元の死去と『繡像小説』の停刊は、両者ともに光緒三十二年三月に発生した。時間が、まったく重なっている。
　主編の李伯元がいなくなったのだから、『繡像小説』が停刊するのが普通であるし、また当然である。そう理解して不自然なところは、どこにもない。誰しもがそう考えた。

阿英が指摘して以来、中国の研究者は、以上のように説明してきている。魏紹昌も例外ではなく、阿英の記述を疑うことなく忠実になぞった。
　ゆえに、光緒三十二年正月まで李伯元は執筆を続けていた、と魏紹昌が想像したのも、理解できないわけではない。
　これに対して、研究者はひとりとして異議をとなえていないから、定説の一部となっているのだろう。
　だが、現在、『繡像小説』の発行が遅れていたという事実を、私は知っている。李伯元の死後も『繡像小説』は、刊行されつづけていたのだ。
　『繡像小説』発行遅延説をもとにすれば、李伯元の死去に関連して、魏紹昌の記述には、不十分なところが出てくる。魏紹昌がおこなった説明の問題点をふたつ指摘しておく。
　問題点１：『繡像小説』の発行時期について、魏紹昌は誤認をしている。
　『繡像小説』は、期日を守られて半月発行であった、と長らく考えられていた。
　魏紹昌のこの文章が発表された1980年ころは、『繡像小説』発行遅延説は提出されていない。1985年まで待たなくてはならない。
　重要な点だからくりかえす。該誌の停刊と李伯元の死去は、同年同月で重なるように見える。李伯元の死去によって『繡像小説』は停刊せざるをえなくなった、と誰でもが考えて納得する。
　だからこそ、魏紹昌は、光緒三十二年正月ころまで、『繡像小説』の第３年全72期が完結する直前まで、すなわち李伯元が死亡する直前まで、彼は原稿を執筆していた、と推測した。
　しかし、李伯元の死後も『繡像小説』が刊行されていたとなると、「文明小史」「活地獄」などの終わり部分が、李伯元の著作ではなくなる。
　中国と日本において提出された新しい見解──『繡像小説』発行遅延説について、魏紹昌は、生前、とうとう一言も反論しようとはしなかった。また、関連する文章も書こうとはしなかった。『繡像小説』の主編問題については、いくつか発言したにもかかわらずだ。

『繡像小説』発行遅延説は、魏紹昌にとっては、どうしても承服しがたい問題だったのではないか。しかし、反論できない部分があったため、文章を発表するには至らなかった、と私は考えている。
　問題点2：魏紹昌の記述に、あいまいな点がある。
　「病気になって（得病）」から死去するまで一ヵ月半にすぎない、と魏紹昌は書く。それと、その直後にのべられる「李伯元は、もともと慢性の肺病をわずらっていた」というのは、矛盾する。
　好意的に解釈すれば、病状が悪くなって、という意味を魏紹昌は持たせているのだろうか。
　ふたたび強調しておきたいのだが、私は、李伯元の死因が肺病であったことを否定するつもりは、まったくない。
　それどころか、李伯元自身が肺病であることをのべた文章を見つけた。新発見である。ゆえに、ここで公表したい。この記事により、李伯元の病状と執筆状況について、より一層深めた考察が可能になる。

1-3 李伯元肺病の新出資料

　李伯元がわずらった肺病について、今まで、彼の友人たちの証言しか見ることができなかった。
　まさか、李伯元本人が、自分が肺病であることを告白する新聞広告を出していたとは、思いもしない。私は実物を発見して、おどろいた。
　新出資料である。かつ、重要資料であるから、以下に全文を引用する。

　『世界繁華報』光緒三十二年二月十五日（1906.3.9）

　　告我良朋
　　鄙人夙有肺疾春
　　寒即□入夜尤甚
　　医云非静摂不可

図：『世界繁華報』光緒三十二年二月十五日（1906.3.9）

　　故自今年正月起

　　　諸公招飲一概

　　心領敬謝容俟賤

　　躯全愈再當照旧

　　追陪敬布区区伏

　　希愛察　南亭啓

『世界繁華報』の原物は、上海図書館に所蔵されている。現在は、マイクロフィルムで読むことができる。ただし、1901年から1907年までのうち68日分しか残っていない。しかも、その状態は、決して良好というわけではない。破損している箇所もあるし、新聞の印刷そのものが鮮明ではなく、裏写りが激しく、ほとんど読むことができない部分もある。
　問題の文章は、比較的鮮明に印刷されているのが幸いした。
　「私の良友へ告げる」と題されており、南亭、すなわち李伯元の署名がある。その内容から、私は該文を「肺病宣言」と名付ける。
　李伯元の肺病宣言は、新聞第1面の題字の下に日本のタバコの広告などにまざって掲載されている。見落としてしまうほどのちいささというわけではないが、決して大きなあつかいではない。自分の主宰する新聞だから、社主が出した広告ということになろうか。
　肺病宣言によれば、李伯元は、自分が肺を病んでいたことをはやくから知っていた。春の寒さが身にこたえ（一字不明）、夜は特にひどい。医者は、安静にして摂生するようにという。そこで、今年の正月から、みなさまのご招待には、ご好意だけをうけて、お断わりしている。全快いたしましたら、またよろしく。
　内容としては、病気による招宴辞退だけのように見える。
　だが、この広告自体が奇妙なものだ。自分の肺病を広く宣言するのは、なんのためか、と不思議に思う。奇妙というよりも、いろいろと考える手掛かりをあたえてくれるといった方がいい。
　だいいち、招宴の謝絶ならば、個別に対応できそうなものではないか。それをわざわざ新聞広告で知らせているところから、逆に考えれば、当時、李伯元は、かなり頻繁に宴会に招かれていたと想像できる。
　李伯元は、正月から友人たちの宴会を謝絶していると説明する。正月とは、この宣言から約一ヵ月半まえのことだ。招宴を断わりはじめてから肺病宣言まで、約一ヵ月半も経過している。
　この部分から推測できるのは、この一ヵ月半の間に、ひきもきらず招待が続いていたから、個別に対応するのがあまりに煩わしく、たまりかねて新聞広告

を出したということか。ただし、現在見ることのできる『世界繁華報』は、二月十五日（1906.3.9）以前が欠落している。所蔵されない新聞に李伯元の動静をうかがう記事があるにしても、今、それを知ることができない。

　この新聞広告から、ちょうど一ヵ月後の三月十四日（1906.4.7）に、李伯元は死去した。

　欧陽鉅源は李伯元のことを称して「花柳界の管理役」といったことがある[6]。多忙であったという意味だ。それと彼の持病である肺病だ。

　問題になるのは、病身の李伯元に原稿執筆の余裕があったのかどうかである。

　進行中の肺病をわずらっているが、病状が軽微である時期は「花柳界の調停役」をつとめながらも新聞、雑誌を編集し原稿を書くことはできたであろう。李伯元には、欧陽鉅源という協力者がいた。大いに欧陽を頼りにしたはずだ。肺病持ちの身では、協力者が存在しなければ、原稿執筆などできはしなかった、ということではないか。

　特に注目されるのが、光緒三十二年正月からのことだ。

　宴会に出ることをやめれば、その分、作品を執筆する時間が、李伯元には生じたはずだ、という見方もありうる。

　その反対に、宴会に出席するだけの気力もない李伯元に、創作の筆を執り続ける精神力が残っていただろうか。大いに疑問だということもできる。魏紹昌がいう「その年の正月までなお執筆していた」は正しくなく、正月には執筆をやめていた、と考える。

　では、李伯元の「肺病宣言」と『繡像小説』の刊行状況をからめるとどうなるか。

　発行遅延説をあつかえば、必然的に前稿「李伯元は死後も『繡像小説』を編集したか」[7]と重複する部分がでてくる。ご了解をいただきたい。

2　『繡像小説』発行遅延の状況

　『繡像小説』の発行が遅延していた具体的な状況は、各種新聞に掲載された

出版広告を追跡することで詳細に見ることができる。だから、いままで（天津）『大公報』、『中外日報』、『申報』あるいは雑誌『東方雑誌』の広告に注目してきた。

　以上に加えて、『繡像小説』の発行が遅れていた事実を、商務印書館自身が広告を出してみずから認めている証拠も、私は、すでに提出している。

　ひとつは、光緒三十一年二月初六日（1905.3.11）付『中外日報』の「上海商務印書館繡像小説第廿五九期至止均出版」だ。

　本来は光緒三十年三月には刊行されていなければならない第１年全24期である。それが、作者に事情があって発行が数ヵ月も遅れている。刊行がようやく同年年末になったことが、この広告からわかる。

　ふたつめは、光緒三十一年十二月初一日（1905.12.26）付『中外日報』「商務印書館繡像小説両年全份出斉第三年続辦広告」である。

　前の広告からほぼ十ヵ月後に、商務印書館がふたたび出した『繡像小説』の発行遅延広告だ。

　光緒三十一年の年末に第２年度分第48期までを刊行完了した、第３年も継続発行します、という。ただし、こちらには発行遅延の原因について説明はしていない。

　『繡像小説』第２年度も、初年度の発行遅延をそのまま引きずっている。全体として、予定よりも、ほぼ、九ヵ月の遅れだ。

　このふたつの広告を見ると、光緒三十年年末に第１年度分が、第２年度分が同様に遅れて光緒三十一年年末に刊行を完了していることが明らかだ。発行遅延が日常化しており、年度の終わりに、そのつど商務印書館がおわび広告をだしていることになる。

　みっつめの発行遅延広告を見つけたので、紹介する。

　光緒三十一年年末に第49、50期を出版しているから、すでに第３年度分の刊行をはじめていたことになる。

　光緒三十二年正月二十九日付『申報』の広告では、第49-52期の出版が見える。つまり、第51期と第52期の２期分を刊行して、かろうじて半月刊の形を整

李伯元の肺病宣言　257

えたということだ。しかし、同年二月、三月は、それ以上新しい刊行がない。
　そこに李伯元の肺病が宣言された。彼の肺病宣言が掲載された同じ日の新聞に、商務印書館が『繡像小説』第52期を出版したという広告が出ている。

2-1 『繡像小説』発行遅延を証明する新出資料
　いままで公表されたことのない資料である。

　　『世界繁華報』光緒三十二年二月十五日（1906.3.9）
　　上海商務印書館繡像小説第五十二期出版
　　　　　　　　　　　　本館第一□□□小説□□□
　　　　　　　　　　　　□□去夏即□出□□□□□
　　　　　　　　　　　　因事耽閣□之此項小説□□
　　　　　　　　　　　　空結撰非俟有興会断無佳文
　　有此原因故□□去冬始行□事致令閲者多延数月之久本館不能無歉□
　　心今□出第念五号至四十八号是為第二年全份□□稿已多加工排印四
　　十八期現已一律出版即日出売各埠定□均五□全□以慰先睹為快之心
　　以後蟬聯而下決無怨□凡□一□（後略）

　新聞の印刷そのものが不鮮明である。活字が原因なのか、それともインクの問題なのか、組みの技術が未熟なのか、それともたまたまこの日のものだけがそうなのか、とにかく読むことのできない部分が多い。
　どうにか判別できそうな箇所の一部を上にかかげた。
　読めない箇所を埋めていくのは、パズルを解くようなものだ。とりかかってみると、この字面をどこかで見たような気がしてきた。記憶をたどると、つい先日発表した「李伯元は死後も『繡像小説』を編集したか」に思いいたる。光緒三十一年二月初六日（1905.3.11）付『中外日報』に掲載された商務印書館の『繡像小説』発行遅延広告にほかならない。比較対照してみれば、両者の字句は、ほとんど同一である。

判読不明の箇所に字をおぎない、あらためて全文を下にかかげる。

　　上海商務印書館繡像小説第五十二期出版
　　　　　　　　　　　　本館第一年繡像小説全份廿
　　　　　　　　　　　　四冊去夏即応出斉嗣以作者
　　　　　　　　　　　　因事耽閣兼之此項小説皆憑
　　　　　　　　　　　　空結撰非俟有興会断無佳文
　　有此原因故直至去冬始行竣事致令閲者多延数月之久本館不能無歉於
　　心今接出第念五号至四十八号是為第二年全份幸積稿已多加工排印四
　　十八期現已一律出版即日出売各埠定処均五冊全寄以慰先覩為快之心
　　以後蟬聯而下決無怠期凡購一冊価洋二角預定全年二十四冊者価洋四
　　元　另加郵費五角代定五份九折十份八折価帰一律空函　欲補購第一
　　年份全份者有仍售洋四元外埠郵費照加零售仍每冊二角特此布告惟希
　　雅鑑上海英租界棋盤街北首商務印書館啓

　確認しておく。光緒三十一年二月初六日（1905.3.11）付『中外日報』に掲載した『繡像小説』の発行遅延広告を、そのまま『世界繁華報』光緒三十二年二月十五日（1906.3.9）に流用している。
　書き換えたのは、わずかだ。主として、第25-29期の5冊を一度に刊行します（念五念六念七念八念九等五期均已一律出版）という箇所を、48期（四十八期現已一律出版）にしただけにすぎない。
　ただし、つじつまのあわない文面になっている箇所がある。
　冒頭の「本館第一年繡像小説」部分は、もとの広告の文面のままだ。広告が掲載された時期を考慮すれば、昨年の夏ではなく、一昨年の夏でなくてはならない。
　第25-29期の5冊を一括して発行した、というのがもとの文面だった。そこを、48期を全部発行したと書き換えたのはいい。だが、そのあとの5冊をそのままにして訂正していないから、期数が合わなくなって矛盾する。

李伯元の肺病宣言　259

広告主は、商務印書館という名称にはなっている。だが、以上の文章の不備を見れば、文面を詳しく検討する余裕もなかったようだ。

2-2 『繡像小説』発行遅延広告の意味
　そんな記述間違いのほかに、とりわけ私が重視するのは、この『繡像小説』第52期刊行広告——発行遅延広告なのだが、李伯元の肺病宣言と同じ日の『世界繁華報』に掲載された事実なのだ。
　『繡像小説』の主編である李伯元が、肺病のために病気治療に専念する。それと同時に『繡像小説』が第52期を刊行して、続刊を案内する。一般読者にとっては、『繡像小説』が李伯元（南亭）の編集者であったとは、その時点では周知の事実ではなかったかもしれない。しかし、南亭は『繡像小説』の主要執筆者なのだから、その彼が病気で休むとなれば、『繡像小説』が続刊されるかどうかに疑問を抱いても不思議ではなかろう。
　三月十四日、李伯元は死去する。
　三月二十日付『中外日報』では、あいかわらず『繡像小説』第49-52期の出版広告をくりかえしている。
　二月より『繡像小説』の刊行が停滞していることが、以上から理解できる。
　李伯元は、前年の年末まではかろうじて原稿を執筆していた。その原稿が、正月二十九日の『繡像小説』第51、52期に掲載された、と読める。招宴を断わった正月から、『繡像小説』の刊行はこの第52期どまりなのだ。
　以上のような『繡像小説』の刊行状況を見れば、李伯元は招宴謝絶と同時に原稿執筆も中止していたと考えたほうがいいのではないか。同時に、李伯元が『繡像小説』の編集にかかわったのも第52期までだった、との結論に到達する。

2-3 李伯元死後の『繡像小説』刊行
　李伯元が死去した三月には、月末に『繡像小説』第53、54期が出ている。死後約十日前後である。
　正月末に第51期、第52期の2冊を出版していて、二月は、空白だ。そして李

伯元の死去直後に 2 冊を刊行する。なにやら、無理矢理の感じがする。

　無理矢理でも、それでは、その後も引き続いて雑誌を刊行したのかといえば、違う。

　これまた不思議なことに、四月、閏四月、五月と三ヵ月も休止しておいて、六月初二日に第55期、第56期の出版広告を出すのである。

　読者の側から見ればどうなるか。

　『繡像小説』主編の李伯元が死去したその直後に 2 冊が発行されるが、それも途絶える。同時代人は、『繡像小説』はこれで停刊したと思ったのではないか。四月、閏四月、五月と雑誌が出てこないのだから、停刊はほとんど既定の事実のように受け止められたと推測される。

　ところが、驚いたことに、李伯元死後の約三ヵ月半が経過した時点で、第55期が、突然、姿をあらわすのである。

　『繡像小説』が、李伯元の死後も刊行されはじめた。しかも、「文明小史」「活地獄」といった掲載作品は、李伯元の筆名である南亭亭長を使用したままである。

　李伯元の筆名を知っている人にとっては、狐につままれた気がしただろう。あるいは、ひそかにうなずいたかもしれない。なかには、南亭亭長の名前をかたったニセモノだと感じた人もいた。

　そう思った人物が、ほかならぬ呉趼人である。

2-4　呉趼人の非難

　呉趼人の追悼文、いわゆる「李伯元伝」のなかで、彼は、「町の商人のなかには、他人の書いた小説を、君の名前をかたって出版している（坊賈甚有以他人所撰之小説，仮君名以出版）」[8]と書いた。私は、この箇所に注目するように従来から主張しつづけている。

　当時、李伯元の名前を使用した翻訳作品が出版された。李伯元訳『冰山雪海』（科学会社　光緒三十二年八月）というのが、それだ。

　しかし、呉趼人がいう「君の名前をかたって出版している」というのは、こ

の『冰山雪海』をさしているのではない。なぜなら、当時、李伯元の筆名が南亭亭長であることは、周知の事実ではないからだ。あくまでも、南亭亭長、あるいは南亭という筆名が広く知られている。李伯元といっても、当時の読者にしてみれば、見知らぬ人物であるにすぎない。無名人の名前をかたっても、作品の販売促進にはなんの効果もないだろう。出版社が、わざわざ無名である李伯元という名前を使う理由がない。

　南亭亭長の名前をかたって作品を出版しているというのであれば、李伯元の死後に刊行されている『繡像小説』誌上に連載中の「文明小史」「活地獄」などのほかにはありえない。

　呉趼人の非難にもかかわらず、『繡像小説』は、光緒三十二年の六月から年末までの約七ヵ月に、ほとんど１年分を刊行してしまう。

　どういう事情があったのか不明だが、しまいには呉趼人をひっぱりだして『繡像小説』第70-71期掲載の「活地獄」第40-42回を繭叟名で続作させている。

　『繡像小説』を李伯元の死後も編集できるのは、彼の協力者であった欧陽鉅源をおいてはいない。これも、従来からの私の見解である。

2-5 『繡像小説』主編の後継者

　『繡像小説』の編集は、商務印書館が李伯元にすべてを依託するかたちで発行されてきた。まとまった編集費用を渡してまかせる、いわば下請け発注である。

　商務印書館側は、李伯元の肺病宣言、死去という事態に直面し、その後の『繡像小説』のありかたについて議論を行なったであろう。残念ながら、それを伝える資料は、現在、見つかっていない。

　しかし、『繡像小説』が実際に発行されつづけている事実を見れば、主編を誰かが担当したとわかる。それは欧陽鉅源である、と私はいっている。主編交代の時期は、当然ながら李伯元の死去前後である。

　商務印書館と欧陽鉅源が協議して、『繡像小説』の継続発行を決定し準備するのに、約三ヵ月がかかった。

前述のように、光緒三十二年年末までに第72期までを刊行した。

見逃すことができない重要な記録がある。

すなわち、同年十二月初一日に、蔣維喬が談小蓮と『繡像小説』の改良について相談している[9]。

外部の人間である談小蓮の名前がでてきた。相談というのは、『繡像小説』の主編に就任することを蔣維喬が談小蓮に依頼したのではないか。

李伯元死後、『繡像小説』は、とりあえず欧陽鉅源の編集で第72期という区切りのいいところまで刊行できそうだ。その後は、どうするか。誰かに主編を交代してもらおう、くらいの相談は商務印書館内部で首脳陣がおこなったであろう。外部の人物がでてくるということは、首脳陣の相談の結果、新しい主編人事になったと考えるのが自然だ。つまり、商務印書館首脳陣による欧陽鉅源排除の動きである。

しかし、談小蓮は、結局のところ主編就任を承諾しなかったようだ。

外部にむけては、誌面改良をうたい、決まりしだいお知らせします、と広告をうちながら、『繡像小説』は再び刊行されることはなかった。欧陽鉅源を排除し、新しい主編を見つけることができなかった結果である、と私は判断する。

3 結　論

まとめるとこうなる。

商務印書館が出した『繡像小説』発行遅延広告が、以下のように3種類存在している。

1．光緒三十一年二月初六日（1905.3.11）付『中外日報』「上海商務印書館繡像小説第廿五九期至止均出版」

2．光緒三十一年十二月初一日（1905.12.26）付『中外日報』「商務印書館繡像小説両年全份出斉第三年続辦広告」

3．光緒三十二年二月十五日（1906.3.9）付『世界繁華報』「上海商務印書館

繡像小説第五十二期出版」

　1は、第1年度分が遅れており、その原因は、「作者の事情」によるという。
　2は、第2年度分が出そろったという広告で、発行遅延の理由はのべない。
　3は、1の文章を一部分のみ改変して流用し、第2年度分がでたことをいう。表題は、『繡像小説』第52期を刊行した、という意味だ。1と同じ文面で、遅延の原因は、「作者の事情」である。
　光緒三十一年二月、光緒三十二年二月と一年の間をあけて、雑誌発行遅延の理由が、同じく「作者の事情」による、であることに注目する。
　この「作者」とは、以前指摘したように、李伯元を指す。李伯元の事情とは、なにか。
　第1年度の場合は、商務印書館と金港堂の合弁が背景にあるとしても、光緒三十二年にまで尾を引かないだろう。
　『世界繁華報』に掲載された李伯元の肺病宣言を商務印書館の『繡像小説』発行遅延広告3種類に関連づけて考えれば、該誌の恒常的発行遅延は、主編李伯元の肺病が主な原因であったという結論になる。

　　　注
1）呉趼人「李伯元」『月月小説』第1年第3号　光緒三十二年十一月望日（1906.12.30）／魏紹昌編『李伯元研究資料』上海古籍出版社1980.12。10頁。「李伯元伝」と称される。
2）『中国小説史略』下巻　北京・新潮社1924.6。328頁
3）「官場現形記之作者（読書雑記）」『小説月報』第15巻第6号1924.6.10／『李伯元研究資料』17頁
4）孫玉声「一一　李伯元」『退醒廬筆記』上海図書館1925.11初出未見／民国筆記小説大観第1輯　太原・山西古籍出版社1995.12。109頁／『李伯元研究資料』18頁
5）『李伯元研究資料』7頁
6）包天笑「晩清四小説家」（初出は「清晩四小説家」）、「釧影楼筆記」7『小説月報』

第19期1942.4.1。34-35頁。『李伯元研究資料』28頁
7）樽本「李伯元は死後も『繡像小説』を編集したか」本書所収
8）『月月小説』第1年第3号　光緒三十二年十一月望日（1906.12.30）／『李伯元研究資料』10頁
9）汪家熔選注「蔣維喬日記選」『出版史料』1992年第2期（総28期）1992.6。44,45-62頁

横浜・新小説社に言論弾圧

『清末小説から』第38号（1995.7.1）に掲載。沢本郁馬名を使用。中国に行く機会があれば、古本屋をおとずれることにしている。しかし、特に改革開放政策以後、都市での再開発が激しく、古書店をみかけない。短期間の滞在では見つからない場所にでも移動してしまったのだろうか。上海の旧城内で開催されている日曜古本市に行ったことがある。主として解放後の本ばかりで、解放前のものなどほとんどなかった。『新小説』の発行が途中で遅れていることをいう文章は、ある。しかし、その理由について説明した論文を見たことがない。本稿は、その謎の一端を解明するものだ。松浦恒雄氏より誤りをご指摘いただいた。感謝します。

1　『新民叢報』

　数年前、上海の古籍書店で『新民叢報』19冊を入手した。
　該雑誌は、台湾から影印本がすでに出版されている。本文を読むだけならそれほど不自由はしない。半月刊で全96号が発行されているが、購入したものは19冊だ。全体の一部にすぎない。なぜ購入したかというと、原本だったからだ。表紙に第何号と印刷されており、目次もあっていかにも原本だ。影印本では往々にして省かれる色紙の広告ページもそのままの状態である。広告は、資料として大きな意味を持っているから、欲しくなった。日本での古雑誌に比較すれば、価格はそれほど高くはない。しかも、原本が手に入ることはめったにない。1日考えて翌日、再度、足をはこび現金で支払った。
　帰国後、あらためて調べてみると、原本は原本なのだが、内容別に分類し直してある。第44、45号合併号までをバラして論説、政治、歴史、学術、伝記、

小説などに分けて糸で綴じている。紙片が挟まれていて、「分類装丁本につき注意（注意拆訂本）」と書いてある。これを後の祭りという。

　気を取り直して一応眼を通してみる。すると紅色紙「論著門」扉ウラに次のような新小説社の広告があることに気づいた。資料としての価値があるので原文を掲げ、日本語訳をつける。

　　啓者本報従権停刊数月其故頃已登報声明当為購閲諸公所鑒諒茲擬定期五月続出第四号至十二月共出九冊合之去年三冊恰成十二冊一年之数誠恐閲報諸君盼望特此預告祈為鑒之

横浜新小説社謹啓

　（拝啓　本誌は臨機の処置をとって数ヵ月停刊いたしました。その原因はすでに新聞で声明しておりますゆえ購読の諸君にはご推察いただいていると思います。五月に第4号をつづけて出し、十二月まで全部で9冊を出せば昨年の3冊と合わせて1年分12冊になります。購読のみなさまがお待ちではないかとただ気がかりで、ここに特に予告をしご理解いただくようお願いいたします。／横浜新小説社謹告）

　京都大学人文科学研究所所蔵本で照合してみると、この広告は、『新民叢報』第29号（光緒二十九年三月十四日　1903.4.11）にある。ただし、京大人文研所蔵本は、合訂本だ。合訂の時、表紙を省いており厳密にいうと原形をとどめているとはいいがたい。中扉（色紙）もあったり、なかったりで少し信頼性に欠けるかとは思う。

　それはさておき、『新小説』は、光緒二十八年十月十五日（1902.11.14）に創刊し、十一月十五日（1902.12.14）に第2号を、十二月十五日（1903.1.13）に第3号を出した。3号までは毎月陰暦十五日の発行が守られている。しかし、第4号の発行が光緒二十九年五月十五日（1903.6.10）となっており、約五ヵ月の空白が生じているのだ。閏月があるので年末まで月刊が維持されれば9冊の発行となる。実際には、第8号が八月十五日（1903.10.5）が出たあと、第9号は

光緒三十年六月二十五日補印（1904.8.6）で約十ヵ月の空白があるが、こちらは今は触れない。

　上の広告は、『新小説』の奥付に見られる発行年月日の遅延と一致した内容になっている。発行が遅れたのには、なにか事情があるらしいと推測できるのが貴重だ。

2　『新小説』

　『新小説』が、第3号から第4号を発行するまで五ヵ月を要した理由はなにか。新聞で声明しているという。今、その記事を捜し当てることはできていない。だが、天津『大公報』に、以下のような報道がなされているのを見つけた。

　　天津『大公報』光緒二十九年三月初五日（1903.4.2）
　　「時事要聞」
　　探悉外務部奉　旨電致駐日本横浜領事封禁小説報館以息自由平権新世界新国民之謬説並云該報流毒中国有甚於新民叢報叢報文字稍深粗通文学者尚不易入云云

　　（聞き込みによると、外務部は命令を承り駐日本横浜領事に以下のように電報で通告した。小説報館を封鎖し、自由同権、新世界新国民といった謬論をやめさせよ。また、該誌は中国に害毒を流すこと新民叢報よりひどい。新民叢報は、文章がやや深いため生かじりの文学通にはなかなか入りにくいからだ云々）

　横浜の「小説報館」といえば、新小説社しかありえない。横浜で編集発行されていた『新民叢報』『新小説』は、大量に大陸へ送られていた。その影響を清朝政府が無視できなくなったことがわかる。時期的に見て上の新聞報道は、『新小説』の第3号から第4号までの空白五ヵ月の事情を説明していると考えていいだろう。

天津『大公報』の記事は、清朝政府が、外務部を通じて新小説社の言論を弾圧しようとした証拠である。『新民叢報』にくらべて『新小説』の方が（私の言葉になおせば）タチが悪いというのもおもしろい。論文より小説の方が影響力がより強い、と清朝政府自身が認めたことになるのだ。

　中国国内であれば、雑誌社の封鎖など簡単にできたかもしれない。事実、『蘇報』『民吁日報』など廃刊に追い込まれた新聞もある。しかし、新小説社は日本横浜にある。清朝政府が直接手出しをできるものではない。ゆえに領事を通じて圧力をかけたのだろう。圧力の効果は、五ヵ月の空白に現われた。また、第4号が予定より五ヵ月遅れで発行されている事実が、その圧力の効き目の限界をも同時に語っている。

『新小説』の発行年月と印刷地 2

　『大阪経大論集』第53巻第 2 号（通巻第268号　2002.7.15）に掲載。本書収録にあたり部分的に加筆した。本稿は、漢語に翻訳し、『繡像小説』発行遅延説も組み込んで、2002年11月、上海師範大学で開催された「第 2 届中国古代小説国際研討会」で報告する。欧陽健氏より、本稿に興味をもっている学生がいると告げられたが、一般の研究者の注目を引いたような印象は受けなかった。古典小説の学会では、清末小説は場違いらしい。別に不思議とも思わなかった。そんなものだろう。表題の 1 に相当する文章は、『清末小説閑談』に収めてある。

　文藝雑誌の発行年月は、研究の基本事項である。正確な記述があってこそ、基礎とすることができる。あらためていうほどのことではない。
　だが、『新小説』の発行年月については、『繡像小説』の場合と同様に単なる推測が、現在にいたるまであたかも事実であるかのように語り継がれているのが事実だ。
　『新小説』は、日本横浜で創刊したのち、第 2 年より上海で出版されることになり、第24号を光緒三十一年十二月に出して停刊した。これがいわゆる通説だ。
　私は、ふたつの問題について、1982年、すでに問題を提起している。すなわち、印刷は日本で行なわれており、終刊した日時は、不明である。誰も答えない。
　以前は見ることのできなかった資料が、現在、目にできるものも出てきた。それによる新材料を加え、再度、問題提起して大方のご批判をあおぎたい。

1　発行年月と印刷地についての通説

　『新小説』は、光緒二十八年十月十五日（1902.11.14）に日本の横浜で創刊された。

　中国人の手になる、最初の近代的小説専門雑誌が、上海ではなくほかならぬ日本横浜で創刊されたということは、興味深い。その誕生の時から、日本を経由して西洋文化の影響を濃く受けていると考えられるからだ。

　印刷所は、日本にあった。だが、作品はすべて漢語で書かれている。つまり、雑誌そのものは、中国向けにつくられている。対象とする読者は、日本にいる中国人も含まれるが、主としては中国大陸の中国人である。だから、発行されるたびに横浜から中国に輸送される必要があった。

　雑誌に記載された年月日通りに発行されたと考えるのは、中国で創刊号を受け取ったという新聞記事があるからだ。

　無署名「読新小説書後」が、上海『同文滬報』の光緒二十八年十一月初九、初十、十二日（1902.12.8、9、11）付に3回連載されている。私が知るかぎり、『新小説』についての最初の反響である。しかも、記事の内容が梁啓超の「論小説与群治之関係」についてのものであるのもおもしろい。

　また、天津『大公報』光緒二十八年十一月十三日（1902.12.12）付に、「新到第一号新小説報　本館特白」とある。翌日の該報にも同文が掲載される。

　天津に「新しく到着（新到）」していると表現するのは、横浜で印刷発行しているからだとわかる。

　日本から中国への水路による運搬を考慮にいれれば、創刊号発行から中国でのお目見えには、約1ヵ月の日時がかかって当然だ。

　さて、『新小説』をめぐる問題は、ふたつある。

　ひとつは、その終刊年月である。もうひとつは、印刷した場所だ。

　発行年月と印刷地のふたつの問題が、からまって存在している。

　上海図書館編『中国近代期刊篇目彙録』2（上海人民出版社1979.10。685頁）

は、『新小説』の総目録を収録し、説明してつぎのように書く。すでに紹介しているが、研究者の多くが依拠している重要な記述だから、何度でも引用する。

　『新小説』は、1902年11月（光緒二十八年十月）創刊、日本横浜で出版された。月刊。新小説社より発行。編集兼発行者は趙毓林と署名するが、実は梁啓超によって主宰されていた。第2巻より上海に移り、広智書局より発行される。（中略）1906年1月（光緒三十一年十二月）停刊、全部で24号をだす。（後略）
　(《新小説》，1902年11月（光緒二十八年十月）創刊，在日本横浜出版。月刊。由新小説社発行。編輯兼発行者署趙毓林，実為梁啓超所主持。第二巻起遷上海，改由広智書局発行。（中略）1906年1月（光緒三十一年十二月）停刊，共出二十四号。（後略））

　総目次は、雑誌の原物を見ていなければ作成することはできない。原物にもとづいて上文のように説明していると、誰もが信用する。
　ここには、停刊の時期が光緒三十一年十二月だと明記されている。推測であるとも書かれていない。当然ながら、雑誌の原物に発行年月が印刷されていると思う。だが、大いにあやしいのである。
　原物（影印、複写による）には、どういう記述がなされているのか、見る方がはやい。
　発行年月の部分のみを抜き出す。そのとき（　）内に陽暦を示した。＜　＞は、推測。[　]は影印の記述についての私の注釈である。発行所、印刷所などは、私が参考までにあげた。

　　第1年［年号は光緒］————
　　第1号　二十八年　十月十五日（1902.11.14）　発行所・新小説社／
　　　　　　　　　　　　　　　　　　　　　　　　印刷所・新民叢報社活版部
　　第2号　二十八年十一月十五日（1902.12.14）　[同上]

第3号　二十八年十二月十五日（1903.1.13）　　　同上
第4号　二十九年　五月十五日（1903.6.10）　　　［同上］
第5号　二十九年閏五月十五日（1903.7.9）　　　［同上］
第6号　二十九年　六月十五日（1903.8.7）　　　［同上］
第7号　二十九年　七月十五日（1903.9.6）　　　同上「新小説社緊要告白」
第8号　二十九年　八月十五日（1903.10.5）　　　［同上］
第9号　三十　年　六月二十五日補印（1904.8.6）［同上？］
第10号　三十　年　七月二十五日補印（1904.9.4）［同上］
第11号　三十　年　九月十五日補印（1904.10.23）［同上］
第12号　三十　年　十月廿五日補印（1904.12.1）［同上］
第2年─────────────
第1号［13号］　三十一年元月＜1905.2＞　　　上海・広智書局発行
第2号［14号］＜三十一年二月1905.3＞　　　不記
第3号［15号］　三十一年三月＜1905.4＞　　　不記
第4号［16号］　三十一年四月＜1905.5＞　　　上海・広智書局発行
第5号［17号］　三十一年五月＜1905.6＞　　　不記
第6号［18号］＜三十一年六月1905.7＞　　　不記
第7号［19号］＜三十一年七月1905.8＞　　　不記
第8号［20号］＜三十一年八月1905.9＞　　　［不記］
第9号［21号］＜三十一年九月1905.10＞　　　［不記］
第10号［22号］＜三十一年十月1905.11＞　　　［不記］
第11号［23号］＜三十一年十一月1905.12＞　　　［不記］
第12号［24号］＜三十一年十二月1906.1＞　　　［不記］

雑誌を月刊で維持しようというのは、なかなかにむつかしいらしい。
第3号までは月刊が守られている。
しかし、第4号が刊行されるまでに間があいた。
その理由は、光緒二十九年正月から、梁啓超がアメリカの保皇会の招きでア

メリカを遊歴したからだ。十月に日本にもどる。

　発行遅延の理由は、梁啓超の外遊ばかりではなかった。

　『新民叢報』第29号（光緒二十九年三月十四日 1903.4.11）につぎのような広告が掲載された。

　　啓者本報従権停刊数月其故頃已登報声明当為購閲諸公所鑒諒茲擬定期五月続出第四号至十二月共出九冊合之去年三冊恰成十二冊一年之数誠恐閲報諸君盼望特此預告祈為鑒之
　　　横浜新小説社謹啓
　　（拝啓　本誌は臨機の処置をとって数ヵ月停刊いたしました。その原因はすでに新聞で声明しておりますゆえ購読の諸君にはご推察いただいていると思います。五月に第4号をつづけて出し、十二月まで全部で9冊を出せば昨年の3冊と合わせて1年分12冊になります。購読のみなさまがお待ちではないかとただ気がかりで、ここに特に予告をしご理解いただくようお願いいたします。／横浜新小説社謹告）

　停刊の原因を新聞で説明しているという。

　これこそが、清朝政府外務部が横浜の新小説社に加えた言論弾圧事件なのである[1]。

　　天津『大公報』光緒二十九年三月初五日（1903.4.2）
　　「時事要聞」
　　探悉外務部奉　旨電致駐日本横浜領事封禁小説報館以息自由平権新世界新国民之謬説並云該報流毒中国有甚於新民叢報叢報文字稍深粗通文学者尚不易入云云
　　（聞き込みによると、外務部は命令を承り駐日本横浜領事に以下のように電報で通告した。小説報館を封鎖し、自由同権、新世界新国民といった謬論をやめさせよ。また、該誌は中国に害毒を流すこと新民叢報よりひどい。

新民叢報は、文章がやや深いため生かじりの文学通にはなかなか入りにくいからだ云々）

　本国政府からの言論弾圧があり、それへの対応で『新小説』の発行が遅れたとわかる。『新小説』の発行は、清朝政府の神経をよほど逆なでしたとみえる。
　上の一覧を見れば、梁啓超が日本を留守にしていた七月に『新小説』第7号は発行された。この号の裏表紙に新小説社からの緊急広告が掲載されているのが興味深い（影印本ではこの広告は削除されている）。

　　◎新小説社緊要告白◎
啓者本社数月来以牽干事故出版遅緩深負読者諸君之盛意頃総撰述 飲冰室主人従美洲復返日本 稍料

理雑事即従事著述今先出本冊其餘尚欠五冊乃足第一年之数當於 明年春三数月内赶緊出斉（後略）

　「飲冰室主人従美洲……」「明年春三数月内……」の2ヵ所が大活字で、あとは、割注の形をとる。
　言論弾圧事件でゴタゴタして『新小説』の発行が遅延したこと、飲冰室主人、すなわち梁啓超がアメリカより日本にもどってきてこれから著述に従事することを宣言する。
　1年で12冊を刊行するという約束だから、残りの5冊は、来年の春に出しますといいながら、実際には六月から十月までかかっている。
　第8号と第9号のあいだにも、空白の時間がある。
　さらに、第2年に入り、発行年月の記述が日にちを省略してしまう。第2年第6号（18号）より、発行年月を記録しなくなるのだ。
　発行年月が記載されていなければ、たぶん、発行が遅れていたのだろうと考えるのが普通ではなかろうか。
　以上が、原物あるいは複写を見て得られる事実である。
　だが、『中国近代期刊篇目彙録』は、もともとは記載のない発行年月を明示

するのだ。その部分を、私は＜＞でくくった。

　＜＞が推測だというのは、ふたつの意味がある。

　ひとつは、月のみの表示が陰暦であるばあい、日にちがないのだから、それを陽暦に完全には置き換えることができない。推測にならざるをえない。

　もうひとつは、＜＞をかぶせた部分は、くりかえすが、発行年月は書かれていないにもかかわらず、『中国近代期刊篇目彙録』は、なんのことわりもなく、あたかも記載があるかのように記述している。

　たとえば、第２年第２号（14号）には、発行年月が載っていない。だが、「三十一年二月1905.3」と記録しており、推測が事実であるかのように見える。

　原物によって目録を作成しているのが『中国近代期刊篇目彙録』だ。まさか、推測がなされていようとは、彙録を利用する研究者は気がつかない。それが推測だと理解するのは、『新小説』の原物あるいは、その影印を見ている者だけだ。

　「第２巻より上海に移り、広智書局より発行される」という説明は、発行が上海の広智書局に移ったのならば、それにともなって印刷所も上海に移ったという印象を与える。説明者は、そう考えている。

　重要な点だから、強調して言いたい。『新小説』の終刊を1906年１月にするのは、「光緒三十一年十二月」からの根拠のない推測でしかない。

　だが、これが、のちの研究論文では、くりかえし引用される。

　黄沫「新小説」（中国社会科学院近代史研究所文化史研究室丁守和主編『辛亥革命時期期刊介紹』第１集　北京・人民出版社1982.7。196-224頁）の冒頭を、例として翻訳引用しよう。

　　《新小説》月刊是一九〇二年（光緒二十八年）梁啓超在日本創辦的一種文学雑誌，編輯兼発行人署趙毓林，共出両年二十四期，第一年由横浜新小説社発行，従第二年起，改由上海広智書局発行，毎期印幾千冊。按期数説雖只両年，但延続的時間従一九〇二年十一月到一九〇六年一月，跨五個年頭，這是因為中間時有脱期，常常是幾個月才出一本，計第三期与第四期之

間相隔五個月，第八期与第九期之間相隔十個月，第十一期与第十二期、第十三期之間各相隔両個月。196頁

（『新小説』月刊は、1902年（光緒二十八年）に梁啓超が日本で創刊した文学雑誌である。編集兼発行人を趙毓林とし、全部で2年24期を発行した。第1年は横浜新小説社から発行され、第2年より上海広智書局に改め、発行される。毎期数千冊を印刷した。期数からすれば2年にすぎないようだが、つづいた期間は1902年11月から1906年1月まで5年間にわたっている。これはあいだに遅延があったことによる。数ヵ月に1冊を出すことがよくあり、第3期と第4期には5ヵ月も隔たっているし、第8期と第9期のあいだには10ヵ月が、第11期と第12期、第12期と第13期のあいだには2ヵ月隔たる）

発行に遅延があることを指摘しているのは、いい。だが、その終刊をここでも疑うことなく1906年1月と断定する。1906年1月終刊が、定説にして通説になっていることがわかるのだ。

印刷所については、特に説明していない。発行が上海の広智書局に移ったから、当然のことのように、印刷地も上海になったと考えているからだろう。

祝均宙、黄培瑋輯録「中国近代文藝報刊概覧」（一）所収の『新小説』についての説明は、『中国近代期刊篇目彙録』に見える文章とほぼ同文である[2]。

事実と推測の区別をしていないから、祝均宙たちは『新小説』の原物ではなく、『中国近代期刊篇目彙録』を利用したことがわかる。

たとえば、管林、鍾賢培、陳永標、謝飄方、汪松濤「中国近代文学大事記」（1840-1919）[3]は、1902年の項目で『新小説』を説明して、「日本横浜で正式に出版された。翌年、上海で出版することに改め、広智書局から発行される」（62頁）という。この文章を読めば、印刷所も日本から上海に変更されたと考えていることが理解される。さらに、1906年1月の項目で、「梁啓超主編の『新小説』が停刊。24期を出版する」（69頁）と定説をくりかえしてもいる。

2 異　　議

　私は、『新小説』の発行年月と印刷地について、はやくから通説に異議をとなえてきた。
　「『新小説』の発行年月と印刷地」(『中国文芸研究会会報』第32号1982.2.14。『清末小説閑談』所収) で示した結論は、以下のふたつだ。

　　結論１：『新小説』は創刊から終刊まで一貫して横浜で印刷され、中国に運ばれた。
　　結論２：第18-24号が月刊を守って発行されたとする根拠はない。

　結論２の根拠は、簡単だ。第14号および第18号以降は、発行年月を記載しない。ならば、その発行年月は、「不明」あるいは「不記」とするのが正しい。
　どうしても終刊を「1906年１月」としたいのであれば、それが推測だとことわらなければならない。雑誌の原物に記載がないのだから、当たり前のことだ。
　だが、中国で発表される論文、辞典項目は、例外なく、先行論文を引用するだけである。
　終刊は「1906年１月」だ、と疑うことなく、なんの根拠もなく、雑誌の原物で確認することもなく、あきることなくくりかえす。例外がないから、ますます定説、通説として定着する。疑問をいだく研究者も、でてこない。
　私は、発行が上海の広智書局に移ったにしても、『新小説』の印刷は日本で引き続き行なっていたと考えている。
　その理由としてふたつを示した。
　理由その１：『新小説』全冊を通じて版組みに変更はなく、活字、カットが同一である。印刷所が変われば誌面に微妙な変化が現われるはずで、まったく同一であるはずがない。
　理由その２：『申報』の広告に、『新民叢報』第４年第１期 (第73号) が上海

に届いたことをいい、あわせて「第7期の小説報はもうすぐ到着する」と予告する。「第7期の小説報」とは第2年第7号（第19号）の『新小説』のことで、「到着する」という表現から『新小説』が横浜で印刷されていたことが明らかになる。

このふたつの理由について、現在も私の考えに変更はない。

理由その2にあげた『申報』の広告は、丁文江撰『梁任公先生年譜長編初稿』上冊（台湾・世界書局1972.8再版。上208頁）のなかの記述だった。

当時、『申報』を見ることができなかった。現在は、影印本がある。該当箇所をさがしてみれば、『年譜長編』には誤植があることが判明する。

以下に、誤植を正して全文を引用する（句読点は『年譜長編』のものを使用した）。

　　『申報』光緒三十二年三月初一日（1906.3.25）
　　　第四年新民叢報已到。啓者：本報開辦数載，久為士大夫所称許，故消售至一万四千餘份，現第四年第一期報已到，定閲者争先恐後，此誠民智進歩之徴也。閲報諸君，務請從速掛号是幸。第七期小説報将到。上海四馬路新民叢報支店謹啓

上海にある出版社が刊行物を発行すれば、広告に「出版」あるいは「出」を使用するのが普通だ。

たとえば、『申報』の広告に次のようにある。

　　光緒三十二年三月十五日（1906.4.8）
　　　上海商務印書館東方雑誌第三年第一期出版
　　光緒三十二年三月二十八日（1906.4.21）
　　　上海商務印書館繡像小説第五十三四両期已出

いずれも「出版」「出」を使って出版したことをいう。いうまでもなく、上海で印刷発行している。

『新民叢報』が日本という外地から輸送されて当地に到着したからこそ「到」を使っているのだ。『新民叢報』に使ってその意味ならば、『新小説』も同様に日本横浜で印刷して上海に輸送されたと考える。無理のない推測である。

『新民叢報』と『新小説』は、同時にならべて広告されることがあった。

別の新聞である『時報』の広告を資料としてあげる。

『時報』
　光緒三十二年正月十九日（1906.2.12）新民叢報第廿二三期新小説報第五期
　　皆到
　光緒三十二年二月初四日（1906.2.26）新民叢報第二十四期新小説報第六期
　　皆到
　光緒三十二年三月十二日（1906.4.5）第七号新小説亦到
　光緒三十二年七月十七日（1906.9.5）新小説十期亦到　上海四馬路新民叢
　　報支店謹啓
　光緒三十二年九月二十七日（1906.11.13）十二期新小説亦到

説明が必要だ。

ここに見える『新民叢報』第22、23期というのは、第3年のもので、それぞれ第70、71号に相当する。

第70号の発行は、光緒三十一年十一月十五日（1905.12.11）、第71号は、同年十二月初一日（12.26）というから（ただし、実際の発行は遅れている可能性もある）、上海到着にはすこし時間がかかっている。

『新小説』第5期は、第2年第5号（17号）を意味する。該号には、発行年月が記載されている。その「三十一年五月」は、上の広告の「三十二年正月」と八ヵ月も大きくかけはなれている。輸送に一ヵ月かかったとすれば、発行のズレは七ヵ月となろう。発行年月が実際とかけはなれれば、記載をやめる原因となる。

第6号（18号）の通説が「三十一年六月」だから、新聞広告の「三十二年二

月」より同じく八ヵ月のズレがある。

　『時報』の広告に、上にあげた『申報』光緒三十二年三月初一日（1906.3.25）の「第七期小説報将到」という出版予告をはめこむ。すると、「三月十二日（1906.4.5）第七号新小説亦到」が時間的にも矛盾なくおさまることが理解できよう。第7号（19号）の通説は「三十一年七月」だ。ここも八ヵ月の遅れだ。

　第10号（22号）の通説が「三十一年十月」。光緒三十二年には閏四月があるから、七月の上海到着だとすれば、十ヵ月の遅れとなる。

　『新小説』の終刊は、『時報』の広告を見ると、通説の「三十一年十二月」よりも、ほとんど十ヵ月も遅れていることがわかる。

3　結　論

　以前に示した私の結論は、変更する必要がない。資料により発行の遅延情況がより詳細に判明したから、その部分に少し手を入れる。

　　結論1：『新小説』は創刊から終刊まで一貫して横浜で印刷され、中国に運ばれた。
　　結論2：第18-24号が月刊を守って発行されたとする根拠はない。七、八ヵ月の遅れを生じており、その終刊は通説よりもほぼ十ヵ月遅れの光緒三十二年九月頃だと推測される。

注
1）樽本「横浜・新小説社に言論弾圧」本書所収
2）『中国近代文学大系』第12集第29巻史料索引集1（魏紹昌主編）上海書店1996.3。229頁
3）前出『中国近代文学大系』第12集第29巻史料索引集1

あ と が き

　かなり以前のことだ。ある研究者が、私を某研究会へ参加するようにと誘った際に理由をこう言ってくださった。「樽本さんは、孤立しているから」
　私には、かえす言葉がない。私のことを心配してくださっての言葉である。ありがたい。しかし、ふたつの意味でフにおちなかった。
　ひとつは、孤立しているという意識が私にはなかった。もうひとつには、その人の言葉使いに違和感をおぼえたからだ。私は、孤立という言葉は負の価値を帯びていると思っている。無援だから、いかにも徳がない。面とむかってそういうか。それはないだろう。孤軍奮闘とか独立独歩くらいは言ってもらいたいものだ、などと感じないわけではなかった。
　だいいち、私はそのころ別の研究会で事務局の会計を担当しており、月１回の研究会、夏の合宿、会報、研究誌の編集発送などでいつも十分すぎるくらい飽きるほどに群れていた。孤立のしようがなかった、とは主観的な見方だったのだろう。
　研究会の活動とは別に、清末小説を研究する時は、基本的にはいつも単独行動でやってきた。いまさら別の研究会への参加を勧められても、気持ちは動かない。
　というわけで、今も「孤立」してやっている。
　本書に収録したのは、並行して進めているいくつかの分野の研究のうち、劉鉄雲、李伯元あるいは小説専門雑誌についての論文になった。
　劉鉄雲と黄河治水の関係については、どの研究者も言及する。しかし、詳しく調べてみれば、意外な結末に到達した。先行する研究論文のほとんどが、劉鉄雲の「老残遊記」に描写された黄河治水法を、しかも不十分なそれを劉鉄雲自身の考えとして把握していることが判明したのである。
　劉鉄雲の黄河治水については、彼の実際行動と彼自身の手になる専著にもと

づいて理解すべきだ。不十分な描写しかされていない「老残遊記」を代替物として、それがすべてであるかのように劉鉄雲の黄河治水法を理解するための材料に使うのは、誤解のもとなのである。

　この当然すぎる事実をあらためて言わなければならないほど、小説の影響力の大きいことは、普通ではない。小説「老残遊記」が、劉鉄雲の実際行動を代表してしまうのである。小説と事実を厳密に区別していないといわざるをえない。今まで誰も指摘していないことだから、重ねていっておきたい。

　劉鉄雲逮捕の理由についても、あらかじめ存在する思いこみに研究者がふりまわされている。

　劉鉄雲が逮捕されたのには、理由があるはずだ。これが前提になっている。歴史研究者が、その前提に合致する（ように見える）資料を探し出して、劉鉄雲の逮捕理由だと文章を発表した。だが、中国において文学研究者は誰もそれに反論しない。まるでそのままを承認したような印象を与えている。前提（すなわち特定の思い込みだ）をはずして、資料を冷静に読めば、劉鉄雲の逮捕理由など存在しないことに気づくはずだ。私から見れば、まことに不思議な情景である。

　『繡像小説』の主編は李伯元だったのか、そうではなかったのか。日本と中国において、長年にわたって続いてきた論争だ。その論争に終止符をうつ資料が、劉徳隆氏によって発見された。望めば資料はでてくる、か。新発見の資料を学界に広く知らせることができたのも、うれしいことだ。それと同時に、『繡像小説』が李伯元の死後も刊行されていたこともはっきりしている。研究者には広く認知されていないとしても、これが事実だ。

　『清末民初小説目録』(1988)からはじまり、『新編』(1997)、『新編増補』(2002)と改訂を継続している。

　『新編増補清末民初小説目録』は、中国・済南の斉魯書社から発行された。初版を完売し、再版されたのも研究者のご支持があったからだ。感謝する。

　目録編集の目的は、ただひとつだ。研究に役立つ、これよりほかにはない。作成過程で、阿英の説明とは異なる事実が存在することにも、自然と気づくこ

とになる。あくまでも副産物である。

　清末小説研究会は、「清末小説研究資料叢書」を刊行しはじめた。これまで、『日本清末小説研究文献目録』、『増注官場現形記』、『樽本照雄著作目録１』、『官場現形記資料』の４種類を出版している。

　『増注官場現形記』は、中国でも見ることのできない、珍しくしかも貴重で研究には不可欠の版本を影印したものだ。私の所蔵本だが、広く利用してもらうためと小説資料として保存する目的で刊行した。

　日本の公共図書館には、清末小説関係の資料はほとんど収録されていない。その理由は、当時、中国から書籍が入ってこなかったからだと思っていた。しかし、『増注官場現形記』は、日本で出版しているにもかかわらず、必要とする研究者、機関は、数えるくらいにとどまっている。原資料を収集する意識が、はじめからないことがよくわかった。私が「孤立」する必然的な理由がここにある。

　論文冒頭にしるした「前注」には、いちいち書かなかったが、初出の文章について、渡辺浩司氏より語句の誤り、誤植などについて詳しくご指摘をいただいている。詳細に読んでくださって恐縮です。ひとこと書きそえて私の感謝の気持ちとしたい。できるだけ訂正したが、およばぬ箇所があるかと思う。責任は私にある。

　本書は、大阪経済大学学会からの出版補助を受けた。感謝します。

　発行と面倒な編集を引き受けてくださった汲古書院の石坂叡志氏および坂本健彦氏にお礼を申しあげます。

　　2003.5.1

　　　　　　　　　　　　　　　　　　　　　　　　　樽　本　照　雄

索　引

1. 人名、小説作品名および当時の小説専門雑誌名を採取する。論文表題の一部にでているものも対象とした。ただし、人名については関係するものだけを選択し、網羅はしていない。作品中の登場人物は、はぶく。
2. 現代中国語音のＡＢＣ順に配列する。中国人以外の名前も、漢字で書いてあるかぎり、同様である。漢字以外の表記を使用しているばあいは、日本語で読む。
3. ＃は、図表部分に見えていることを示す。

A

阿部	159
阿部聡	171
阿英	173,212〜214,232,233,251,252,284
愛国報	220

B

坂	134
坂本健彦	285
包天笑	202,264
鮑克怡	233
本初	135
畢樹棠	232,233
辺宝泉	16#
冰山雪海	261,262

C

岑仲勉	87,88,123
長澤規矩也	180
陳宝箴	15
陳伯海	233
陳瀏	170
陳士毅	41
陳旭麓	233
陳永標	234,277
成孚	15,16,16#,22
重聞	111,123

D

大川俊隆	121
大公報	257,268,269,271,274
大塚秀高	173,175,177,181,182#,183#,184〜186,188〜190,193,197,200〜202,205
戴鴻森	96,97,123
丁守和	276
丁文江	279
東方雑誌	224,225,257,279
董毓琦	50,64,65#
渡辺浩司	185,285
端方	126,150,153,154,170
端木蕻良	218
端忠愍	170

E

ELIASSEN,S.	123

F

方山	224〜226
方詩銘	233
方葯雨	134
馮光元	50,64,65#
福潤	10,16#,41,43,53,54,74,88,91,92
福少帥	51,52#,53
福田秀夫	24#,25#,30#,119,123
傅璇琮	233

G

高爾伊	162,166
高翰卿	225
高尾	134
高子穀	144〜149,151,152,155,156,172
高子衡	162,163,165,172
宮田安	171

勾股天元草	92,93
顧頡剛	200,206,250
顧廷龍	119,122
官場現形記	173〜181, 182#,183#,184〜186, 189〜192,196,198〜205, 207〜210,212〜215,217, 218,220,238,239,264
関烱之	196,197
関文斌	171
管林	233,234,277
桂	141,142
郭長海	119,120
郭浩帆	229,235
郭氏	172

H

韓錫鐸	206
河防芻議	13,27,28,29#, 31〜35,47,91,120
河工稟稿	50,53
河合	134
賀旭志	120
衡氏	172
横田周平	24#,25#,30#, 119
洪都百錬生	8〜10,12,125
鴻都百錬生	8〜10,125
弧角三術	92,93
胡聘之	153,170
胡適	8〜12,116,117,123, 125,169,173,211,250
黄葆年	41
黄璣	123

黄沫	276
黄培瑋	234,277
活地獄	203,236#,244〜 246,251,252,261,262

J

吉田太郎	192,193,209, 212,213
賈景仁	170
賈譲	7,75,76,79,86,94, 98,99〜101,111〜115,123
賈致恩	64,65#
菅野正	172
蘭叟	245,246,262
姜東賦	234
蒋維喬	263,265
蒋逸雪	15,49,51,59,64, 117,118,121,126,133,170, 171
蒋子相	123
靳文襄	78,100

K

柯凌旭	173
堀江義人	116
堀田善衞	116

L

老残遊記	3,4,7〜12,17, 19,33,43,50,51,60,66〜 69,85,94〜96,98〜102,104, 106,111,113,114,116〜118, 120〜123,125,126,135,169, 170〜173,223,236#,239, 245,283,284
黎襄勤	78
李宝嘉	200,225,226,250
李伯元	10,174,178,179, 182#,183#,189,190,192, 195〜197,199,200〜205, 208〜210,212,215〜219, 221〜228,228#,229,231, 232,234〜236,236#,237 〜239,241,242#,242〜 253,255,256,258,260〜265, 283,284
李伯元夫人	196〜198, 204,205
李伯元未亡人	197
李伯元伝	228,243,250, 261,264
李福田	213,233
李光昕	41
李和翁	21
李鶴年	16,16#,20〜22
李鴻藻	16,20〜23,26,27, 36,47,119
李鴻章	23,48,61,64,65#, 172
李家駒	147
李龍川	13,39
李奇峰	123
李瑞山	234
李文正	119
李錫奇	191,195〜200,203, 206
李宗侗	119
歴代黄河変遷図考	43,58,

65,92,93	170,171	呂宗力 120
聯芳 142	劉蕙孫 13,15,17,27,28,31	論小説与群治之関係 271
連夢青 239	~33,40,44,47~51,59,64,	羅継祖 121
歙之 134	91,117~123,126~128,	羅振玉 8~15,32,35,37~
梁紀佩 185	150,155,170~172	40,43,45,47,93~95,100,
梁啓超 271~277,279	劉済獻 233	101,111,116,120,121,123,
梁任公 279	劉聚卿 178	125,169
鄰女語 239	劉夢鵬 120	
林権助 158,160	劉夢熊 8,14,38,40,120,	**M**
林薇 214	122	馬建忠 43
劉成忠 13,27,28,29#,30	劉孟熊 40,42#,120	馬良春 213,233
~36,38,39,47,91,120,122	劉瑞祺 61,65#	馬眉叔 43
劉大鈞 41	劉鉄雲 3,4,7~19,26~28,	馬泰来 172
劉大臨 41	32~39,39#,40,41,43~	馬廷亮 129~132,159~
劉大紳 8,14,15,35,38,47,	51,52#,53~60,64,65,65#,	167
93,94,100,101,117,120,	67,68,70,71,74~98,100	茅氏 172
121,125,126,133,169,170,	~102,104~107,111,112,	茂苑惜秋生 178,245,246
171	114~116,120,124~140,	民吁日報 269
劉大鏞 41	144,148~157,160~162,	莫栄宗 116
劉大猷 41	167~170,172,239,283,	
劉大章 41,129,130,160	284	**N**
劉德隆 15,17,32,33,47~	劉鉄雲伝 8,9,12,125	那桐 141,142
49,51,53,57,60,64,66,91,	劉味青 40,59	南亭 173,174,178,182#,
117~122,126,155,169,170	劉渭卿 40	190,203,207-209,213,219,
~172,221,284	劉渭清 8,14,15,36~39,	226,246,254,254#,255,
劉德平 15,32,48,49,60,	39#,40,41,42#,43~46,	260,262
66,117~122,169,170	92,93,120,121	南亭亭長 203,209,212,
劉德馨 120	劉嫻 41,121	213,226~228,228#,229,
劉鶚 4,10,12,13,15,17,	劉葉秋 234	231,243~246,261,262
28,32,50,51,52#,60,64,	劉雲搏 44	内田康哉 141,142
65#,66,92,121,123,126,	劉子恕 13,28,29#	倪文蔚 16,16#,22,61,64,
152~154,157,170~172	魯迅 8,11,12,117,173,	65#,92
劉鳳翰 119	215,250	農学報 41,42#,43,121
劉厚沢 38,119,120,126,	陸樹藩 129	

索引 L~N 289

O

謳歌変俗人	243,244
欧陽健	270
欧陽鉅元	182#,183#,218
欧陽鉅源	174,176,178,179,189,190,195～199,201～205,210～216,219,235,245,246,256,262,263

P

潘季馴	31,70,72,78,86,87,100
潘駿文	15
潘祖蔭	20,119
龐氏	41
パスカル	79
裴效維	213

Q

七載繁華夢	185,190
銭実甫	16#
銭玄同	8,9
銭仲聯	233
倩子衡	134
橋川時雄	10,117
秦亢宗	233
慶親王	128,141～143
瞿鴻機	141,142

R

仁井田	183#,187

S

三省黄河図→山東直隷河南三省黄河全図	
三省黄河図説	65,66
森川登美江	119,120,123
山東直隷河南三省黄河全図	59～61,62#,63#,66,67,70,91,92,104
山腰敏寛	120
上政務処書	151,172
紹誠	15
申報	153,194,228～240,240#,241,242#,257,278,279,281
施補華	111
施均甫	111
施善昌	11,94,111,123
施少卿	94,111
石坂叡志	285
時報	227,228,228#,229,239,280,281
石倉書局	39
時萌	218
時務報	41,43
史和	233
世界繁華報	173,174,176,178,179,186,190,196～199,202～205,208～210,213,215,218,225,237,239,248,253,254#,255,256,258～260,263,264
菘	44,121
松本武彦	172
松浦恆雄	266
蘇報	269
蘇大闊	185
蘇鉄戈	220
速水	134
孫宝瑄	144,146～148,172
孫菊仙	196～199,201,202,205
孫楷第	185,190,206
孫文光	233
孫玉声	250,264

T

太谷学派	4,13,14,35,39,41
太田辰夫	180
譚其驤	123
談小蓮	263
天津日日新聞	105,173
田辺泰	118
TODD,O.J.	123
同文滬報	228,236,271

W

瓦徳西	129
外交報	224,225
汪家熔	222～227,229,230,265
汪康年	43,121
汪叔子	127～131,133,135,136,144,147～153,155,156,167,168,170
汪松濤	234,277
汪原放	211,212,214

王広西		233
王国維		8
王継権		170,218
王京陽		71～73,122
王景		33,51,58,76～78,81, 87,89,97,98,100,101
王清原		206
王氏		172
王文韶		172
王孝禹		170
王学鈞		60,175,178,206, 217,220,235,247
王運熙		233
魏建猷		233
魏紹昌		117,118,126,169, 170,174,176,178,206,209 ～211,213～216,218,220, 232～234,250～253,256, 264,281
文明小史		10,203,223,235, 236#,244～246,252,261, 262
文廷華		250
文芸閣		250
翁同龢		20,119
呉大澂		12,14,16,16#,22, 23,26,27,32～34,36,40, 41,46～49,59,61,65#,66, 92～94,119
呉恒軒		13,14,35,37,39,47
呉趼人		194,222,228,229, 242～246,249,250,251,261, 262,264
呉愙斎		119
呉清卿		14,47
呉沃堯		10
呉振清		156～158,160～162,164,166～168
呉組緗		218
伍杰		234
伍廷芳		142
武禧		221,227,228

X

西		134
西太后		143,144
夏曾佑		222,223
夏穂卿		222
小村		134,141
小栗冨次郎		142
小説報		279,281
小説月報		206,250,264
謝逢源		41,121
謝飄方		234,277
新民叢報		266～269,274,275,278～280
新小説		191,266～272,275～281
新笑史		186,191
醒世縁		236#
醒世縁弾詞		203,244,246
熊向東		170
熊月之		233
繡像小説		8,10,105,135, 203～205,219～228,228#, 229,231～236,236#,237, 238,241～249,251～253, 256～265,270,279,284
許大齢		122
許振禕		16#
薛允升		16
薛正興		206,220,235

Y

厳薇青		97,122,123
厳一萍		169
姚福申		233
姚松雲		43～46,121
姚崧雲		44,121
葉翠娣		233
伊集院彦吉		140～142
易順鼎		49,50,54～57,64,65#,66,74
蔭保		64,65#
飲冰室主人		275
永瀧		126
永瀧久吉		126
遊百川		82
游戯報		225
御幡雅文		151
裕寛		16#
毓賢		4,11
豫直魯三省黄河図→山東直隷河南三省黄河全図		
袁世凱		125～127,132, 135,137～141,143,144,147, 158,169～171
閲歴瑣記		41
月月小説		243,264,265

Z

沢本香子		124,172

沢本郁馬	266	鄭永邦	137,170,171	朱寿鏞	56,64,65#
曾国荃	20,48	鄭永昌	131～134,136～142,144,151,157～168,170,171	朱禧	15,32,48,49,60,66,117～122,169,170
増田渉	177			朱一玄	234
増注官場現形記	179,180,182#,192,199,201～204,207,208,211,213～217,219,220,285	鄭永寧	137,170,171	祝均宙	233,234,277
		鄭肇経	118	荘月江	172
		知新室新訳叢	191	宗順君	157
増注絵図官場現形記	174,180,182#,183#,184～186,189,190,192,193,195,198～201,203～205,209,211,215,218	知新室主人	191	樽本照雄	116,117,123,170～173,181,182#,183#,185,187,190,206～208,214,220,223,229,235,247,265,281,283,285
		治河七説	3,10,26,27,51,52#,53,54,74,89,93～95,98,100,101,114,115		
		治河五説	32,33,51,52#,53,54,74,83,85～87,90,95,98,100,115		
張純	121,235			佐藤	182#
張含英	120				
張静廬	118	治河続説	74,85,89,90,95,97		
張朗帥	51,52#,53	治河続説二	51,53,54,92		
章培恒	233	治河続説一	87,88		
張勤果	93,94	中島	171		
張栄明	171	中国現在記	239		
張守謙	234	鍾笙叔	144～149,151,152,155,156,172		
張曜	10,11,16#,20,41,43,50,51,53～58,61,64,65#,67～71,74,76,79,82～84,86,88,91～95,98～100,104～106,111,112,114,123	中外日報	178,191,228,229,237～240,240#,241,242#,243,244,257～260,263		
張友鶴	213				
張元済	222	鍾賢培	234,277		
張之洞	48	周観武	233		
趙爾巽	135,139	周桂笙	191		
趙景深	185	周榕芳	170		
趙毓林	272,276,277	諸岡	183#,187		
哲美森	149	朱桂卿	146～148,150		
鄭安香	172	朱氏	41		
鄭方沢	233	朱寿明	118		

著者略歴

樽本照雄（たるもと　てるお）

1948年　広島市生まれ
1972年　大阪外国語大学大学院修士課程修了
現　在　大阪経済大学教授
編著書　『清末民初小説年表』（清末小説研究会1999　新編目録とともに第9回「蘆北賞」受賞1999）
　　　　『日本清末小説研究文献目録』（清末小説研究会2002　清末小説研究資料叢書1）
　　　　『新編増補清末民初小説目録』（中国済南・斉魯書社2002）
　　　　『増注官場現形記』（南亭新著　樽本照雄編　清末小説研究会2002　清末小説研究資料叢書2）
　　　　『官場現形記資料』（清末小説研究会2003　清末小説研究資料叢書4）

清末小説叢考　　大阪経済大学研究叢書第45冊

2003年7月　初版発行

著　者　樽　本　照　雄
発行者　石　坂　叡　志
製版印刷　富　士　リ　プ　ロ
発行所　汲　古　書　院
102-0072 東京都千代田区飯田橋2-5-4
電話03(3265)9764　FAX03(3222)1845

ⓒ2003　ISBN4-7629-2605-1　C3087